# 西 环 路 猜 想

不日远游 著

百花洲文艺出版社

**图书在版编目（CIP）数据**

西环路猜想 / 不日远游著. -- 南昌：百花洲文艺
出版社，2021.3（2022.9重印）
　ISBN 978-7-5500-4088-5

　Ⅰ.①西… Ⅱ.①不… Ⅲ.①长篇小说－中国－当代
Ⅳ.①I247.5

中国版本图书馆CIP数据核字(2021)第010301号

# 西环路猜想

XIHUAN LU CAIXIANG

**不日远游　著**

| | |
|---|---|
| 出 版 人 | 章华荣 |
| 选题策划 | 萌芽杂志社 |
| 责任编辑 | 蔡央扬 |
| 特约编辑 | 唐一斌　吕　正 |
| 书籍设计 | 黄敏俊 |
| 制　　作 | 何　丹 |
| 出版发行 | 百花洲文艺出版社 |
| 社　　址 | 南昌市红谷滩区世贸路898号博能中心一期A座20楼 |
| 邮　　编 | 330038 |
| 经　　销 | 全国新华书店 |
| 印　　刷 | 湖北金港彩印有限公司 |
| 开　　本 | 720mm×1000mm 1/32　　印张　8.5 |
| 版　　次 | 2021年5月第1版第1次印刷 |
| | 2022年9月第1版第2次印刷 |
| 字　　数 | 174千字 |
| 书　　号 | ISBN 978-7-5500-4088-5 |
| 定　　价 | 39.80元 |

赣版权登字　05-2021-32

邮购联系　0791-86895108
网　　址　http://www.bhzwy.com
图书若有印装错误，影响阅读，可向承印厂联系调换。

实际上

我认为只有在适当的粗糙中你才能活下来

或者说

粗糙才会显得生机勃勃

那意味着你在不断往前跑

而不是一直回头斟酌

**萌芽新文学**
扶持青年作家
倡导时代文学

# 目录

CONTENTS

01　心之秘密 / 1

02　彩虹 / 33

03　作家下午 / 57

04　万事小心 / 93

05　明浅住院了 / 117

06　麦迪逊影院 / 155

07　布列松初学者 / 177

08　心之秘密 / 197

附录：关系是创造，是无中生有 / 235

# 01

Xin Zhi Mimi

## 心之秘密

—— 1—32

西蒙也想找出自己发生转变的时刻。西蒙想，人是在什么时刻开始成为自己的呢？他现在是在成为自己吗？七寒的离开让他成为了自己吗？

明浅死后半年，我又回了一次临城，我来拿他的电脑。我想他好歹会留下一些什么，也许是几个短篇，说不定有一个长篇。毕竟他死的时候已经27岁，他已经写了多少年？如果从我们高中时代开始写信算起，那已经有十年。但是明浅生前只发表了两篇小说，而且是发在临城的地方杂志上，那跟没发表有什么区别？明浅的电脑是一台用旧了的MacBook Air，128G内存才用了一半不到，我想他这些年除了写作可能真没干别的。不过我找遍整个电脑，也才找到一百多篇写了一两千字的Word文档，它们待在一个叫"未完成"的文件夹里。回杭州的大巴上，我一路抱着明浅的电脑，我想我这位朋友的一生，可能真的全军覆没了。

我不是说这有多么难以接受，这几年我能接受的事情越来越多。我想每个时代都有一些被时代甩在身后的人，比如我们两人的父亲，在我们童年时代刮起的那阵下海经商风潮里，他们无论如何也不愿意离开新历电厂，电厂不久就倒闭了，他们除了给我们拿回一堆印着电厂名字的笔记本和信纸以外，几乎什么也没有得到。我们的初中时期，他们一直以一种下岗工人的状态，在陈桥镇四处做一些短工。我想他们是舍不得自己手上的维修技术，但是时代变了，他们热爱了一些过时的东西。我当然不是责怪爸爸，我也不是说这是什么错误，我只是想说，相对这个变化的风潮而言，他们被时代甩下了。

我不知道这样来形容明浅的写作是不是不太恰当，但我就是这样来看待他的写作的，他一心想要写严肃文学，除此以外他对什么都没有兴趣。他写过一阵广告，写过一阵剧本，没过多少时间他就不高兴了，不仅如此，他对市面上流行的小说也不感兴趣。整体而言，我认为除文学之外，他对什么都不感兴趣。我的朋友明浅，他师从的作家，他们都比他早生了一百年。他有一个蓝色小铁盒，他把导师们打印成四寸照片，放在铁盒里。明浅随身带着这个小铁盒，就像携带护身符。

但是一个很可怕的问题就是，你发现没有，如果写作回报了他的话，我是说，在某种慰藉的程度上，或者说在心灵满足的程度上，如果写作回报了明浅，其实他也不会死。我在离开临城的大巴上打开明浅的电脑，我看着那个"未完成"文件夹，我就想明浅的一生，是不是面临了一个更大的悲剧。这趟大巴维持着十年前的样子，它一共才二十个座位，已经非常旧，一路上颠簸不停，要不是临城火车站距离陈桥镇太远，我也不会坐这趟车。我在这辆颠簸不停的大巴上抱着明浅的电脑，我的确是在想那个可怕的问题。我想明浅说不定是死于能力不足。

明浅死于2018年春天，他用了一些安眠药。那时候他已经出院半年，大家都说，他看上去已经很不错。再接下去他就死了。再往前两年，明浅断断续续住在三院，三院是我们临城的精神病院，我去看过他一次，那时候我和七寒住在一起，那次七寒也在我旁边。

我们进门时明浅不在病房，医生说他状况良好，于是他可以待在自由活动区。不过那道电子铁门在我们面前打开时，我们看到的景象还是把我和七寒都吓了一跳。他穿着病号服，右手夹着烟，在白色房子里走来走去，碰到墙才知道要转过身，他的妈妈举着他的点滴瓶，一路跟在他后面。我们刚进去，这间房子的封闭门就在我们身后关上了，我听到电子门锁"嘀嗒"的声音，然后七寒握住我的手加重了一些力道，我知道她在安慰我。

我的手被七寒握紧，我想起2015年我们第一次见面，在之江公寓的红色沙发上，我说到我妈去世了，那时七寒抱着我的手也是又用力了一些。我知道她在安慰我，我知道她在心疼我。其实我不知道怎么处理这些时刻，我总是有些羞愧，好像在展示伤口。但是这些事就是发生了。但是七寒不知道的是，我妈也在这个医院里住过。我不知道怎么会这样，仅仅是在几年以前，在我们读高中时，这个医院只会出现在我们的口头玩笑里。

在明浅的葬礼上，我又看到了李浮，李浮穿着一身黑色卫衣卫裤，她目不转睛盯着明浅的照片，仿佛在确认这个人是不是真的死了。我想起2014年陈桥镇西云酒店的婚房里，李浮脱下婚纱，换上一身黑色卫衣卫裤，然后她穿过纯白色的伴娘们，又穿过地板上那些红色气球，直挺挺地离开了房间。我在葬礼上看到穿着黑色卫衣卫裤的李浮，恍惚间真以为她走出婚房的门口，一步跨进了葬礼。葬礼上，陈渔一直站在李浮旁边，她扶着李浮的肩膀，好像担心她会倒下去。这是高中以后，我第一次见到陈渔，我的高中女孩，我原本以为我们会在明浅的婚礼上遇见，没想到她没有去那场婚礼，却来了葬礼。不过那能怎么说呢？我当然也已经无所谓。

回到杭州后我又打开明浅的电脑，我已经在之江公寓住了一年，不过我现在准备离开这里，我把之江公寓的转租信息放在了网上，如果有人来租房，我就随时准备搬走。不过这一个月很少有人来看房，也许是因为总在下雨，但我想总会有人来租这间房子。明浅去世时，七寒已经带着里昂离开了一年，她也许还不知道明浅死了。不过她也没有必要知道，她已经不会再管我任何一件事。不然我想，在明浅的葬礼上，她还是会握住我的手。但是没有了。

一整个晚上我都盯着明浅的电脑，我把它放在茶几上，然后我坐在之江公寓的红色沙发上，一心一意地盯着它。今天早上，我坐上最早一班大巴车迫不及待地赶回陈桥镇，一路上我都心潮澎湃，我以为我会找到一部长篇小说。那部小说，毫无疑问，它将标志着明浅一生的价值。但是现在好了，现在就剩下这些零零碎碎的文档。我悲哀地想，也许明浅就是无法完成。我想起明浅出现在西环路的那些"作家下午"，他曾经跟我们说过，他说他的电脑里有一百多个小说开头，我们理所当然地以为，既然你写了一百多个开头，你总会把其中的一些写完。西环路阳光房的地毯上，七寒坐在明浅对面，她充满赞赏地看着明浅，仿佛过不了多久，就能看到那些开头变成一本本厚重的书。

我面前都是一些不满两千字的文档，我打开了几个，的确都是一些小说开头，他都没写完。有些文档内容重复，我看到他在反复调整一些段落。一百个小说开头你能怎么办，我生气地想，就算是一百首诗也好。我和明浅的电脑僵持到半夜，洗完澡后，我再次打开电脑，我把那个"未完成"的文件夹往下拉到最后，然后我看到里面还有一个文件夹。我看到了我的名字，那个文件夹就叫"西蒙"。我打开来后，看到里面是六个Word文档，每篇依旧很短，最长不过两千字，看起来就像是几则备忘录。前一阵我刚看了一本侦探小说，里面写到一个危险重重的作家，说他危险重重是因为他一天到晚喝得醉醺醺，还把自己搞进谋杀案，不过即便如此，这位作家都在坚持写他那部小说，他对我们的侦探说道："我是一个作家，已经开头的书我必须写完，否则我就完蛋了。"我不由得想，我的朋友明浅，他说不定就是无法完成，他就是不能写完。

这差不多是从初中起我就开始担心的一件事，在13岁我的少年好友告诉我他要做一个作家，我就分外担心我会变成他的素材。我一直竭力避免成为明浅小说里的人物。不过，现在能怎么说呢？许多更可怕的事情已经发生了。这种感受当然很有意思，你在一个空荡荡的房间里，阅读一个已经去世的朋友留下的六个文档，那全都关于你。我觉得这也没什么，我只是很希望这时候七寒在我旁边。

我打开了第一篇文档，文档名字是"危险时刻"。


西蒙想找出那些发生了转变的时刻，他想注视那个时刻。


西蒙想找出妈妈跟他告别的时刻，西蒙相信一定有那个时刻。西蒙想找出妈妈在清醒的最后时刻跟他说的话，西蒙想，她一定有一个完全清醒的时刻，从那以后她就开始一点一点不再是以前的自己。那个时刻她说了什么？在西蒙极易失去方向的人生中，如果真的被他找到了这句话，那也许会被当成他的指路明灯，另一个意思上，也许会成为某个借口。

西蒙也想找出自己发生转变的时刻。西蒙想，人是在什么时刻开始成为自己的呢？他现在是在成为自己吗？七寒的离开让他成为了自己吗？于是他更广阔而漫长的人生里，是要接受七寒的离开，然后在这个七寒缺席的地基上，再从头长出陌生的血和肉，成为30岁的西蒙？40岁的西蒙？

西蒙感觉，24岁的自己，和17岁的自己，完全是两个人。而且眼看着，他以后的人生，都是24岁的延伸发展，而不是17岁。那些无忧无虑的岁月是怎么回事？陈渔是怎么回事？西蒙想，七寒抹掉了陈渔的形象，同时她还抹掉了他的17岁。随后呢，因为他的一个错误，她把他扔在了荒野上。

西蒙想，重要的是那些做出动作的时刻。或者说，重要的是那些做错动作的时刻。西蒙想，毫无疑问他做错了动作，不然他何以至此，不然他何以要在之江公寓这间空荡荡的房子里面对这片白色的墙壁？因为本来，本来他坐在这张红色沙发上的时候，他的对面应该是七寒在黄色灯光里站在水池边洗两根玉米。

西蒙一直在记忆里仔细寻找那些发生转折的人生时刻。实际上，真的找到了那些时刻也不会有用。因为通常到了你往回寻找的时候，后果已经产生。人们说覆水难收，西蒙倒是不介意，一心一意做一个在原地收覆水的人。只不过，只不过问题就是，在从之江公寓开始的这个故事里，一直就是"续写"才算是故事在发展，其余都算是失败。留在原地是失败，找到生活的新希望也是失败。

从那个时刻起就已经是失败。西蒙眯起眼睛，当时他踩上一把椅子，大费周章地去整理他们在西环路上的书架，他把七寒那几本厚厚的GMAT习题集一本一本搬下来。那张纸就是从那本词汇书里掉下来的。事到如今，西蒙还是能清晰地在脑海里复原那张被折出三道折痕的纸，还有那上面的几个日期，那些日期包围着那句倒着写的"I miss U（我想念你）"，多么少女情怀。

西蒙把这张纸带在身边，积年累月，现在那三道折痕因为被折了多次，显得软弱无力。事到如今，西蒙和这张纸相处出了一种"相依为命"的味道，有时他依然怒气冲冲地盯着它，希望它能明白自从它从他的头顶飘下，他的生活就此他妈的全完了。不过他们现在是老朋友了，毕竟只有它分享西蒙的秘密，除了它，还有谁能理解那个晚上西蒙会在手机上拨通李开的号码呢？

我们归咎于西蒙的性格吧：西蒙喜欢采取行动。发生任何事情，西蒙喜欢做出反应。到了现在，西蒙会承认，以他迷糊不清的性格，他绝没有那种能力，能在事情顺时针往前发展的时候，就一针见血地识别那个时刻，然后做出正确的反应。

如果说西蒙缺少识别的能力，那么西蒙更缺少采取正确行动的能力。实际上，西蒙经常采取错误的行动。如果实话实说，我们可以说，西蒙采取的行动，只是为了平复自己的感受。西蒙靠感受来行动，西蒙需要平息内疚，平息不安，平息愤怒。

为了平息内疚。

为了平息不安。

为了平息愤怒。

西蒙采取行动，行动带来后果。

我给自己倒了半杯金酒，想起冰箱里还有几瓶酸梅汁，我又兑了点酸梅汁进去。然后我就拿着这杯酒，在之江公寓这间长方形的房间里走来走去。我突然想到，2016年10月，那张纸从我头顶飘落的时候，我也是这样在西环路的房子里走来走去。明浅说我需要时时刻刻对自己的感受做出反应，眼下我也需要做出反应，只不过眼下我身边空无一人，我能做的就是给自己倒一杯酒。我突然想到这说不定是一件好事，我是说，我身边突然谁也不剩下了，这意味着不管你做出什么反应，你也闯不了祸，你也伤害不了什么人。

我当然挺愤怒，作家是否拥有这种权力来描写人物？我的朋友明浅，他擅长使用肯定句，他给我安排上了不少形容词。明浅的语气，就好像我生来就是一个被观察的人一样，而且我还没法替自己辩解。我不是说因为他死了。要是你作为人物出现在小说里，你能替自己辩解的机会就大大减少了。尤其是当小说变成白纸黑字，你基本上就只能在喝咖啡的时候诧异地看完这个故事，你看到自己出人意料地顶着一些自己都非常陌生的形容词，要不就是自己都十分陌生的性格，你一定会和我一样诧异，你也许会和我一样还挺愤怒。然后你把眼前的书推远一点，继续喝桌子上的咖啡。你知道你不能对此说什么，你当然不会说这个人物和自己完全无关来让自己重获平静，你知道他写的就是你。你也许会想人生充满误会，你会想对作者说：这位朋友，你想错了。到最后你又会觉得这没什么不好。然后你继续喝咖啡。

我有点措手不及，主要是在明浅这篇文档里，我一下子撞见了太多故人。说实话，我已经很久没有见到他们了，而且实际上，几乎这里面的每一个人，我这辈子都不会再遇见了。这种感觉非常诡异，我不得不直奔冰箱给自己弄出一杯酒。我的朋友明浅死了，死之前，他给我搞了一个纪念碑，他把每一个人都提了一遍。

明浅写到了陈渔、李开，还有七寒。我的朋友明浅，他关注我的爱情，也许是因为我其余的人生实在乏善可陈。是的，我是那种想要一个好爱情的傻×，这件事听起来非常没志气，也的确没志气。我没有明浅有志气，他一心想要写了不起的小说，为此搞出不少事情。我又想其实也没什么事情，主要是他让自己死了。明浅想要成为那个蓝色铁盒里的照片，现在他真的成了一张照片，却永远不会跟盒子里那些黑白照片有什么关系。也许他就是因为发现自己成为不了盒子里的照片，所以他才让自己死了。

我的朋友明浅为我的人生做出总结，他说我沦落到如今的处境，是因为"危险时刻"出了错。他说2016年10月那张纸飘下来的时候，我做错了反应。

我没什么好辩解。有时对于明浅的言论，你只能睁一只眼闭一只眼。我不过是想说，我们不就是需要时时刻刻做出反应吗？谁能保证你对每件事都做对了反应呢？说不定你哪一天也会在一间空荡荡的房子里醒来，发现自己已经失去了每一个人，发现美梦已经成了一场空。此刻去把事情归咎到危险时刻做错的一次反应，不免显得有些耍流氓。

我想我说不定可以把这篇给七寒看看，要是我还能找到她。我突然想起来，在2015年持续了一个夏天的"作家下午"之后，七寒其实没有看过明浅的任何作品。也许她会愿意看看明浅的这篇文字。而且，这两年来我仍然忍不住去想这个问题，要是七寒知道事情的开始是因为那张夹在GMAT词汇书里的纸，她会对我有多一些原谅吗？会不会有多一点可能结局会不同？

我又给自己倒了半杯金酒，酸梅汁不够了，几口酒就让我的脸发烧。我住在29楼，面北是落地窗，我看到楼下修了一个月的停车场还没修好，望下去一片砖瓦，像是一个废墟。我回过头看到这个房子空空荡荡。我想，可不是吗，人生可不就是糟透了吗？

不过顺便问一句，你们怎么看待厄运？是不是作家都在盯着厄运，自己身上的厄运或者别人身上的厄运？是不是一定要写点什么？一定要因此被改变什么？老实说我讨厌这一点，所以当我遇到七寒，我差不多就是想让我的过去都见鬼去。我要过一种非常好的生活，哪怕我的好朋友疯了，哪怕我妈妈在一个认不清自己是谁，也认不清我是谁的情况下死了，我也还是要过一个幸福的生活。我不是差一点就成功了吗？

可是，到头来我还是拿着一杯劣质酒，在一个空旷的房子里走来走去。到头来明浅自杀了，七寒离开了，而且她不可能回来了。我也很想我妈妈，明浅说我想找出我妈跟我告别的时刻。当然了，我当然想找到那个时刻，我做梦都想找到那个时刻。

我妈去世以后，我才发现我妈的一生对我像是一个谜。实际上我感觉我的人生中，每个出现的女人都很像一个谜。17岁我搞不懂陈渔，搞不懂她那些说掉就会掉下来的眼泪，搞不懂她为什么能恰到好处地处理脆弱与坚强，她又坚强又喜欢哭，那些眼泪在她离开很久以后也还拴着我。我曾经以为我了解七寒，这两年她走之后，我才发现这个曾经和我朝夕相处的人，她的理想，她的痛苦，她为什么要来爱我，其实我都不知道。这件事情很可怕，七寒可能是我最不了解的一个人。而我生命里的男性，我则认为全都一目了然，我知道我爸是怎么回事，我完全不怪我爸，而且不瞒你说，我认为我也了解明浅。

我妈得了一种奇怪的病，实际上，我妈的病到最后也没有确诊。她一点一点丧失记忆力，但是没有人能记清楚这件事开始于什么时候。我想我妈对自己的记忆和认知越来越力不从心的时候，我们其实都还过得相安无事。等我们注意到这件事，她已经记不住很多事情了。先是她的工作出了问题，她那时在纺织厂上班，那家纺织厂就在原本的新历电厂边上，我爸就是在那里和她认识，后来新历电厂在我初中时倒闭了。

纺织厂的经理是我妈的初中同学，她和我家住同一个小区，我那时候住校，周五晚上我回家，经常碰上她登门拜访。我不怎么喜欢看到她，有时候我背着书包在门口听到她的声音，我就知道他们在说什么事了。她说我妈的工作效率下降了，原本一天缝纫机能做200件马甲的量，现在150件也保不齐了。后来她每次来，那个数字都一点一点下降。

我那时候在自己房间做作业，周五听到的都是这些谈话。他们坐在客厅饭桌上，我爸和我妈坐在一边，阿姨坐在另一边。我爸会给三个人都泡上茶，看上去很正式。我爸总是赔着笑，我爸好像并不太当一回事，我经常能听到客厅响起我爸的笑声。我爸笑声爽朗，说不定他以为这些笑声能把阿姨一次比一次焦灼的"这样下去可怎么好"给掩盖下去，说不定他以为这些笑声能让我妈的问题变得不值一提。

后来有一天，我爸说我妈的工资就按她的产量来，我爸说你给她减一点工资吧。阿姨看上去总是一脸可惜，她的茶杯拿起又放下，她看会儿我爸，又看会儿我妈，依然很焦灼地重复她每次来都会重复的话，她说原本我妈的效率是车间里最高的。后来我想，这位阿姨也许比我们每个人都更早地失去了我妈，她看着自己一点一点失去自己的员工，她表现得手足无措。后来我们也是这样的，后来我们也手足无措。

在那些谈话里，我妈也坐在这位阿姨的对面，我妈脸上也总有笑容，如果我们能早点儿察觉的话，也许我们就能发现，我妈脸上的笑容其实很奇怪，她有点儿弄不清楚发生了什么事，她知道自己的工作出了问题，又好像不明白他们坐在一起讨论的就是她的工作。

我没有太关心这些谈话，那时我在房间也没有在专心做作业。我高三了，作业当然非常多，不过那时我还失恋了。高三开始不久，我和陈渔就分手了。我们那时换了班级，陈渔留在原来的班级，我则去了高三的冲刺班。那个班级课业紧张到密不透风，我不知道是不是这个原因，其实我也不知道跟我家这些周五的谈话有没有关系，我开始动不动就冲她发脾气。我们一直吵架，陈渔总是哭。她一边哭一边来扯一扯我的衣服，后来我每次想起她的这个动作就觉得自己混账。

我那时候很"中二"，第一次撞上爱情，莫名其妙地以为这些争吵和眼泪是爱情的一部分。而且我那时候已经开始逐渐显露出一个严重的缺陷——我好像是一个预料不到后果的人。只要事情在继续，不管是在多么肉眼可见地恶化，我都不会预想到事情真的结束的一天。有时候你知道某个人会在你生活里消失，但你就是想象不到他消失的那一天，你不会去想一想消失的意思是不见了，是你身边一个好端端陪伴你的人不见了。

我差不多一直在助长这份感情的恶化。争吵，眼泪，道歉，和好。然后下一次。那时我们经常买旺仔牛奶喝，高二我们坐前后座，我经常给她买旺仔牛奶。我们的座位两个礼拜换一次，每次我们坐靠墙位置，陈渔就把那些红色的旺仔瓶子一个一个在窗边垒高。我们的座位旁边，总是有一片红色的旺仔的脸。陈渔很喜欢收集，不仅是旺仔，她也收集更多别的，我们写过的纸条，甚至是六一儿童节我买来一袋零食时那张彩色包装纸。我很久后才会明白，那是她在表达珍惜。

我们的很多次争吵，通常是一瓶旺仔牛奶就可以和好。我几乎以为可以一直如此。我拿着一瓶旺仔牛奶往上跑一层楼去她的班级，我敲敲她的窗户，然后把旺仔留下。然后我在手机上跟她说抱歉，我说"对不起"，我说"再也不了"。通常我会在晚自习上收到她的短信，我知道我们会和好，三个小时后我们又会一起沿着湖边走去寝室。我对这些事有把握，虽说我不知道"再也不了"的意思是不是真的再也不了。但是那天我敲敲窗户把旺仔放下的时候，陈渔喊住了我的名字，然后她拿着旺仔追了出来，陈渔拉住我的手，然后把旺仔放进我手里，我下意识收紧了右手。陈渔笑了笑，她脸上是我最熟悉的温柔表情，实际上，比以往任何一次都更温柔，她看我不想接旺仔，又把旺仔放进了我的口袋，那时刚刚入秋，我穿着我们的灰色校服，陈渔把旺仔放进了我的校服口袋。她再次冲我笑了笑，然后转身回了教室。

当然，再也没有以后了。

我知道是我的问题比较多而不是陈渔，但实际上我不知道是怎么回事。我被扑面而来的内疚笼罩住，失恋把我带到了一个尤其陌生的地方。也许陈渔的意义是告诉我，我不属于那种能照顾好爱情的人，同时这件事还告诉我，我也不属于能够让爱情随风去的人。我那时更不会知道，这两件事加起来，会让我以后的人生变得很麻烦。


这些事情缠绕在一起，我就没特别注意到我妈。我爸说减工资以后，那位阿姨也没有再来。一直到我快高考那会儿，有个周五晚上她又来了。那次气氛非常凝重，我不知道我妈去哪了，总之那个晚上她不在。阿姨坐在我爸对面，这次没有茶，阿姨说我妈把一批衣服全做错了，现在全部车间开了夜班在返工。我爸的表情也非常严肃。我爸说这批衣服我们给厂里赔。阿姨像在等我爸的一个答案，不过她也许知道，我爸其实是没有答案的。

听我爸说了这句话后，阿姨叹了口气，然后，她又叹了口气，她望了会儿她对面厨房的窗户，然后她又看着我爸说，不用赔衣服，但是纺织厂不能再留我妈了。我想原来她是要给我爸一个答案。然后她转过头来，看了一眼在客厅沙发上翻书的我。她说不能这样下去了，你们要带她去医院。我坐在沙发上想，她给我们又一个答案。

我和我爸带我妈去临城做了CT检查，我妈躺在那张白色的床上，检查室的门在我们面前关上，然后又迅速地打开。我看到CT图上我妈的脑部结构，说实话，我连这张图都不能面对，但是这张CT没有检查出任何问题。

我高三剩下的两个多月，我妈就自己待在家里，我爸依然每天出门跑运输。我爸让我先别管这事，先把高考考好。我爸还是坚持我妈没什么事，他说我妈就是累了。那时候我也认为我妈没事，我们都没想到我妈的病会发展到后来那么严重的地步。

如果你拒绝接受一个真相，你就会对那些非常明显的线索也避而不见。我高考前最后两个月，我妈的状态已经很不对劲，有时候周末她经过我的房间，总是一脸诧异地看着书桌前写作业的我，好像看到了一个好久不见的人，她露出友好的笑容，站在我旁边想我的名字，然后我妈说"西蒙，你怎么在家？"我铁了心要对这些事视而不见，而且我觉得只要你一味拒绝接受，你也能催眠自己。

二模结束以后那天，我回到家已经七点钟了，我在客厅里荡来荡去，脑子里算着我的分数和可以去的学校。其实我可以跟我妈分享一下这件事，其实我需要她给我也提提意见。但是我知道，我妈已经不太能真的理解这件事的意思，她只会一脸笑容说"你想去杭州吗？那是一个很不错的城市"。仅此而已了。我在客厅荡了好一会儿，然后才准备吃饭。我打开电饭锅后，出现在我面前的是水和米。我妈忘记插上电了。我站在电饭锅前闭上眼睛。那时快八点了，我爸还没回家。我把电饭锅里的米和水倒掉，然后我下楼买了两份面，和我妈一起吃了面。那天我们谁也没有提起电饭锅的事，可是它不是那种只要掩盖一次的漏洞，它是一个漏洞的开始。

我高考结束后那个暑假，我妈忘记把电饭锅插上电这种事隔三岔五就会发生。其实她已经不能再好好做一顿饭，她要不就是放多了水，要不就是放少了水。要是我妈是不愿意做饭就好了，或者她要是生了什么别的病不能再工作不能再做家务也行。总之那时候我是这样想。实际上，我觉得那无数次我看到的煮烂的米已经把我迅速地，你知道吗，就是已经迅速地把我打趴下了。不是后来那些时间搞坏了我，不是为了防止她出意外，我需要时时刻刻跟在她后面的时间，不是中心医院里每次给房间消毒时，我需要给我们俩举着那把防辐射的伞的时间。不是那些时刻把我击溃，我早早已经趴下了。后来那些时间，我只是撑着在等时间过去。你们觉得明浅能找到这个时刻吗？要是他打算把我当作他的素材，他能找到我闭上眼睛的时刻吗？

　　我大一那年，大部分时间我妈都在中心医院住院。我们先是去三院看了神经科，我妈在三院住了一个月，但那里的医生查不出任何病症。后来我们听说中心医院有一位著名的脑科医生，我爸找了好几层关系，后来是这位医生给我妈做了手术。他的诊断是我妈是脑萎缩，但实际上，最终也没有确诊。他给我妈做的手术其实是放掉了脑部淤血，手术后我妈的身体好了很多，但是对脑萎缩依然没有用，如果我妈是脑萎缩的话。

　　每天早上八点是医生的查房时间。我期待见到这位医生，他每天准时出现，用一种平缓的语调详细问过每一个问题，不过与此同时，他又是一张见惯了生死的脸，表情几乎不会有任何一点起伏。我想那是当然，每天在手术室里打开别人的脑腔，不少人也许永远也醒不过来，他当然不会每一次都赔上情绪。

　　我爸每次都是一脸笑容地迎接这位医生，我爸一辈子脸上总是露着笑，但是他不会再有否认服装厂阿姨时那种爽朗的笑声了，实际上，他后来再也没有了这种笑声。每天早上八点钟的中心医院，我爸脸上的笑容友好又虚弱，他非常详尽地回答医生的问题，如果他回答的那些指标都挺正常的话，我爸整个人就会非常轻松。要是碰上不好的状况，我爸其实也已经不会有什么大反应了，他问医生接下去应该怎么调整，然后当然，一切按医生的建议来做。我爸做的唯一一个决定是接受了脑部手术，往后待在这个医院的一年时间，实际上我们什么都做不了。我爸很快就明白了这件事情，我爸在那间病房里，飞快地明白到他接下来能做的事情其实就是听天由命。

病房里除了我们还有另外一位病人，七十多岁的老人，植物人，他踩着三轮车去做零工，下班路上把自己摔了。他一直没醒，一年后我们出院，他没醒，还在输液。照顾他的是他的女儿和女婿。我爸喜欢和他们聊天，工作和家庭都聊完之后，他们只能每天分享两个病人生命体征的数据，还有每天早上会送来病房的账单。我爸看着账单说："嘿，昨天输的那两袋药，居然要两千块。"正在给她爸爸做按摩的长发阿姨接话说："可不是嘛，我爸每天这一袋葡萄糖，够他吃多少山珍海味了。"然后那位矮矮胖胖的丈夫会总结说："医院里哪能计较这些呀。"

他们比我们更早来医院，对待病床上的人昏迷不醒这件事，他们已经应付得很好。对待医生每天的查房，他们比我爸更加不抱期待，我想：的确，你不能每天都期待一个植物人会突然醒来。这实在不是一件能由得你决定的事情。

不过我不是，那时我刚刚大一，我刚结束我的少年时期，我想对于任何一个刚满二十岁的年轻人来说，他最不明白的词语就是听天由命。但是问题就是，问题就是你依然什么都做不了。我对医生有很多期待，我每天都万分认真地等待中心医院早上八点钟的查房时间，我总希望也许某一天的早上八点，这个医生会跑来告诉我们，我妈的病还有另一种可能，我妈可以被治好。

　　每周三是病房的消毒时间，给我们这层病房消毒的是一位上了年纪的护工，他大概六七十岁了，身体瘦小而干瘪，他每次出现，都穿着一身黑色衣服，拿着两把黑色的伞，面无表情。每周三晚上是他的时间，他几乎每次都不敲门，不过我们已经很早就听到了从前面病房里传来的他吆喝一般、拖长调子的"消毒了消毒了"的声音。他拿着那两把几乎比他本人更高的黑色的伞出现在病房门口，然后再次对我们喊一遍"消毒了消毒了"，他的意思是让病房里其余的人都出去，我爸和那位小个子胖墩墩的叔叔，每次看到这位护工都会非常自觉地溜出房间，我爸他们很喜欢和医生交流，也喜欢和护士交流，但他们很少和这位护工说话，他们好像挺怕见到他，因为他好像就长着一张拒绝交流的脸。

　　等他们离开之后，他就撑开一把伞递给我，再撑开一把伞递给长发阿姨。我们得在紫外线消毒的时间里，用这把伞撑住病人和自己。

　　消毒的十分钟对我来说很难熬，伞又厚又重，每次五分钟之后你就得咬着牙关依靠意志力去举着它。我妈一般这时候在睡，这也是我们唯一独处的时间，我们在一把伞下面。我那时候会对我妈说"没事的"，我说"你会好起来"。我一辈子不知道怎么承诺，我总想承诺了就应该做到。我没能让我妈好起来，以后就更加拒绝去承诺。

十分钟之后，他从我们手上收走伞，他依然面无表情，有时他接过伞的时候，会看一眼我的手上被伞支架勒出的红色勒痕。

大一寒暑假我待在病房里，医院里的生活其实就是那么回事，它有自己的秩序，有时候重复到让你忘记时间。早上八点钟医生查房，晚上九点钟护士查房，每周三紫外线消毒，叫餐电话，折叠床，开水房里堆积的烟蒂。在中心医院的一年时间，我们一直和这一对夫妻还有他们的植物人父亲住在一个病房，病房是一个没有时间的地方，同时也是一个没有身份差别的地方，病房太平等了。不过离开之后，我们就得接受外面的秩序。我们后来没有再联系，我不知道病床上那位老人有没有醒来，我差不多只记得他每周二要输一份昂贵的胡萝卜汁。

除了寒暑假，其余时间我很少去医院，我在杭州读书，其实离临城也不远，但是我让自己逃跑了。我妈刚到中心医院那会儿很瘦很瘦，等到出院的时候身体已经好了很多，我也仍很感激那位医生，那场手术应该帮我妈延长了一年多生命。大二快结束的时候我回家，我妈又很瘦很瘦了。我妈在我大二时去世。

我看了明浅那篇《演唱会》，我有点弄不清楚，明浅是在挑哪些事来写呢？《演唱会》只有寥寥两百字，明浅写得像一篇新闻报道。有时我看他写的这几篇文字，我会误会死的人是我而不是明浅自己。

2013年，许巍"此时此刻"演唱会全国巡演，那时陈西蒙大二，夏天他跑去青海散心，旅途把攒了一学期的生活费几乎都花完了，那张五百块钱的演唱会门票，是他身上最后的钱。西蒙就在一个粉丝群里问是否有人要拼房住，只有余七寒一人回了他，加了微信后西蒙才发现余七寒是女生，也就作罢。那几年西蒙一直过得很穷，那天演唱会还剩下最后两首歌，他就去赶公交的末班车，住到那时在下沙读书的明浅寝室里去。陈西蒙见到余七寒要在两年之后。


我妈去世之后，我出了一趟远门，那是我第一次一个人出远门。我在火车站接到我爸的电话，我爸斥责我一个人跑去兰州干什么。后来对我的许多决定，我爸的态度总是反对。我不知道我爸是不是一直是这样子，我想不起在我妈生病之前他是什么样子了。有时候我想也许我不仅失去了我妈，我也失去了我爸。不过，我爸的愤怒也挺好理解，毕竟我从前虽然贪玩，也还不会一夜之间给自己买一张去两千公里之外的火车票。我在火车站听我爸的电话，我想对他说，其实你也不太想在家里看到我，你差不多一整天也不会跟我说一句话。但我当然没这么说，我听他数落完，我说我会注意安全，然后我挂了电话。

我在火车上第一次思考疾病这件事情。你们说，疾病是一种自杀吗？我觉得疾病是对生命的一种放弃。我觉得我妈放弃了自己的生命，于是她才生病了。我猜我妈过得并不幸福，或者说，我妈对未来不抱希望。有几年我爸过得很颓废，就是我初中那几年，新历电厂倒闭之后那几年。我觉得我爸根本不愿意接受这件事，他每天出门晃来晃去，我妈好不容易给他找来的工作，他做几天就不愿意了。差不多到了我初三那年，他才开始跑运输，并且迅速爱上了这件事情。我爸对于开货车的爱完全不亚于做一个电工，他早出晚归，一天能在陈桥镇和临城市中心跑好几个来回。到了我高中，我们家的经济条件已经好了不少。但是我觉得，我妈可能是在那几年被吓坏了，她也许认为生活会一直这样下去。

我那时候还找了另一个理由，我认为我妈对我也不抱希望。不然，我觉得她可以等一等，我反正会长大的，不是吗？可是正如明浅所说，我的少年时代，过得实在太随心所欲了，我从没想过我以后的人生。我猜在我妈看来，我也没什么指望。我想我妈也许需要一个承诺，不管是我爸还是我，我妈需要我们保证后面会有一个很好的生活。也许这样她能活下来？当然我现在已经不这么想了，不过当时我才20岁，我的人生一夜之间被改变了，没人给我解释，我只能给自己找一些解释。


火车一共开了三十个小时，等我走出兰州火车站，我才发现我根本没想过接下来几天要干什么。我想我之所以只能沉默以对我爸的质问，主要是我的确不知道我来兰州是干什么。那时我也不知道，我往后的人生，会做出不少"不知道是为了什么"的事情，我的朋友明浅在《危险时刻》里将会写道："西蒙需要平复自己的情绪，为了平复情绪，西蒙做出行动。"明浅还会在另外一篇文档里写道："西蒙一般不会说自己要去做什么，西蒙一般只会发现自己在做什么。"眼下我发现自己在离家两千公里以外的一个陌生火车站，而此时已经深夜了。我在手机上给自己订了一家青年旅舍，然后我打车过去。

出租车把我在一个居民区前放了下来，我在这个居民区往前往后走了两百米也没看到旅馆，然后我才意识到旅馆就在这个居民区里。但是小区门卫一番盘查，硬是把我拦住了，我到兰州的第一晚，发现这个城市对我真是戒备森严。我只好在网页上找到旅馆电话，打过电话后我又在门口等了十多分钟，才等到旅馆工作人员来给我开门。我跟着他在小区里七绕八绕，最后乘着电梯在一幢楼的六层停下来，我们出现在一户房间前，门上还贴着掉了一半的春联。

他们把一户小区住房改成旅馆，进门后是一个小小的前台，两个房间被改成六户上下铺，另外还有两个独立大床房。本来我订了一个上下铺，但是这时十二点了，为了不把大家吵醒，我就改了大床房。我把行李箱扔地上，洗完澡后，我就躺在床上睁着眼睛想接下去几天我要干什么。

人们都说旅途可以散心，不过我想，一个人如果能给自己安排一场旅游，如果他能决定好在一个陌生城市吃什么，看什么，认识一些什么人，再在天黑前乘火车去另一个城市。我想他要是能够精力完备到做这些事情，他应该状态也不差吧。而我在那时候，我其实不知道怎么取悦自己。

半个小时后我发现，要是靠我自己，我可能要在这个旅馆躺上一个礼拜。这样我就在旅馆墙上的旅游团广告上联系了一位导游。我的运气挺好，他明天出发的甘南线环游，还缺一个人。我给他发了信息就睡了。第二天早上他给我打电话，九点钟我已经坐在他车里。他是西宁人，开一辆面包车，此外我还有两个旅伴，我以为他们是一对情侣。

往后七天，我们四个人几乎一直在这辆车上。车一直马不停蹄地开，有不少时候我真的觉得，这辆车可能不会停下来了。每天从早到晚都是山川河流，有时候整整一天也开不出一片草原。我很快就厌倦了草原与牛羊，四处都看不到人，我只好关注我的旅伴。

他们两人都不多话，相对来说，男生更加沉默，几乎不会主动说话，不过只要你和他说起一个什么话题，他又会自然礼貌地回答你。也许还因为他一天到晚戴着一个防晒的黑色手袖，看起来就会挺奇怪。几乎每件事他都先征询女生的意见，吃饭住宿，语气总是很温柔，温柔到让你觉得不对劲。女生就正常得多，除了她从不提及自己的喜好和私事。不过，在我看来，她更加奇怪，也许是因为她待在他旁边，经常就是待在一个奇怪的人旁边的那个人，让你觉得更加奇怪。

他们从不住在一起，也几乎没有牵手这种身体接触，唯一的一次亲密举动是有一次男生帮女生系鞋带。那时他走在我们后面，他喊女生名字让她停一停，然后他跑上来帮她把鞋带系好。我和导游站在旁边，看着他蹲在我们面前，仔仔细细地系鞋带，我们都有些不太自然，但他们俩倒是好像觉得很正常。有一个瞬间，我觉得女孩子就要伸出手摸摸男孩子的头发，但是她没有。那个瞬间我心里一颤，她的眼神温柔又没有希望，我差不多猜测他们之中说不定某个人是绝症病人，要不两个人都是绝症病人。

我和明浅说这些事，我说我有点疑惑他们是不是情侣。

明浅说，这也挺正常。

我说"你认真一点，我在给你提供素材呢"。我说完又有些后悔，从前我经常和他这么说话。可是现在不太一样了，现在我其实经常想躲着他。你的朋友想成为一个作家，而你呢，你看着就像一个悲剧人物。

明浅说："你可以当作自己的素材。"

我看了看两边的草原，云朵离你真的非常近，就像你真的跑两步就可以摘到。我回复明浅，我说我不会再写小说了。我想我在散心，散心的意思是要把事情给忘了。

我想明浅对这些事不感兴趣，也许是因为它们不够像灾难。但是怎么说呢，要是他也在这辆车上，也许他会闻到一些灾难的味道。

第六天我们到达青海湖，他们俩都有点"高反"，女生更加严重。那天我们住在帐篷里，那地方除了这顶帐篷，真是什么都没有。我们身上谁也没带抗"高反"的药，男生准备自己出去找一找药店，导游很自责，他说这地方不可能有药店。但他温和地表示，还是要出去找一找。那时傍晚了，气温骤降，他套了件衬衫，茫然地在汽车开进来那条泥土路上往前走去。

两个小时后他回来，也没有找到药店。不过好在明天我们就返程去西宁了。晚上他坐在女生旁边，一直没睡，我在帐篷里睡不好，醒了好几次，我看到他靠墙坐在女生床边，灯光里睁着眼睛。四点多的时候我又醒来，我看到男生不在。

说实话，我对这个女生的好奇要多过男生。但她不是那种你在她身上可以找出一件什么事情的人，有些人的神秘之处就是你找不出原因他们为什么是这样子。她让我想起陈渔。她们就像是高中课本上的物理题，你永远别想搞清楚原理的源头。但这个男生不是，他一看就像是出了什么问题的人，他更像是经过了某种化学反应，好比两种物质放在一起产生了气泡，毫无疑问他在冒气泡，当然了，化学反应本身也足够奇妙。我在四点钟爬起床去找男生，他果然在门口抽烟。

他问我"是去厕所吗"，我说"不是"，我说"我发现你不见了"。他也不惊讶，他分我根烟，又说"你要不要去穿点衣服，这儿现在太冷了"。的确太冷了，我一走出帐篷就觉得要被冻死了。但我也没什么衣服，一共两件衬衫我都套身上了，话又说回来，我也没打算过要在早上四点钟站在这地方的户外抽烟。

　　我抽完了一根烟，然后我说："嘿，怎么总不见你们住一起？"他还是不惊讶，然后很平静地像之前回答我要点一个什么菜一样回答我的问题，他说他晚上都不睡觉的，睡不着，所以不想打扰她。

　　我又问："你们是情侣吗？"他说以前是，但她这趟旅行结束就要去结婚了。我说："啊，怎么回事？"我俩站这说话，一开口都冒白气。他真的有问必答，他说："我有抑郁症，除了抑郁症外还有别的毛病，总之我不适合和她结婚的。"

　　我还想知道一些别的，但是问不出别的问题了。我们又抽了两根烟，这时快天亮了，我和他去那条泥土路上看了日出。


　　回杭州的火车上，我看到许巍的演唱会消息。演唱会时间就在我回到杭州的第二天，网上已经买不到票，但是我看到有人在转票。我出门的时候身上有三千多块钱，这时候剩下五百多，就是那张门票的钱。我那时候大二，我的高中才结束不久，正如明浅所说，我的高中除了许巍、窦唯、朴树，我几乎就没听过别人的歌。我觉得明浅说不定是在嘲笑我。所以我想，我一定要去听这场演唱会。

　　我在火车上买下那张票。回到杭州以后我住在学校里，身上已经没有钱，不过黄龙体育场离我学校非常远，那天肯定不能回来住，而且我在网上找了半天，体育馆边上，青年旅舍的上下铺都已经卖完了。那时候我加着一个歌迷群，我就在里面问有没有人可以拼房住，七寒是第一个回我的人，她在网上的名字就是余七寒，所以我以为是男生。我们加了微信后，我才发现七寒是女生，所以拼房就没成。那天到了最后，我少听了两首歌，这样可以赶上去明浅学校的末班车。

演唱会之后，我和七寒没有再联系过，她朋友圈发得很少，我觉得她相当神秘。偶尔一次两次，我看到她的状态，于是我知道她在国外念书。我见到七寒是在两年之后。

大学剩下那两年，我把时间消磨在图书馆。我很少再去上课，我对自己的专业课不感兴趣，我选的是英语，这非常奇怪，我是我们班级里的四个男生之一。有一段时间我去想巴别塔这个问题，我对巴别塔的存在本身不理解，我又想，如果学语言的意义仅仅是为了绕过巴别塔，如果只是这个意义，它就太无聊了。

当然啦，这只是一个托词，我只是想给自己放弃专业课找一个理由。这理由有点玄乎，没什么人能理解，有时我自己也不理解。有不少次我想要休学，但是我觉得，我不能再让我爸受什么惊吓了。有时我仍想起陈渔，想起那些我戳戳她后背给她递纸条的语文课，还有窗户边的旺仔牛奶瓶。不过我也只是偶然想起，陈渔是那种需要人照顾的小女孩，而我此刻像一片废墟。

那两年我看的书也许比明浅还要多，我只是想消磨时间。消磨时间有很多种方式，看书是最简单的一种。我看了许多好小说，看得囫囵吞枣。有时我想，我看的这些书，明浅一定希望自己能写出其中的一本。但我只是喜欢沉迷在叙事里，我喜欢在他们的叙事里飞快地进入另一些地方。那时我想，小说的意义，是出现意义比较重要，还是描述出一个让人沉迷的世界比较重要？然后我发现，很多我喜欢的书，它们都在努力把这两者都做到。我在那段时间看的书，作者都比我早生了一百年。

我原本是校报记者，每月要交上一两篇稿子，那时我连记者也辞去了。我看书，但我不想写任何东西。我不想是那种，你知道吧，就是你遭遇了什么苦难，然后你成为一个作家。我在图书馆看到莱辛在一篇访谈里说："我之所以成为一个作家是因为生活里的挫折。"我在图书馆金黄色的阳光里看到这篇访谈，我简直生气极了。我想我绝不会因为遭遇了灾难，就一定要赋予灾难价值，这有点太像是受它摆布了，不是吗？

那两年我与明浅联系很少，也许是我对一个想要成为作家的人有一些敌意，我不想靠近一个对灾难感兴趣的人，我也害怕我会成为明浅的一个人物。我想好了，我绝不能成为一个人物。而我的朋友明浅，那两年正在他的作家之路上加速狂奔。

我盯着明浅的第三个文档，我还没有打开《咖啡馆》。我让自己缓一缓，我的玫瑰花路将要铺开，我不打算立刻去看。

# 02

彩虹 —— Caihong —— 33—56

整体而言，我在命运面前的主要姿态就是目瞪口呆，好事让我目瞪口呆，坏事也让我目瞪口呆。在2015年春天，七寒当然是好事。

明浅的第三个文档，名字是"咖啡馆"，大约八百字。明浅写的是我和七寒的第一次见面。

陈西蒙从没遇上过如此迅速建立起来的默契与亲密。惊人的速度。

当余七寒随着电梯出现在地铁口，一把拉起他的手往前走时，陈西蒙甚至没来得及看清楚她的长相。他当然知道她长什么样，但那不同。今天早上坐在那辆从陈桥镇开往杭州的大巴里，陈西蒙一路都在听梅艳芳的《似是故人来》，他很伤感，好像在和过去的所有恋情做告别，甚至有点儿冲淡了即将与余七寒见面的那份焦虑。地铁出口等待余七寒的十几分钟时间，陈西蒙依然沉浸在这股伤感情绪里。但是现在它们迅速消失了，余七寒像是一个坚定的现实一样，迅速地驱散了他那些念旧情绪，同时也驱散了他的不安。

他后来想，余七寒是故意要这样做的。她不仅是要驱散陈西蒙的疑虑，同时她还要驱散自己的疑虑，她早已经打算好了，要把过去抛在脑后，而她要做的是让陈西蒙也把过去抛在脑后。她很轻松就做到了，余七寒面前的陈西蒙懵懂又兴奋，他迅速地信任了她。陈西蒙后来又想，还好七寒没有看轻这份过分容易的信任，要是她看轻的话，他们也许会飞快地完蛋。余七寒不仅没有看轻，往后因为他容易轻信的个人特质，她又一次次心慈手软。

走去咖啡馆的路上，余七寒松开了陈西蒙的手，改成了挽着他的手臂。他们并不怎么说话，一路上都在跟着手机导航七拐八拐地找路。余七寒停下来看地图的时候，陈西蒙站在旁边，得以打量她。余七寒好高，得有一米七，她穿得简练，衬衫与毛衣，牛仔裤，矮靴，外套是一件黑白格子呢子大衣。她身上还带有某些学生气，过不了多久她会让它们褪去。

他又去看七寒的脸，刚才她在微信上跟他讲，她化了妆，不要惊讶。她好像看透他还没有学会欣赏化妆。果然，她脸上妆并不明显，实际上，西蒙只看出了折叠的眼线。西蒙想，也许是因为她没有涂口红，西蒙对于化妆的理解停留于口红。他又想，她要是涂着红唇出来见他，也许会是另一种气氛。他们似乎都不希望是另一种气氛，他们似乎有意让气氛平常一些，不要像一辈子只有一次那样。他想起了李开涂着口红抽烟的样子。

余七寒把手机放回口袋，又一把挽起愣神的陈西蒙，他们拐进一条更热闹的街道，五分钟后，咖啡馆就出现在眼前。


我见到七寒是在2015年春天，我们见面，然后在一起，速度非常快。冬天她来杭州实习，春天我坐了大巴去杭州找她。我们的第一次见面就和明浅的描述差不多，我们约在武林路附近地铁口见面，我先到了，就在地铁口等她。那会儿我刚刚被偷过一个手机，手机是刚换的，七寒出了地铁打我电话，我漏接了，她就很担心我的手机是不是又被偷了。她跟我讲的第一句话是："你手机还在吧?"然后她拉起我的手,选了一个方向径直往前走。

我不太清楚她当时的心理,是否如明浅所说,她想要驱散我的疑虑,同时驱散自己的疑虑?当时我没想那么多,我的确有些恍惚,主要是因为,七寒太真实了。那种感觉就像是,我从前从没遇到过一个真实的人。

我们跟着她的手机导航来到了咖啡馆。按理来说我对杭州应该比她要熟悉得多,但那天基本上都是我跟着她在走。七寒那天选的是漫咖啡,往后的日子里,我会发现七寒非常喜欢这家咖啡馆,对我来说,漫咖啡显得有点儿,怎么说呢,有点儿太过稳重了。不过,七寒本人的气质与这间咖啡馆非常符合,我不是说她当时的气质,是她后来慢慢发展出来的气质。更确切地说,七寒在让自己往那个方向发展。如果她的发展不出什么问题,她会让自己逐渐变成一个稳重的人。

我点了杯卡布(卡布奇诺),七寒喝的是柠檬汁。我们又点了份华夫饼,那份华夫饼切得又厚又大,我们一直不知道怎么下手,直到最后也没有吃。我们的聊天十分愉快,我们聊了不少许巍那场演唱会,七寒说那天她从南昌赶来看这场演唱会,因为其他地方她都没买到票。我问她那天最后唱的是哪两首歌,是否有《蓝莲花》,她就说最后是《蓝莲花》。然后她拿出钱包,从卡片夹里拿出那张蓝莲花的贴纸,这张贴纸我也有,是2013年那场演唱会检票时送的礼物。实际上我们也没有别的事可以聊,毕竟这是我们两年来第一次见面。

　　然后七寒拿出一个已经很旧的骆驼烟盒，七寒递给我烟盒，里面还剩下最后一根烟。我漏掉了一些事情，那两年我们并不是毫无联络。2014年夏天，我们曾经一起熬夜看过几场足球世界杯，每次凌晨时比赛结束，我们就分头去阳台抽烟。世界杯之后，我们约定好要一起戒烟，七寒说我们把手上最后一根烟留下来，以后见面时再抽。我留了一阵我那根红盒万宝路，但不久之后就抽掉了。当然抽那根烟的时候，我也想起她。我不是说我不看重我们的约定，我只是觉得世事无常，我们也许不一定会见面。

　　七寒好像也没有责怪我的意思，也许那也在她的意料之中。我后来会认识到，人们对于缺陷的宽容，其实原因并不相同。有些人能够接受缺陷，仅仅是因为他们看不到对方身上的缺陷，这种事时有发生。说实话，这种感受并不让人愉快，那跟真正被接受无关，你会很清楚地知道，对方喜欢你是因为，他确实是瞎了。但是七寒不是，这个一头栽入我生活的人，她聪明极了，这就好像是，她知道你身上那些胆怯那些愚蠢的地方都是怎么回事，但是她都接受，她甚至还珍重。

　　那天我们在咖啡馆一起抽掉了她的那根烟，漫咖啡的好处是它可以抽烟。烟已经很潮，总之很像是在提醒我们，谁遵守了约定而谁没有。我把这根烟放在心上，就跟我也把陈渔收藏起来的那张儿童节包装纸袋放在心上一样。事情经常是这么回事，有些人负责行动，有些人就只好负责记忆。我后来就告诉自己，不知好歹的事情要做得少一些，习惯被爱的事情要做得少一些，不然的话，实不相瞒，你心上挂起的包装纸袋就会越来越多。当然啦，这些都只是命运里面的细小纹路，你好不容易学会了，之后就会发现前面一路上让你目瞪口呆的事情其实非常多。

整体而言，我在命运面前的主要姿态就是目瞪口呆，好事让我目瞪口呆，坏事也让我目瞪口呆。在2015年春天，七寒当然是好事。

咖啡馆之后，我们去了体育场路上的晓风书屋，然后我们又去了超市买菜。因为袋子里几罐啤酒过不了地铁安检，我们又走出地铁站，坐公交去她住的地方。七寒刚刚来杭州实习，之江公寓是一个临时住所，她放下手里我们从超市买来的一袋子菜与啤酒，然后她把电视机遥控器给我，又把平板电脑给我，把我们在书店买的书给我。然后她跟我讲："你自己玩会儿，我先去做饭。"

之江公寓是一个酒店式公寓，沙发对面就是开放式厨房，七寒开了厨房的壁灯，我看过去，厨房就在一片黄色灯光里，我面前七寒站在水池旁边，她在洗我们下午一起从超市买回来的玉米和排骨。

我喜欢这一整天，从地铁口她问我"你手机还在吧"，然后是那根烟，然后她把书和遥控器放在我面前让我自己玩会儿。我疑惑又兴奋地看到我在这段关系里会担任的角色，我从来没做过这个角色。七寒邀请我走进这个房子，她邀请我做这个角色。我坐在之江公寓的红色沙发上，我面前是我们在晓风书屋买来的几本书，七寒选了两本诗集，我买的是一本摄影集。我抬头能看到她就在我面前，在厨房的黄色灯光里。然后我走过去抱了抱她。

我遇到七寒的时候，我的少年时代已经结束了，其中一个人死了，一个人疯了。而我准备和她一起生活，我准备把过去都忘了，我发现新的生活是可能的，实际上，在后来很长一段时间里，它一直都是可能的，而且它一直都比我期待的更好。七寒做了意面、玉米排骨汤，还有一份蛤蜊。我用相机给它们拍照片，很多彩。我在我的相机镜头里看到方舟。我后来愤怒于方舟在洪水里被倾斜打翻，可是我再想一想，漫漫人生，我遇到过方舟。

而抵不过洪水，说实话，抵不过洪水多正常啊。

明浅留下的文档里，他不断提醒我，我先爱上了一段关系。我从没想明白这个问题，但是我想，你如果不爱一个人，怎么会爱上你们的关系呢？我看到齿轮互相咬在一起，我看到它们变得更好，它们在一起时成为另一样东西，那比它们各自分开时都好。


之江公寓是我们住过的最好的一个房子，一个月后，我们就搬了出去。那时我们距离毕业还有半年，两个人都没有钱，之江公寓对我们来说太贵了。不过我们搬走时，我以为我们总会再住进之江公寓。后来，七寒走后，我一个人在之江公寓住过一年，一个人住之江公寓非常浪费，不过现在离那时还远。

搬走之后，我们住进了浦沿路上的一个小区。那是一个三居室，主卧住着一个男生，另外一个次卧住着一对情侣。我们住在朝东的房间里，那个房间非常小，七寒如果坐在书桌前工作的话，我每次去阳台晾衣服，她都要站起来让一让我。那个房子里，我们连衣柜也没有，住进去的第一晚，我们去超市买回来一个组装衣柜，然后我们一起坐在地板上装这个衣柜，还没两分钟，衣柜木架就被我们折断了。我们只好把一部分衣服放在行李箱里，再把一部分衣服放在我们买回来的收纳箱里。

四月那一阵，我们纷纷爱上了穿衬衫，我们有许许多多衬衫，浦沿路上的这间朝东房间，它是我们的衬衫王国。衬衫放在收纳箱里很容易有褶皱，于是我一直在叠衬衫。七寒那时在公司实习，我每天坐在这个房间里一边写论文一边叠衬衫。我喜欢叠衬衫，我每天都把它们从收纳箱里拿出来再叠一遍。我毕业论文写的是门罗的小说，所以我就会有些担心，我会像她的主人公一样，有一天把衣服全部叠好以后，就出门再也不回来了。但是当然，这种小说里的脱轨时刻在我们的生活里没有发生，我当然没有走，如果你是我，你也不会走。我想说我非常开心，开心于每天等她回来吃饭，也开心于可以叠这些衬衫。

我每天坐在桌子前写一会儿论文，再坐在飘窗上写一会儿论文。我们当时选择住进来，是因为它有这个飘窗。那时我们来看房，七寒站在门口望着飘窗，她说"这样你以后就可以坐在飘窗上看书"。那时我站在她旁边，我知道七寒脑中一定出现了一个特别美好的画面，我会有一点担心我够不够格去成为那个画面的一部分。我是说，你看出来了吗，七寒有点儿把我当成一个小动物，或者她把我当成她人生画卷里必须要有的一个部分，她把我放在那里，她需要那个画面里有我。我当时忍不住想，这是爱情吗？几年后我又忍不住想，这不是爱情吗？

　　整个四月我都在房间里写论文，等到七寒跟我说她要下班回家了，我就会去超市买菜。也许是因为一个人在房间里坐一天太无聊，我会多走两条街，去到两公里之外的超市。我对做饭一无所知，开头几次买菜，我要不是买多了，要不就是根本不够两个人吃。七寒对此非常耐心，以后她就会在每次快下班时，在微信上非常精确地告诉我要买什么，她会说要买一条鲫鱼，一盒豆腐，两根胡萝卜，半碗豌豆，一袋生粉。

　　我不懂做饭，但我很喜欢拿着这样一张单子去超市买菜。相比之下，七寒就很喜欢做饭，或者说，食物让她很开心。七寒经常从中午起就开始跟我讨论晚饭，她早早地开始计划：我们晚上吃鱼吧，我们晚上做意面吧，我们晚上做焖饭吧。但是七寒善变，到了下班时她又会跟我讲，我们不做饭了，我们去吃日料吧好吗？

　　我说"好好好"。


　　四月底有一天傍晚，我坐在房间里写论文，我一整个下午都在一点一点凑着字数分析门罗的小说开头。门外声音越来越响的时候，我已经盯着"多丽得坐三趟车"这个句子快有一个小时了。

　　我先是听到了"咚咚咚"敲门的声音，然后我听到七寒的声音，她说："你们他妈的能把那些傻×碗给洗了吗？"我飞快地跑去开门，我们的房间和隔壁卧室相邻，两个房间门组成一个直角，所以当我打开门，他们三人全都站在我面前。我首先看到的是那个男人，他应该三十多岁了，这是我第一次看到全部的他——看到他全须全尾站在我们面前。事情仍然很奇妙，我一时还没有从门罗的小说里缓过神来，门罗在"多丽得坐三趟车"后面又写道："她是那么努力，才让自己能去正视他，把这个消瘦的、踌躇的、冷淡的、精神紊乱的男人纳入视野。"

我的这位室友，他显然吓了一跳，现在他又从"吓了一跳"中恢复过来了，恢复到那种"原来是这么回事，没什么大事，不关我的事"的状态。我看到他的目光从刚刚出现的我身上离开，然后他看了一眼七寒，再接着他就低头看住了他的女友，大概是她手臂的位置，他一动不动地看住那里。他在等事情结束，而且他知道事情总会结束。毫无疑问，这是他长期以来已经摸索出来的一种应对战略。相比之下，他的女朋友显得更加无所谓一些，她比他矮一头，更胖，看上去要健康一些，但她的脸一看就非常疲惫，是作息紊乱的结果。她站在男人旁边，她也一句话没说，但表情已经挺不耐烦。

我想七寒一定对他们积怨已深。刚搬来这个房子时，我们以为次卧只住着这个男人，那房间很小，比我们的房间还小很多。一周后我们才发现，那里面其实住着一对情侣。女人回来的时间非常不稳定，她大概做着一个需要倒班的工作，有时候她半夜回来，有时候她中午回来。要是她夜里回来，第二天我就会发现厨房水池里多了一个还没洗的煮泡面的碗；要是她中午回来，她会给他们做上一顿饭，这样的话，水池里就会留下更多的碗。总要等上好几天，那些碗才会被洗掉。那些碗让我们束手无策，我前两天刚刚敲开过一次他们的门，婉转礼貌地请他们把碗洗一洗。那时房间里只有男人，他戴着耳机，从绿莹莹的电脑桌面面前转过头，然后他又把头转回去。我不确定他有没有听到我的话，反正那些碗没洗。我与他们僵持着站在这个直角角落里的时候，我突然想，可能七寒不是因为那些日积月累的碗而愤怒，她可能愤怒于我的意见完全没被他们当回事。

其实我不太在意，但我想，我的不在意说不定包含着某种居高临下的意味，因为我觉得我们的生活比他们要好多了。他们的房间门经常留着一条缝，我望进去，他们的房间比我们还要小得多，一张床、一个电脑桌、一个衣架，几乎没有转身的空间。房间非常拥挤的另一个原因是里面非常乱，床上、椅子上堆满衣服，他们的水壶、碗筷、化妆品、泡面盒，全部堆积在已经放了一架台式电脑的桌子上。

这个男人不上班，他几乎从不出门，我每次从门缝里望进去，他的电脑上永远是一块绿莹莹的界面。他的女朋友下班后，就加入他一起打游戏。我经常看到她盘腿坐在床边，手里拖着一个黑色手柄。他们倒是从不争吵，实际上除了游戏声音以外，他们的房间很少有声音传出来。那个房间朝北，也没有窗，我第一眼看到这样的生活，我觉得好像置身在卡佛的某篇小说里。

我们僵持在两个房间组成的这个直角里，他俩沉默而无所谓，看上去不打算说一句话。七寒表情依旧愤怒，我想她一定是非得要解决这件事情。我觉得有些羞愧，我觉得处理这件事情的人应该是我而不是七寒。不过，如果两个人中有一个人比较暴躁的话，另一个就得扮演温和的角色了。实际上，你会不由自主地去扮演一个温和的角色。于是我把七寒拉进了门，然后我走出去，再次重复了一遍两天前我敲开他们房间门时说的话。我说："那些碗已经放了很久了，你们打扰到我们的生活了，以后你们能及时把碗洗了吗？"我想事情差不多这样结尾就可以，我说完就打算关上我们房间的门。

我没来得及关上门，我刚讲完，那个一直没说话的女人"啪"地炸开了。她拍打了一下手臂，有点像是要把那个男人的目光拍打掉，然后她就冲着我吼："关你们什么事？管好你们自己……"接下去的话我就听不清了，七寒刚跨进房间门，现在她又迅速冲了出来。七寒一把把我推进房间，然后我听见她的声音比那个女人更响："你他妈在吼谁呢？"

事情飞快地变得无法收拾，那天晚上到了后来，事情就变成了我站在门口，一直试图把七寒拉进门又一直失败。后来当我拉着七寒的手臂都有些机械了的时候，那个在四月底还穿着厚厚的冬季睡衣，整个过程里一动不动的男人，他轻飘飘地伸出手，轻飘飘地把他那位还在滔滔不绝的女友拉进了门，然后他们的房间门就在我们面前关上了。

我从背后抱住七寒，我说"好了好了不要生气了"，我说"大不了我们换个房子就是了"。到了后来，七寒每次被我气到往地上砸东西，我也是这样从背后抱住她然后讲"好了好了不要再砸了"。但是在2015年4月，我们几乎没有为任何事吵过架，七寒也没有拒绝过我的任何提议。七寒皱起眉头看着我，像看着一个棘手的麻烦。然后我们商量起搬家。在我了解七寒更多一些以后，我知道如果不是因为我，她不会从这个房子里离开。七寒和我不一样，她不会像我一样惹不起就选择躲起来。

许多年后我爱上看篮球比赛，我喜欢的那个球员，解说员经常用"大杀四方"来形容他的投篮，我每次听到这个词都想起七寒。七寒大杀四方，如果她认为自己做的事没什么错的话——绝大多数时候，七寒都认为自己做的事没什么错。七寒大杀四方，同时对自己的人生坚定不移。我还记得明浅给我的形容词是"漫无目的"，但是在选择七寒这件事上我坚定不移。我难免会去想，也许是因为我漫无目的，我才会选择要和七寒在一起。但我又想，漫无目的的人，他连这种选择都不会做。我永远都在选择快乐与牵挂，当它们组合成一样东西，我认为那就是爱，我和七寒在一起，当然只可能是因为爱。

那个晚上，我意识到的另一件事是我们之间的权力问题。我认识到在我们的关系里，七寒一直是强势的那方，她做决定她冲锋陷阵。而我一般是在后面，我尝试过几次走在前面，不过就像这次和室友在这个直角里的冲突一样，它们证明，我完成得不如七寒。七寒坐在桌子前写实习报告，她在工作的时候总是聚精会神，把这个房子里的任何东西包括我也隔绝在外，她刚才让我自己先在手机上看看房子。我望着她背影，然后我才想到，当时我坐在之江公寓的红色沙发上开始心安理得地玩她推到我面前的玩具，原来当我们选择好了人物角色，是有一套配套的人物准则的。

我们对于另一个房子的满心期待，很快就在找房子的过程里被消磨掉了。我们没完没了地看了十几个房子。有些房子我们还没走进去，就想把门给关上。那些房子，要不就是跟浦沿路上这间房子一样，除了床书桌柜子外再无容身之地，要不就是红木家具放满了整个房子，让你像是住在十几年之前。还有几次，房屋中介带我们走进的房子，明显就连油漆味道都没散去。七寒最讨厌这种房子，她走进去，没过两秒，眼神就迅速地黯淡，然后她委婉地跟中介告辞，拉起我的手退出房间。

七寒怕死，她绝不会住一个油漆味没散尽的房间。她甚至拒绝去游乐园。七寒认为把自己放在过山车上简直是在拿自己的生命开玩笑。不过，七寒又觉得不应该磨灭我对游乐园的爱好，到后来她终于想出来一个不错的折中办法，我们找到了一个愉悦又平安的游乐园。2015年开春以后，我们经常去杭州动物园对面的儿童乐园，和那些周末穿着彩色卫衣卫裤的小孩们一起坐旋转木马。七寒也害怕坐飞机，坐飞机让七寒惊慌害怕。每次她不得不坐飞机，上飞机前，我都能收到她的微信，七寒说："你知道我爱你吧？"

我每天白天看几个房子，等七寒下班以后，我再和她一起去看，没过多久，失望和疲倦就打击了我们。我其实很想住回之江公寓，但是又难以负担每个月的房租。我就有一些郁闷，我比七寒表现得更加郁闷，她也许不知道我为什么会这么郁闷。我知道在七寒的思路里，我们的生活会越来越好，这一点不用质疑（我想七寒能这么肯定是因为，她认为凭借她一己之力，就可以让我们的生活越来越好）。除此之外，七寒还认为人生应该分阶段，我们23岁，我们都刚刚毕业，毫无疑问，我们会度过一段贫穷的时间，我们会住上一阵廉价房，然后是住更好的房子，然后是买房。七寒认为我们应该是这个步骤。

但是对我来说，我们可能会卡在任何一个步骤里。我怕我会死了，我怕七寒会死了，我还担心我们是否会相爱那么久，起码，我们能相爱到住进之江公寓吗？我很想看到她在厨房黄色灯光下切玉米的身影，我很想我们一起坐在那个红色沙发里。我怕我们没有足够的幸运能走到那个步骤。我本能悲观地感觉我们不会相处一世，而我希望能和她有一个五年，有一个十年，如果我们的时间不能很长的话，我就会很想我们度过的时间足够好。足够好的时间里，我认为应该有那些黄色灯光。

我坐在飘窗上，那些打开又关上的门差不多把我彻底搞烦了，我把烦躁与闷闷不乐全写在脸上，我想我们是不可能找到房子了。然后七寒走过来哄哄我，她也在飘窗上坐下来，七寒问我怎么了。

她这么问，我就会想起高中那些为所欲为的时间里，陈渔拉拉我衣袖问我怎么了。我想整体而言，不管怎么学习改进自己，一旦陷入困境，我就还是18岁那个只顾自己根本、顾不到别人情绪的傻×。我主要就傻×在不解释也不理人，七寒很快就烦了，她说"行吧行吧你爱这样就这样吧"，然后她离开了房间。这样我就更烦了，我想可不是吗，我可不就是有很多毛病吗？我又在飘窗坐了挺久，天色暗了我才发现七寒已经离开了挺久。

我跑到小区楼下找她，在心里打算好要诚实认错。然后我在小区门口撞上七寒，她手上抱着花和一袋子菜。我望着七寒想，要是我们这时候分手，她该多么问心无愧啊。

我们没有住进之江公寓，但是我们住进了西环路，而且在那里住了挺久。久到相比起来，浦沿路上那个叠衬衫的春天，还有之江公寓那些初相识带来的幻觉般的温馨灯光，都显得像是一些过渡。

搬家前一天晚上，我们一起收拾房间，一转头我却看到七寒趴在床上睡着了。我帮她换了一个睡姿，她就醒了一小会儿，闭着眼睛张开双手抱抱我。而我又涌起内疚，我看到我那些沉默不语的表情在我面前一字排开，我像一个不知好歹的傻×的时候，都是她在安慰我。我依然希望，是我在安慰她告诉她一切都没问题，我们会找到一个挺不错的房子而不是反过来。好在现在结果看上去挺好，我们会搬到一个我们都很喜欢的房子，于是她也可以累了就让自己睡一觉。

那天我一直收拾到了凌晨，我们当初拎着两个行李箱住进这个房子，离开的时候，东西已经非常多。我慢吞吞地收拾每一样东西，我很享受这段时间，未来像是冒险又像是只要展开一幅画卷。我一丝不苟地收拾我们的行李，七寒就睡在我旁边。而我每次走到客厅，夜里两点钟，我的室友房间里传出来的依然是游戏的声音。我很感谢七寒，我喜欢她带给我的方向。我想告诉她我会很喜欢我们接下去的冒险，而我会尽力地，非常尽力地保护好我们的生活。所以这时候，夜里两点钟我看到我的手机上响起的电话，我望了一眼七寒，也就按掉了。

明浅的第四个文档，题目是"西环路"，《咖啡馆》之后，就是《西环路》，在明浅的记忆里，我和七寒是从咖啡馆一步跨到了西环路吗？我们还经历了许多事情，我记得的事情比明浅多。

合租的室友说，出了点问题。晚上九点多，他们看完电影回来，陈西蒙打开门，看到两位室友和房东阿姨三个人整整齐齐坐在沙发上等着他们。陈西蒙愣住了，他身后的余七寒推了推他问他怎么了，然后余七寒也看到了这一幕。七寒没有看两位室友，她对着房东阿姨问："阿姨怎么了？"房东阿姨五十多岁，面目很和善，她似乎欲言又止。

坐在阿姨旁边那位短发室友接过话，她说："是这样的，你们那个房间只能住一个人，你们看房时阿姨不在，没提这个事，所以得谈一谈。"等她讲完，另一位长发室友对着他们露出局促的笑容，她向他们介绍，刚才说话的那位短发女生叫林远。两天前，他们是和这位长发室友签订了合同。余七寒打量了一会林远，看房那天他们不仅没看到房东阿姨，他们也没看到这位室友。然后余七寒的目光又回到房东阿姨身上，她说："阿姨，我们先去房间放东西，马上就过来。"

他们把手上的几个袋子放桌子上，七寒把需要冷藏的几袋饺子拿出来，然后她说"你待在这里，我去就行了"。陈西蒙感觉有点受打击，他又觉得他去了确实也帮不上什么忙，也许只会添乱。七寒说："我看才不是房东阿姨有意见，这个房间里多住一个人，主要就是碍着了那位林远。"陈西蒙疑惑地问："她不是住最西边那个小隔间吗？关她什么事？"余七寒气冲冲地瞪了一眼陈西蒙，转眼眼神又软下来："反正你别跟着出去就是了。"

实际上，这是他们面临的第一个小危机，更准确地说，这是陈西蒙面临的第一个危机——对于生活里会出现的那些常规性麻烦，陈西蒙没有处理经验，陈西蒙对生活没有经验。这件事说起来很严重，他们说不定会因此住不了这个房子，这可是他们找了一周才找到的房子。

他其实有点害怕，他怕自己面对生活会暴露出种种缺陷，他怕自己会让七寒失望。但是七寒居然主动帮他掩饰过去，也许是因为太轻松了，陈西蒙就没有放在心上。陈西蒙听到客厅里的声音一直都在一个很平稳的频率上，听上去并没有吵起来。接着他听到余七寒的声音渐渐带了哭腔，他听到她说他们刚刚毕业，在杭州落脚多么不容易。陈西蒙这才放下心来，他想七寒居然会用这招，其实从她刚才信心满满走出去时的样子他就已经猜到了，七寒一定会搞定这件事。

现在他又想起了昨天晚上那个电话，他按掉的电话，他们一整天忙着搬家，他没想起这件事。电话打来时已夜里两点多了。

我们住进西环路的第一个晚上，的确出了点问题。那天下午我们叫了一辆小面包车，把我们的几箱行李运到西环路。箱子堆满了房间，我刚刚打开我们的一箱子书准备整理，七寒就把我拉了起来，她望着满屋子的纸箱心满意足地说，我们先不管这些，我们先去看电影。七寒带给我许多安全感，我们住在一起，我们每天出门上班下班，周末一起出游，我们拥有稳定的作息。与此同时，七寒完全不介意中间有种种意外，实际上，七寒会自己制造出一些意外，如果那些意外的后果能在她掌握之中的话。

到目前为止，我们的生活一直在七寒掌握之中，我也在七寒掌握之中。包括我在浦沿路上那场争吵中只能不断地拉一拉她的衣袖，包括我在我们找房子这个星期里表现出的不耐烦，她全部觉得不成问题。而对我来说，我发现我也不介意她突然之间冒出的这些决定。我会很喜欢，而且我会一直很配合这些决定——如果我感受到足够多安全感，或者说足够多爱。那一样吗?

　　2015年我们看了许多电影，那一年电影票价也低，我们几乎每周去一次电影院。七寒喜欢在影院看电影，也就是说，那些刚上映的电影，她都喜欢去看看。在这之前，其实我对大部分院线电影都保持观望，受我的朋友明浅的严肃艺术观影响，我认为大部分院线电影并不值得一看。不过，没想到大部分情况下，我们一起坐在电影院看过的那些电影，我都挺喜欢。我发现和明浅不一样，我可能只是一个想要寻开心的人。至于七寒，院线电影之外，她也喜欢看艺术电影，七寒对电影的喜欢要多过我，她愿意都看看。

　　2015年4月，电影院放映的是冯唐的《万物生长》，不过，我对冯唐的确没什么好感，要不就是前一天晚上收拾房间太累了，那一整场电影我都睡了过去。我也觉得很安全。就跟前一天晚上，我收拾房间时看到七寒在我旁边睡着一样，我也很喜欢在她旁边睡着，哪怕在一个电影院中。


　　那天我们到家时已经九点钟。打开房间门，我们面前就是明浅描写的那一幕，我发现我们的房东与室友都坐在客厅的蓝色沙发上等着我们，不管怎么说，看起来都有些戒备森严。

　　这是我第一次好好打量这个房子的客厅，虽然说两天前我们就是坐在这张沙发上和那位长发室友签下合同。我再一次注意到这个客厅干净又宽敞，蓝色沙发灰色地毯，墙上挂着大电视机。阳台上是两个落地衣架，它们估计属于不同的室友，阳台上还放满了盆栽，后来我知道那都是房东自己养的花，她也住在这个房子里面。这个客厅的风格和几年以后席卷杭州的租房机构不一样，它依然是一个家庭风格。

我看着客厅四周，我意识到它可比我们之前看过的所有房子都好多了，我只好暗自祈祷可别出什么岔子。是的，我祈祷，我主要就是靠祈祷。

这也是我第一次看到我的全部室友，这个房子一共四个房间，房东阿姨住主卧，我们之外，另外两个房间住着两个女生。两天前我们和其中那位长发女生签了合同，她现在坐在沙发中间，有点抱歉地看着我们。她旁边坐着一位短发女生，我们昨天没看到她，也没看到房东阿姨。

就跟明浅写的一样，房东阿姨面目友善，她看着我们大包小包地开门进来，又在这一个架势面前愣住，她几乎有点儿不好意思。房东阿姨冲我们点了点头，然后她问我们："你们回来啦？"这样我就更加摸不着头脑了。然后就是林远说了话。

明浅总是用"疑惑不解"来形容我，其实尽管当时我不太搞得清楚状况，有一点我是清楚的，我知道我们会在这个房子里住下来。我听到七寒语气平静地说"我们先去放东西"，我就知道我们会住下来，七寒会让我们住下来。不管怎么样，我们不会离开这个房子，主要就是，我们找房子找得多疲惫，七寒不会再让我们遭一遍罪。而且，七寒也不会让自己输给别人。七寒一进我们的房间，就把手上的购物袋往桌上一放，然后她气势汹汹地说，一定是那个林远的主意。我疑惑不解，我分不清是谁不想让我们住在这个房子里。我们后来的生活中，我搞不清楚状况这一点总让七寒很生气。

　　我放下手里的购物袋，然后准备和她一起去面对客厅沙发上那些人。但是七寒说，她用一种几乎哄着我的语气说："你不要去了，我去就行。"我当然有些惊讶，虽然说我已经能习惯在很多事情上，她处理得都比我好，但这还是第一次，她这么清楚地跟我表明，如果我不在场的话，会比我在场让事情更加顺利。或者她怕我会面临某种难堪？我不太清楚。我有点受挫，但是没那么严重，我其实害怕的是七寒会对我无法担任这些角色感到不耐烦，但她看起来没有。我于是也就准备放弃这个部分，我觉得我可以在另一些事情上弥补，比如说房间里还有这么多堆得乱七八糟的纸箱，这个房间的书桌、书架、衣柜都还是空空荡荡。于是我开始一个一个地拆开箱子。我信任七寒，我知道我们会住下来。

　　客厅里的气氛看起来挺欢快，七寒那种面对陌生人才会有的客气语调，混合着其他人的声音一直传到我的耳朵。然后声音消失了一会儿，再然后我就听到七寒的声音开始带着哭腔。我想说明浅搞错了，我听到七寒在哭的反应，才不是满心欣慰地确定我们可以住下来了。我当然担心七寒，他妈的，我还没见她哭过呢。所以我就准备去客厅，我想我得坐在那里，不管是不是把事情搞得更糟，我都得坐在她旁边。打开门的时候，我看到七寒正在朝房间走过来，她用依然带着哭腔的声音跟我说："我们买了饺子你忘了吗？快把它们放冰箱去。"我说"噢"，然后我就去放饺子。回来的时候她正站在柜子前，高高兴兴地望着已经整理好的衣柜，然后她伸开手臂等我去抱抱她。

那天，七寒帮我铺好床单、套好被套之后，她就坐到阳光房的小书桌前去写"新浪潮"论文了。我才发现，七寒并不喜欢整理房间，她也不喜欢洗碗，不喜欢晾衣服。不过这些我都很喜欢，我在更久以后才发现，我喜欢这些是因为，我喜欢看到七寒享受从家务中解脱出来而得到的空闲，我也很喜欢在我拖地板的时候她会突然跑过来然后抱抱我。我们享受自己做的部分，也享受对方做的部分，七寒有时候会说"谢谢你"，大部分时候我们用拥抱表达感激。

等我把所有纸箱都拆开，然后填满我们的衣柜、书柜、置物架，已经又到了很晚。那天七寒一直坐在阳光房里，在电脑面前"噼噼啪啪"敲键盘。我很羡慕七寒能在电脑面前坐这么久，我发现不管发生了什么事，七寒都能非常快速也非常持久地继续投入到自己所做的事情中。七寒用工作来隔绝让人分神的事。我却相反，我总想能处理掉所有干扰我的事，然后再去投入工作。我总在做准备，没完没了地做准备。也许我在把该做的事情推迟。后来当意外来临，我们相反的这个部分，也让我们无论如何不能同时去修补裂痕。但这时离后来还远。

我拉起盯着电脑神情专注的七寒，让她和我一起看看这个房子。我们有一个足够大的衣柜，还有一个书柜可以放进我们所有的书，这样它们就不用像在浦沿路时一样，只能被堆在地上。此外，我们还有一个和衣柜一样大的方格置物柜，我把我们的小药箱放在一个柜子里，把相机放在一个柜子里，把我们的许多门票、动车票放在一个柜子里，把我们的纸巾、洗衣液放在一个柜子里，就这样，还多出了四五个空柜子。我们一起啧啧赞叹，这可不比浦沿路好多了吗？更不要说，我们还拥有一个算得上宽敞的阳光房，我们的落地衣架在里面只占据了很小一部分，七寒在里面放下一张小书桌，往后我们就有两个书桌可以一起工作。再后来，我们还会在阳光房铺上地毯，放上靠枕与毛毯，我们将会坐在地毯上喝许多梅子酒，一起看许多电影。

我望向我们的书架，我很喜欢我们的书放在一起。这样一大片小说、摄影集中，也会夹杂进七寒的法语书，七寒的GMAT复习资料，还有七寒的工作——她销售的摄像头的结构说明。我喜欢我们书架的这个构成。不然，我的书架也许会和明浅的书架无法区分。我又想起昨晚两点的电话，我当然没忘记这个电话。实际上，除了在电影院看《万物生长》睡去的那两小时，我一直记得这个电话。关灯之后我问七寒："你还记得我们第一次见面，我在咖啡馆跟你提过的那个在大三办了一场婚礼的朋友吗？他前几个月一直住在临城精神病院，他现在出院了，他来了杭州，这是我刚知道的。"

# 03
## 作家下午

Zuojia Xiawu —— 57—92

那时我也大三，生活中还没有同龄人干过结婚这回事。我后来明白了一个道理，一旦超越生命的时间点做了某件事，你的人生就会因此被搞乱。

明浅那场婚礼是在2014年6月，那时他刚满22周岁。生日后不久，他就兴奋地给自己搞了个婚礼。那时他大三，李浮也是大三。那时我也大三，生活中还没有同龄人干过结婚这回事。我后来明白了一个道理，一旦超越生命的时间点做了某件事，你的人生就会因此被搞乱。所以后来——毕业之后，我的高中同学、大学同学纷纷结婚生小孩的时候，明浅就把自己搞到精神病院去了。我知道明浅想成为一个作家，我当时倒是觉得，作家的行为当然与众不同。不过，我本来以为在大三结婚已经是明浅最大的与众不同之处。

我并非对我已经离开的朋友有什么意见，但我是想说，你知道吧，对于明浅想要成为一个作家的志向来说，他的生活过于顺风顺水，于是他就，你知道吧，于是他就让自己在大三结个婚。

明浅和李浮是高中同学，他们从高二开始在一起，那时我刚刚遇上陈渔，我们纷纷投入爱情。这两件事几乎同时发生，我们也就非常默契地停止了贯穿整个高一的通信。反正实际上，我们的通信都是自说自话，明浅的信写得像一篇篇读书报告，他在信里简明扼要地概述一遍他的黄色书架上新添加的书，再加上数句点评。而我疲于回应，我随心所欲地写一些我身边的生活，我总是有点伤感，也许是因为挺孤单。我在信中向明浅描写我的学校：二中太年轻，光秃秃的，连树都没有长大，不过湖泊很美，一路上，越靠近湖边，情侣就越多。

到了高二春天，我意识到，当我和陈渔成为了那些走在湖边的年轻情侣，当生活本身非常开心，我也就不会再想去叙述生活。而对明浅来说，毫无疑问，他很快就会发现，小浮是一个比我好得多的倾听者。

一年之后，我年轻的爱情迅速夭折。但是他们没有，他们的爱情往下延续，到那场婚礼，已经是第五年。每一年我都会感叹，我认为这么多年，明浅能够拥有李浮在他身边，简直是一个奇迹。实际上我认为明浅非常幸运，他简直幸运得出乎意料。因为弄不好，我是说也存在非常大的可能，这五年他的身边将会没有李浮。弄不好他会和我失去陈渔一样，早早地在少年时期就失去李浮。

我们坐在卧室地板上，七寒正在把罗伯特·卡帕传记里的照片剪下来，我们准备把那些照片贴在卧室与阳光房之间的玻璃移动门上面。七寒对明浅的前传有些不耐烦，她催促我快点讲那场婚礼。我有点不高兴，婚礼之后，我和明浅没再联系过。我说在明浅婚礼的前一晚，我和他见过一面。

那一阵子，我刚刚结束了一段四处奔波的生活，又开始整天待在图书馆。明浅在婚礼前一周才把这个消息告诉我。婚礼前一天，我坐上了那辆摇摇晃晃来往于杭州与临城之间的大巴车，在天黑之前赶到了陈桥镇。我们选在陈桥镇唯一的一家咖啡馆见了一面，是我要求再见一面。大巴车上，我问他，在结婚的前一天晚上有什么特殊的事情需要忙吗？明浅就说一点事都没有，他准备晚上看几篇格林就睡了。为了防止我的朋友在结婚前一晚还在看格林的小说，我就说我们在咖啡馆聊聊天吧。说实话，我的确是想在他穿着西装成为一个新郎官之前，能再看一次他现在的样子。

那家咖啡馆开在陈桥镇新开发的一片商业区里，陈桥镇在那几年变化非常大，镇上的商业区不断往东靠B市开发，商业中心也在慢慢往那一边转移。不过我们对这些变化都非常陌生，我们很少回到陈桥镇，寒暑假也才回来待上几个星期。我在新商业区宽阔的马路边上找到了那家咖啡馆，咖啡馆已经开了一年，客人还是寥寥无几，陈桥人还是不习惯喝咖啡。我走上二楼，很快就在靠马路的窗边找到了明浅，二楼一共就两桌人，另一桌正在打牌，陈桥人把咖啡馆发展出了别的用途。

明浅穿了一件海魂衫，一条白色长裤，他的头发在脑后扎成一个马尾辫。我刚坐下，咖啡就端上来了。明浅非常兴奋，看上去容光焕发。我觉得他太过兴奋，好像随时会推开椅子蹦起来，然后在这个咖啡馆里走来走去。两年以后，我的确会看到他这样夹着烟，在三院那间白色的房间里走来走去。

于是我盯住他问他，结婚是谁的主意？明浅说是他想要结婚，他不停地抽烟，咧着嘴笑，他说"我们都在一起五年了，我觉得结婚没什么不好。你不觉得有点酷吗？小浮是我的初恋，我也是小浮的初恋。再也不用爱别人了"。

再也不用爱别人了。我坐在他对面，听他讲这句话，我的咖啡还剩下一半，我让自己别再喝了。我看着他，再看看这个空旷的咖啡馆的四周，打牌的人走了，现在只剩下我们。我拼命让自己搞清楚状况，我跟自己说这是明浅和李浮，这不是我和陈渔。西蒙和陈渔早就结束了，而现在明浅和李浮将会结婚。可是明浅这副容光焕发的样子让我感觉不太真实，他在我对面摇摇晃晃，像是现实又像是一个镜面。再也不用爱别人了。我想怎么回事，明浅是要向我演绎一遍我原本可以拥有的一种生活吗？演绎忠贞？演绎从头到尾只喜欢一个人？

我们点的薯条和盐酥鸡上来了，这个服务员穿着一身红色工作服，她的笑容温暖琐碎，像陈桥镇每一位三十岁左右的住在你隔壁房间的姐姐。她用陈桥方言问我们，还要点些别的吗？我们说不用了。其实这个咖啡馆的装饰已经有一些像模像样了，不过你还是会在这里同时吃到薯条和盐酥鸡。有时你弄不清楚这是不是你中学放学时会光顾的小吃摊。

明浅专注于吃盐酥鸡，他脸上的兴奋褪去了一点儿，我看着他身上的海魂衫，他的样子和15岁从中学溜出校门买小吃时没什么两样。我想他要比我更喜欢这个地方。可能想离开的人是我。我一边吃薯条一边对他说："那你要珍惜李浮哦。"他立刻又是一副随时能蹦起来的兴奋样子，他说"当然啦当然啦，小浮让我很开心，我们在一起很开心，这么多年也很开心，我们会很幸福"。听到"幸福"这个词从明浅口里说出来，我认为在那天的咖啡馆，不止我一人吓了一跳，我认为明浅本人也吓了一跳。我从没想过明浅有一天会和"幸福"这个词联系在一起，在我看来，明浅追求的从来不是幸福。

我当然知道李浮让他很开心，实际上我认为正是因为李浮，明浅才能这么多年一边追逐他的文学，一边还能维持一个相对稳定的生活。李浮温柔，美好，她就跟一朵太阳花一样毫不妥协地开在明浅身边。李浮还会在适当的时候流下眼泪，我的朋友明浅，他称得上对大部分事情都无动于衷，但是他对眼泪就难以招架了。我认为明浅离不开李浮的温柔和阳光，同时他也离不开李浮的眼泪，实际上正是它们在紧紧拴着明浅。

在明浅的婚礼前夜，我在这位少年好友身上，依然感受到了许多我熟悉的东西。他的海魂衫还是高中那件，也许他和我一样，在陈桥镇已经没什么衣服。他依然喜欢吃盐酥鸡多过薯条，依然在抽烟的时候想不到也要分给我一根。但同时我也感受到了许多陌生的东西，我当然伤感，我的朋友要结婚了，从此走上另一条人生道路。这有些出乎我的意料，但是这挺好，我愿意在22岁听到我的朋友结婚的消息，而不是在32岁看到他出版了一本无人问津的小说。


七寒又皱起眉头看我，然后她伸手摸摸我的头发。我站起来，把她剪下来的照片贴到玻璃门上去。一扇玻璃门上已经贴了三张海报，一张《发条橙》，一张《辛普森一家》，还有一张是日本浮世绘的海浪海报，七寒很喜欢这张浮世绘，西环路有很多海浪元素浮世绘，我从不知道具体原因，可能这是她想要的富足与平安。

然后现在，我把几张卡帕的照片贴上去，诺曼底登陆，还有卡帕拍的约翰·斯坦贝克，还有他自己的照片，我挺喜欢他的脸，热情而迷人。我在书上读他的传记，"卡帕因为他们住的酒店里没有弹球机而不高兴"，多可爱啊。我站在玻璃门前，把一张照片移上移下，问七寒倾斜了没有，是不是要换个位置。七寒热情指导了两次，然后她皱起眉头看住我，从地上爬起来，她说"我来贴"，然后我站在她身后，看到她"啪啪啪"把一张张照片迅速贴上玻璃门。

我们站在一起看这两扇玻璃门，辛普森一家和约翰·斯坦贝克，总体而言不是特别协调，不过过不了多久它们就会看起来特别协调，这我已经明白了。我说："其实我那会儿很伤心的，朋友结婚，总让你感觉要失去他了。"

"而且，"我望着"诺曼底登陆"这张照片，"而且那时候我凄凄惨惨呢，我那时候也不知道会遇见你。"

"那天我们走出咖啡馆，明浅叫住我，他递给我一个黑色纸袋，他笑着对我讲，你忘了拿你的伴郎服。他的笑容——第二天我穿着这身伴郎服在酒店里跑上跑下的时候，我又想起他的这个笑容。"

他们的婚房安排在西云酒店六楼。前一天晚上，明浅是住在酒店二楼。婚礼那天早上，最早到酒店的人是摄影师，那个在陈桥镇小有名气的摄影师尤其敬业，他早上五点钟就到了酒店，在六楼待到了六点钟，拍了一阵子化妆间里的新娘以后，他打算去突袭一下新郎，他可能认为突袭会拍到几张好照片。这位摄影师在明浅的房间前敲了五分钟门，我想那五分钟里，他一定怀疑过自己是不是找错了房间，直到住在隔壁几个房间的伴郎们纷纷被吵醒了，然后他们和摄影师一起站在明浅的房间前敲门。

明浅父亲的电话打过来的时候，我正在镜子前穿那身伴郎服，西服裤白衬衫，我看到镜子里的自己稚嫩而茫然。衬衫是长袖，我卷了两圈。然后我又去系领带，这件事在高考后那个夏天，我和明浅一起学过，结果第一次系领带，是在他的婚礼上。电话里明浅父亲的声音满怀希望，就好像这还是十几岁的时候，明浅留宿在我家打小霸王游戏机一样。他问我："明浅在你家吗？"我说不在。然后他说："明浅不见了。"

204房间空空荡荡，但是被子被打开来过，那么他住过这个房间。他什么时候走的？我把自己的领带松开，他昨天递给我这身衣服，跟我说"你忘了拿你的伴郎服"。我们四个伴郎找遍了整个酒店，我们穿着白衬衫西服裤，在走廊深蓝色的地毯上来来回回奔跑，每次在楼梯口满头大汗碰见，我们脖子上的领带就又松了一大截。那时快八点了，我们谁也不愿意去六楼那个房间。我们安慰自己，现在还不到时间，不过再过半小时，最多再过一小时，我们就该在那扇门前出现了。但是他妈的，我们手上空空如也。明浅父亲的电话又打过来。我说没有找到。我知道，陈桥镇礼堂里现在摆着二十桌酒席，一切就绪，客人就要来。这件事超出了我的想象。而接下去我要面对的事，说实话，也很棘手。

　　我们在九点钟去敲那扇门，没有人堵门，伴娘们当然早就知道了。她们看着我们，像看着四个东倒西歪的白色萝卜。谁都会望一望我们的身后，但没有人，只有这么四个优雅又狼狈的白色萝卜，一个个身上都沾了不少泥。小浮还不知道这件事，就是这刻她也不知道，这是个套房，她还没看见我们。客厅地板上全是气球，我们一走进去，几个人的腿就全被气球淹没了。我们一步步穿过气球走向卧室。我们是失败的士兵。

　　伴娘们说，再等一等。小浮坐在婚床上，她身上是白色婚纱，整个房间是粉色和白色的。她脸上的妆容很适合她的婚纱，我们进来的时候，化妆师才刚刚帮她补完最后一笔。他妈的，从五点钟化妆直到现在，她当然应该是这么好看了。伴娘们说等一等，小浮没有说话，她的目光穿过我们，望向房间门口，我们四个人立刻自觉地站到两边。我们在客厅沙发上又坐了一个小时，十点钟的时候，我们走到卧室门口，小浮已经换掉了婚纱，她穿上了一身黑色的卫衣卫裤。然后她穿过白色的伴娘们，穿过衣衫不整的我们，又穿过地板上那些气球，直挺挺地离开了房间。

　　"我分不清明浅是临阵脱逃，还是逃婚原本就是他的计划。在这场婚礼之后，他几乎获得了前所未有的自由，他这五年里从没体会过的自由，我不知道这对他的写作是不是有什么帮助。"

　　七寒又过来摸摸我的头发，好像是在给一只小狗顺毛，我想我看上去一定情绪激动。我不知道明浅是否后悔过。我不能原谅明浅，你怎么能，我是说你怎么能因为自己的理想，就去伤害别人，而且是去伤害一个五年时间里的爱人，去伤害那些高中时光、大学时光！

"但他后来又住进了三院。"七寒说。她这么说，就好像三院是逃婚的一个惩罚似的。这也是这件事情奇怪的地方，你的朋友年纪轻轻，他搞了一件大事，把所有的人都弄得挺难堪，问题是在那之后，他也把自己弄得很糟。对一个22岁的年轻人来说，三院真的很糟糕了。

"但是他依然制造了伤害。"我盯着七寒，"结婚、逃婚、三院，说不定这是他的作家成长之路呢？"

"好了，我们今天不讲他了。"然后她拉我起来，推我去洗澡。

后来一个星期，我慢慢又讲了一些明浅，我集中讲了一些我们的少年时期，明浅的黄色书架上定期累积的书，还有他写给我的那些读书报告一般的信。我对逃婚的后续一无所知，我对三院也一无所知，但我知道，其实这件事，大概在人情层面上，帮助他解释了逃婚。明浅在去年12月住进三院，他今年4月份才出院。明浅在电话里告诉我，他住在虎跑路四眼井一带的旅馆，其实那里离西环路非常近，穿过一桥，车子再开十分钟就到了，但我有些犹豫，我不知道我是否应该去见他。

七寒常说我无法对人进行区分，她认为我应该对我的朋友做出挑选，她认为我应该选择几个有益于生活的朋友，其余那些乱七八糟的人，就让他们见鬼去。七寒认为，我分不清哪些人应该成为朋友，哪些人应该让他们"见鬼去"。我明白七寒的意思，我把所有人都打在一个包里了。

用明浅的话说，西蒙按感觉来选择朋友，这样在七寒看来，当然就有些混乱。而这个时候，当我用感觉来判断，我就不知道我是否应该去见明浅。我好不容易，你知道吧，我好不容易才遇到七寒，我的好日子才开始没几个月，我不想节外生枝。我知道我这么说有些冷酷，我就是想让我人生的这个阶段能持续得久一些，我知道，实际上，我知道那不会太久。

七寒却对明浅非常感兴趣。她不是一个具有好奇心的人，她不是那种想要弄清楚你为什么是现在这副样子的人。好奇的结尾毫无疑问是厌倦，这我早已经明白。但七寒是另一种人，她知道了你是什么样子，然后她去选择要不要和你待在一起。我那时想，也许是因为她从没见过我的任何朋友，她也许想了解我以前的生活。我觉得那样倒也挺好，融合两个人的人际圈，那当然也是谈恋爱非常重要的一部分。

我们在周末去了四眼井，我们忘了那一天是周六，而且是在杭州的春天，我们坐的出租车过了一桥之后，一路上简直寸步难行。出租车开过一桥就堵住了，不知道多久后才又开起来，车开到四眼井时，我们俩都睡着了，司机把我们喊醒。

四眼井那一片都是青旅，我们爬坡上去，明浅正坐在旅馆院子里抽烟，他身后是一幢小洋房，装修得很有格调，我想这里的价格应该不便宜。明浅穿了一身浅灰色连帽卫衣卫裤。 他没有再在脑后扎起一个辫子，我想他的头发也许全被剃掉过，因为他的头发现在看起来就是从头开始长的样子，过分茂盛的一头短发。

他胖了很多，我不知道是不是过去几个月服用药物的原因。明浅的精力也显得过度旺盛，我其实有点儿担心，他是不是此时正处在躁郁症的狂躁阶段，但你也说不清，因为他每次说到他兴头上的事情，就是一副旁若无人的样子。我本来想多问一些他的工作，但他说了两句之后，就岔开到齐奥朗那本《眼泪与圣徒》上面去了，他说"西蒙你应该看看这本书"，他说话的样子，就好像我们面前还有那个黄色书架。然后飞快地，他又给我们介绍平克•弗洛伊德的前主唱西德•巴勒特的个人专辑。

提到平克•弗洛伊德，七寒很激动，七寒非常喜欢这个乐队，她高兴地把桌子上她的手机翻转过来，她的手机壳正是平克•弗洛伊德1975年*Wish You Were Here*（《希望你在》）的专辑封面，那两个握手的人，其中有个人着火了。明浅坐在我们对面，他直直盯着手机壳，随即又放松下来，然后开开心心地哼了两句*Terrapin*（《水龟》）的歌词。我是因为七寒才知道平克•弗洛伊德这个乐队，再然后，我也听到了西德•巴勒特的歌，我猜喜欢平克•弗洛伊德和喜欢西德•巴勒特是两回事。七寒又把手机翻转过来，也许有一会儿，七寒以为会出现一场关于平克•弗洛伊德的谈话，但她应该很快就发现了，明浅并不打算和她多聊这个乐队。

我们坐在院子里的小圆桌边，我们主要就是在听明浅讲话。有时我望着明浅滔滔不绝的样子，我会觉得有些奇怪，我觉得时间在明浅身上体现的方式有些奇怪。他为什么可以从不长大？为什么他这副从不顾及别人的样子，可以从小时候一直延续到现在？明浅身上好像没有时间留下来的痕迹，我觉得时间在明浅身上停下来了。

但是人生的程序，不是应该经过一个阶段，然后再进入下一个阶段吗？我盯着明浅的脸想，我的朋友明浅，他试图在时间里停留。

明浅又滔滔不绝讲完几部电影之后，他才想到应该给我们也点上咖啡。说到电影，七寒当然也很有话聊。但是明浅讲话的架势，不是说他想要找个人跟他聊天，他只是，你知道吧，就跟那些读书报告一样，他就是发表一下自己的观点。我看着比过去胖了很多的明浅，我想他身上一定还有一些病理因素，我不知道一年前那场逃婚，是否也有病理因素在里面。我觉得我能原谅病理因素，就跟我能原谅我妈没有跟我们告别过一样。不然的话，她起码应该跟我们说一下她怎么了，不是吗？她起码应该给我留下一些话，要坚强？要好好生活？要照顾好爸爸？要有出息？或者，过你自己的生活？我不知道，我妈一句话也没留下。

我们一直待到夕阳西下才离开。实际上这场会面，不过是观看了一场明浅的个人演讲。我们没提那次逃婚，没提三院。明浅也没有对七寒说什么，他默不作声地接受我身边有了一个恋人。一年以前，我和明浅在陈桥镇那家咖啡馆见面，那时我孤单一人，我的朋友坐在我对面，他明天就要结婚。而今天我们又面对面坐在一起，我的身边却有七寒，我很高兴我身边有七寒。我知道明浅也有自己的判断，他一定看得出来，我正在满怀期待地走向另一种生活。他也会看得出来，我和七寒还说不上是不是爱人，我们是一对新伴侣。

我们在小院门口和明浅告别，我看到明浅的妈妈站在旅馆门口，她脸上是笑容，她朝我点点头。刚在院子里坐下，我就看到了旅馆里面，坐在长桌边的明浅妈妈，七寒不知道那是明浅妈妈，我也不会说。明浅妈妈看着我们，脸上是一种不好意思的笑容，她的笑容让我想起我妈刚刚流失记忆的样子。我跟她打了照面，为了不揭穿明浅，我就不能走上前去和她打招呼。我也朝她点点头，她在阴影处，在房间里，而我们在院子里，身上披着一层夕阳，我们的距离不远不近。

回去西环路的路上，车子又很堵，不过我们不像出门时那么着急，我不知道七寒对我这位朋友是什么看法，七寒并不情绪外露。我们又被堵住的时候，七寒转过头来看我，她像哄小朋友一样问我。她说："西蒙，你有想过继续写小说吗？"这下我就知道，七寒挺喜欢明浅。

七寒把人分门别类，如果仅仅按喜好来说的话，她喜欢那种对人生有所热爱甚至是病态热爱的人，她不在乎他们是不是穷困潦倒，她甚至也不在乎，其实正是这类人常常会给别人造成一些麻烦。七寒讨厌那些接受现状碌碌无为的人，如果碰上有人不但碌碌无为，还把自己的生活哲学四处推销的话，七寒就会觉得她被他们的愚蠢冒犯了。

比如我学校那位收发室师傅，显然他就冒犯了七寒。我们学校的邮局在学二教学楼的一楼，一楼往下走是一个斜坡，再走能走到车库。收发室就安置在邮局与车库之间，一个非常狭小的办公室，实际上它是一个半地下室，外边被两圈长方格邮箱给包围，看上去就更加暗无天日。

毕业典礼那天，我顺道又去了一次收发室，因为我老去取杂志，收发室这位师傅就对我挺熟悉。他拉住我，热情问起我毕业后的打算。而我很快就明白，这位师傅和明浅有一个共同的地方，他根本就不想知道我的打算是什么，他实际上是想给我传授一下他认为我应该有的打算。他奉劝我去银行工作，要不就是考个教师资格证，因为那比较保险。他又问起我爸爸的工作，问我是不是可以子承父业。他又建议我，最好还是回去临城。我原本打算拿了杂志就走，这下就只能靠在那些方格邮箱柜子上，嗯嗯啊啊地跟他聊天，中间问到我爸工作的时候，他还给我拿了把椅子过来，我一秒愣住，居然坐了上去。我坐在椅子上听他讲话，完全找不到掐断话题的机会。我望着他，心里相当焦虑，不仅这些话题我没法接，更主要是因为，七寒还在收发室外等我呢。

我在椅子上坐了几分钟后，七寒冲了进来。她跟师傅说，不好意思，我们要去赶车呢。然后七寒一把拉起我走出了收发室。七寒指责我怎么不会拒绝这种聊天，实际上从这时候起，七寒才开始苦口婆心地一遍遍提醒我，要注意选择自己的朋友，选择自己的人际圈。我想要是她再说得明白一点，她也许是想说，要选择自己的人生。我那时却只觉得我们待在一起，人生就已经很好了，我把人生交给七寒，我想她后来可能也觉得，要负担两个人的人生太重了。我们走出了学二，七寒说"去他妈的银行，去他妈的邮局，我看他是一天到晚待在这间地下室太无聊，才会逮住谁，就把人拉下来聊天，我看他的工作倒是很保险"。七寒瞪我一眼，"你要过吗？"

我不要过。我坐在出租车里，回答她当时的问题。可我又想，我也不想过成明浅。我知道在七寒眼里，我的朋友明浅，他虽然看上去发胖又病态，但是他滔滔不绝跟我们从齐奥朗聊到《四百击》，他可不就是一副极端热爱生命的样子吗？

我在2013年写过几篇小说，那几篇小说发表在一本青年杂志上，杂志发稿总是滞后，所以七寒看到这几篇，应该是在去年。我坐在出租车里想，难道七寒爱我，是因为我身上明浅的部分吗？我却一心想要和她一起生活，我想要构建一个生活。如果说小说是创造，我们两个人的生活难道不是创造吗？我们才刚刚给阳光房铺上一块地毯呢，这些不比小说重要吗？

那之后很久，明浅都没再出现，七寒除了在那辆出租车上提起过一次小说，后来也没再提过。这件事像一个小炸弹一样埋伏在西环路。我时不时想起来，就会想到，有个炸弹在这儿，那时我又难免会觉得，难道我现在的生活只是在做准备？但更多的时间里，我并不会想起这件事，因为西环路的生活正在如火如荼地展开，它当然没发生什么事，它主要就是没发生什么事，但每天都新鲜到成了一个原型。要是你从没走过一条路，那每多走一步路，你都是在把它延长。

　　如果我是一个还没确诊的感觉主义者，那么七寒就是一个名副其实的实用主义者。不管是挑选家具、衣服，还是买菜做饭，七寒总是快速、精准、物尽其用。七寒处理吵架的方式，是她实用主义风格的一种拓展。西环路的生活中，日常争吵不可避免，而一旦发生争吵，我就很喜欢离开西环路，一声不吭，独自出门。每次我晃荡在外，不免又会觉得好像风筝孤单飘在天空，自然就会希望能被找回。我希望七寒赶紧拉一拉她手上的线。但我日渐发现，每次我夺门而出，七寒很少来拦我，不仅如此，她觉得我消失多长时间都没关系，除非她觉得我碰到了什么危险。

　　有一次，我在钱塘江边从中午晃荡到傍晚，我身边的人多了又少，少了又多，我留心着路口，也时常在人群里定睛一看，幻想说不定就能看到她其实就在我对面。但是七寒总也无影无踪。到了傍晚下起大雨，江边的人群飞快地向各个方向消失了，我跑到开在江边的建德餐馆前避雨，我在餐厅门口站了五分钟后，七寒就撑着伞出现了，她扔给我一把伞，然后我默不作声，跟着她回家。

　　雨下得太大，我们的衣服湿了大半，她推我去洗澡，说感冒了怎么办。我想，相比较我在精神上受到的伤害，七寒显然更担心我在身体上受到的伤害，毫无疑问，她觉得一个下午对我不闻不问没什么大不了，但是我要是被弄感冒了，那可就麻烦了。我又忍不住想，她在这时候撑着一把伞出现，能不能抵消这消失了的一下午呢？我们把湿衣服换下，我望几眼七寒，她淋了雨，脸上妆花了。我想他妈的，真的能抵消。

还有一次，我以一副"再也不回来了"的架势跑出门，然后我在小区里闲逛，我惊奇地发现，八号楼前居然有一个木质小塔，小塔有楼梯，可以走上去玩，上面还有空地与栏杆，我立刻就喜欢上了。后来我才想到，这个小塔，实际上非常像一个猫爬架。我玩了半小时，我想等我享受完这个小塔，七寒肯定会出来找我了。结果我等到太阳西沉，我玩到百无聊赖，最后坐在塔底无聊到摘草，七寒才穿着一身运动服出现，她手上还提着一袋子菜。我吃惊地发现七寒在这个下午做了这么多事，她去了健身房，还买了菜。

我幽怨地望着七寒："你根本不管我去了哪里。"七寒说："你没发现吗？这个小塔，从我们楼上窗户里就可以望见，我看你玩得挺开心，玩一阵挺好，也不会出事。"

我沮丧地发现，七寒掌握了一种对待小男孩的方式，用来对待我。而且不知怎么回事，仅仅是这种对待小男孩的方式，就已经能很好地对付我。"不会出事"，这似乎是七寒对我的唯一要求。这个要求看起来很低，但是你一不小心违反了的话，她就会相当生气了。七寒花费不小的代价，来让我认识到这件事。

六月底我们在江边散步，七寒在给我介绍一部犯罪电影。我们从一桥方向出发，一直往四桥走，沿路我们经过好几艘废弃的旧船，它们露出一半身躯在水面，气氛非常像她正在描述的电影场景。接近彩虹城小木桥那一段路，江边的年轻小情侣就多了起来，也有好一些人，他们穿着短袖短裤在跑步。女生问男生他们能一路跑到四桥吗。然后她没等回答，又抬起头说"你看今天的月亮特别圆"。我抬头看了一眼月亮，是一个满月。我觉得很甜蜜，我觉得我们就跟这对情侣一样甜蜜。

我没有听得很清楚七寒在讲什么，好像是一个被朋友关押在密闭房子里的人，怎么样反过来监控了另一间屋子里那个朋友的生活，大概是个复仇故事。七寒不但喜欢看电影，她也很喜欢复述电影情节，七寒的语言天赋非常好，特别是如果她在对我的种种行为进行吐槽的话，七寒的语言就会更加好。七寒总是吐槽得眉飞色舞，每句话都特别具有节奏感。我总是不由自主地欣赏起她的节奏感，而忘记了其实这会儿我在挨骂。我有时想，如果她写小说，也许她会写得比明浅更好，起码她能把一个故事讲完整，她能让故事往前推动，她也会让故事有一个结束。我觉得明浅的故事缺少叙事，而且，我觉得明浅如今对于齐奥朗、对于西德·巴勒特的痴迷，也越来越偏离一个小说家的方向。我想小说家不能满眼只看到结论，哪怕是齐奥朗的结论也不行。

但是七寒不愿意做小说家，七寒的目标是赚钱。在遇到七寒之前，我还没有碰到过一个把赚钱作为一个实实在在的目标的人，不过那也没有让我十分惊讶，可能是因为那发生在七寒身上。如果事情是发生在七寒身上，我就会努力想要去理解这件事。七寒很崇拜她的部门上司，我们还住在浦沿路的时候，七寒有一天下班回家，她神秘地跟我说："你知道我师父的目标是什么吗？她说她这辈子要赚一个亿！"

"一个亿……噢……"我对钱没有概念，我对一个亿也有些懵。

我的反应一定让她觉得很扫兴，她后来也很少再提到钱了。七寒认为钱能改变许多事情，也许钱可以让七寒有空闲读一些诗集，看新浪潮电影，或者拥有一个小说家伴侣？事情很微妙。比如说七寒喜欢平克•弗洛伊德，她并不喜欢西德•巴勒特，但是七寒会很喜欢一个喜欢西德•巴勒特的人，这件事说起来也很微妙。

七寒的电影讲到结尾的时候，我们已经走在了返程的路上，那时我们正在等待江南大道与西环路之间的红绿灯。等红灯的间隙，我就在手机上回复几个微信。七寒让我别回了，过完马路再回。我的信息回到一半，我就想着把它回完。我走在斑马线上打最后几个字时，根本没想到七寒已经燃烧起熊熊怒火。说实话，等我们过完马路，我看到我们面前狠狠砸下一个手机时，我差点儿拉起她的手跑起来，这声巨响一时跟她电影里的巨响混合了，那个被监控的人，最后撞开了监控室的门，那扇门轰然倒下，那位目瞪口呆的朋友只能拔腿就跑。然后我定睛一看，发现那是七寒的手机，我再定睛一看，七寒黑着脸，眼中含着责备的怒火。

　　七寒讨厌任何不拿自己的生命当一回事的人，更不要说这个人是我。此时此刻，我认为七寒把我当成她身体的一部分。我在斑马线上回信息，毫无疑问是不知死活撞在了七寒的枪口上。

　　然后我就开始认错，我们站在马路边上，我不断重复的一句话就是"对不起，我错了"。然后我捡起手机，摔得真惨，我想我以后再也别在马路上回信息了，主要是这件事情它多昂贵啊。等到她生完气，七寒看着我手上屏幕碎裂的手机，她才嘟嘟嘴，好像终于看到了事情严重的后果。

　　我们在浦沿商场的手机店里卖掉了这个手机，我们本来想也许可以修一修，但是那个光头店主对七寒的手机表示爱莫能助。他冲我们招招手，说："来，你们自己看看。"我们两个人就一起盯着玻璃柜上的这个手机，手机屏幕全碎了，手机前端凹进去了一大块，我想七寒真的用了很大力气。我们就只好把手机卖了，卖了一千块，店主讲要是我们在这里买新手机，还能多卖两百，但是七寒不愿意。我想她并不喜欢这一片地方，这些杂乱无章的琐碎暗沉的手机维修店。

　　第二天我们在平海路上那个巨大的玻璃房子里买了七寒的新手机。我看到七寒对这家苹果旗舰店流连忘返，它看起来，当然和我们昨天晚上在浦沿商场看到的那些小小的手机摊位不一样。这个手机用掉了我们准备用来旅行的钱，很久以后七寒跟我讲，她说她不想要她的人生，因为换一个手机，就要牺牲一趟旅游。我就想她在换这个手机的时候，原来也是不开心的。我想原来很多在我看来没什么大不了的事情，都在累积着她心里的那个信念，那就是钱是很重要的。

西环路隐藏着我们心中各自的炸弹，如果说我会偶尔想起小说这件事，那么对于七寒来说，那个时不时会跳一下的炸弹是钱。

七寒对生活有一些周期性厌倦，厌倦衣柜是其中一种。那天晚上，我们把衣服都堆在床上，然后一身一身地搭配，我还觉得蛮好玩。我们穿了一个晚上，到最后两个人都有些泄气。我就说，其实如果我们有很多衣服的话，我们也许还是会望着所有的衣服，最后怎么穿都感觉不开心。七寒跟我隔着一张床，她把那些衣服一件一件挂进去，然后她面无表情地说，首先你要有钱买很多衣服。我当然有些震惊，我以前没这么想过。我不知道我是的确对物质缺少欲望，还是我其实担心自己做不到，于是我就给自己灌输了许多理由，那些做到了也不会有什么改变的理由。

我从她的语气判断出她说这句话的时候，是一张面无表情的脸。我不知道说什么好。我想大部分时候，七寒愿意教会我一些道理，或者说技巧，那些可以给自己少惹些麻烦的技巧。我总觉得她其实很惊奇，就是我怎么会缺少这么多认知和判断能力，同时也对世俗缺少那么多欲望。她有时难免会有些不耐烦，不过，我觉得七寒对我的耐心，已经让我感觉很惊奇。

我读初中那会儿，在明浅的书架上翻到过一本王小波，我看到他在一篇文章里有一句话，大概是，他说"我什么都不会，就会明辨是非"。我当时14岁,我看着这句话满是疑惑,我那时已经感觉到,明辨是非对我来说是一件困难的事情。然后十年过后,我遇上一个明辨是非的伴侣,我从七寒的脸上,从来没有看到过疑惑不解的神情。她的道路一早就十分清楚,她让自己往前冲,遇到困难了她也痛苦,七寒的痛苦在于无法跨越困难。七寒想要突破。我看着她在我对面叠衬衫,我想,我也许就连分清楚哪些是困难都不容易,我又需要突破什么呢?

不过,七寒对叠衣服就没什么耐心了,她把毛衣都挂进衣柜,又开始叠衬衫,然后衬衫就越叠越有些走样。七寒叠衬衫的方式有点儿奇怪,她把衬衫放在床上,然后她想要弯下腰又不想要弯下腰。于是衬衫其实是在空中被叠完,那当然就有些松松垮垮。我就说,你去给我们找部电影晚上看吧,七寒高兴地跑过来亲亲我,然后抱着电脑跑进阳光房,迅速地让自己躺得舒舒服服的。我很喜欢叠衣服,我知道怎么把衣服叠好,我小学时,有不少时间是在服装厂车间里度过,我在那时就学会叠衣服了。

我往阳光房望去,七寒坐在地毯上,她现在又变得很开心了,她身上具有一种惊人的调节能力。要在很久以后我才会知道,我们的生活,多半在依赖她的调节能力,要是事情在她的调节能力范围之内。

七寒的周围是许多抱枕,散乱的书,小圆桌上是我们的咖啡杯。我很快又忘记了刚才那个脱轨的时刻,我想不管怎么说,我现在身处家园。

而羞愧仍在夜晚涌上来。我怕对七寒来说，我是一个冒牌货。起码半年以前，七寒在武林路附近地铁口一把拉起我往前走的时候，她应该以为，自己拉起的是一个青年作家。不料从之江公寓到西环路这半年，我没有表现出任何想要写小说的迹象。我想七寒希望我写小说，同时她也希望我快乐，也就是说，七寒希望我可以快乐地写小说。七寒也许知道这有些困难，我猜她也害怕会失去一个相对快乐的我，毕竟，她也看到和文学结婚了的明浅是什么样子。

快乐和平安，是这半年里的重要因素。我每天经过虎跑路上班下班，晚上我们不是去江边散步，就是坐在阳光房的地板上看一部电影。到了周末，我们总能找到一个地方出门去逛逛。还有日益增多的家具、日用品，使这个房间就像是一个普通的家的样子，看上去略显粗糙。甚至是七寒做的晚饭，也并不算多么精致多么美味，但是它们充满安全感，又生机勃勃。实际上，我认为只有在适当的粗糙中你才能活下来，或者说，粗糙才会显得生机勃勃，那意味着你在不断往前跑，而不是一直回头斟酌。一味追求完美的话，后果总是有些可怕，这方面你可以看看我的朋友明浅。

我倒不是完全不把小说放在心上。我的矛盾和七寒的矛盾差不多，我怕小说把我变成一个神经质的人，我担心这会伤害到七寒。另一方面，我当然不想让七寒失望，我希望我可以合衬七寒。而且，既然她已经在其他方面——几乎是其他种种方面——都超越我的话，那我好像只剩下小说。我也不是对小说没有激情，我觉得我从没搞明白过小说。明浅的状态也让我有些害怕，有时我洗完澡看着镜子，我就看到了一张时间停滞的脸。再然后我把雾气擦去，我看到一切如常，我被日常包围，七寒正在房间里。

我还在做准备的时间里，七寒迅速展开了行动，七寒把明浅邀请进我们的生活。用七寒的话说，这对我们俩都有好处。她希望我哪怕不写作，也不要离它太远。而对明浅来说，七寒笃定地说道："明浅最需要的，正是靠近真实的生活。"我喜欢七寒用来形容我们的词，"真实的生活"。

明浅每次来，都带着一个蓝色小铁盒，里面放着一叠四寸照片。那都是一些相当厉害的作家，倒不一定是他喜欢的作家。明浅像倒出一副扑克牌一样把这些照片从他的蓝色小铁盒中倒出来，然后海明威、卡波特、塞林格们就纷纷散开在我们阳光房的地毯上。

"我的天哪！"七寒端着一盘切得有些乱糟糟的火龙果，望着脚下这些照片发出惊叹。然后她和我一起坐在地板上，七寒充满赞赏地看着那些黑白的、伟大的、天才的脸。七寒一定非常开心，她一定认为，明浅和她一样，也是一个追逐偶像的人。我一向对偶像不屑一顾，现在好了，七寒找到了明浅作为同盟。

我比七寒更加惊讶，对我来说，明浅简直是把黄色书架背在身上了。

明浅会斟酌一番，然后他从中选出一张照片，再把其他照片放回他的蓝色小铁盒。明浅说，今天下午我们就来聊聊这位作家吧。然后明浅就开始向我们介绍作家的生平，他的风格，他哪部小说写得不错等等。明浅特别喜欢强调，他们都是在什么年纪写出了"那部杰作"。当然啦，明浅列举的作家，没有一个人年纪轻轻就写出了杰作，我知道明浅只是想确保自己还有机会。

明浅给我们分析了好几遍作家"写出杰作"的年龄之后，七寒终于把明浅的这层意思表达得更加明白。七寒说，对，不用担心，莎士比亚40岁才开始写戏，村上春树29岁才写出了《且听风吟》。明浅并不喜欢村上春树，不过听到这句话他显然极为振奋。

23岁的明浅兴奋地问道："是吗？村上春树29岁才写《且听风吟》吗？"

"对啊，他之前一直在开酒吧。"我补充说。我其实是想提醒他，他应该去找份工作。我知道他妈妈已经回了临城，他现在起码能自己照顾自己，但他没在工作。明浅去过一家媒体公司上过两周班，他倒是能满足他们一天产出一篇影评的要求，明浅的上司起初非常开心，到最后却不得不问他："你看过半年内上映过的任何一部电影吗？"

不过明浅显然没听出我的这层意思，我想村上春树29岁才写出《且听风吟》这件事，已经够他兴奋一阵子了。虽然说这并不算明浅心目中的杰作，我猜他应该没看过这本书。明浅只愿意谈论杰作，而不愿意再谈他们另外的小说。明浅对挫折感到沮丧，我想他也许偶尔应该看看别的小说，那些并非让人看了后只能目瞪口呆赞叹的小说，说不定这样他能让自己放缓一点。

明浅通常下午两三点来，然后吃了晚饭离开。七寒给我们做晚饭，我喜欢去厨房帮她，我们配合得很好，我从不觉得自己在厨房是多余的人，虽然说我做的事只是洗洗菜，给她递递碗。然后我们一起把晚饭拿去阳光房的小圆桌上，三个人一起坐在地毯上吃饭。只要明浅来西环路，七寒一定会做晚饭，她把这称作"明浅需要接触的生活"。我知道明浅很开心，他一下子拥有了两个听众，本来他连我这个唯一的听众都快要失去了。

明浅总在吃完晚饭后离开西环路，如果我们聊得非常开心的话，他也会留下来和我们再喝一会儿酒。那种情况很少发生，因为这些属于作家们的下午，一般不是热火朝天的交谈，一般那都是明浅的个人演讲。不过，也有明浅真的留到非常晚的时候，而如果喝了些酒，我就会愿意多说些话，房间里的声音就会非常热闹，七寒对这样的夜晚又爱又恨，她喜欢我多说些话，但是毫无疑问，每个这样的夜晚，用不了多久，我们房间就会响起林远的敲门声，她说："你们俩说话能不能小声一些呀？"然后七寒就会皱起眉头，她不想让林远抓住任何把柄，不过我们又的确是理亏一方。这么一来，房间里就会立刻陷入沉默。

明浅离开以后，七寒通常会问我"你喜欢我们今天讨论的这个作家吗？"或者"你喜欢铁盒子里的哪个作家？"

"我们讨论了吗？存在讨论吗？"我故意夸张地向七寒摊开手。

"这是场演讲。"我提醒她。

"是你自己不说话，你可以多说点啊。"七寒说，她在厨房陪我洗碗。

"我们一直是这个相处模式。"我说，"他讲，我听。"我抱抱七寒，我知道她是为了我好，我知道这些下午是为了我。

我和明浅唯一一次争吵，发生在"卡波特下午"。明浅来者不善，他一坐下就说："卡波特称不上是一个伟大的作家，他一辈子只是个小孩。"

卡波特那张照片，是明浅蓝色盒子里最年轻的一张照片。照片上的卡波特二十岁出头，也许正是我们现在的年纪，卡波特穿着一件黑白条纹衫，敞开着领口，他身后是一片暗花纹窗帘。

"正是因为他一直是个小孩，所以他才是个伟大的作家。"我气愤地说道，说完又觉得我的这句辩驳好像搞错了方向，看上去非常容易被反击。

明浅没有反击我，也许他没认真听我说话，明浅继续总结自己的观点，明浅说，仁慈不是写作的优点。

我就说，仁慈绝对是写作的优点。

七寒也许以为我在故意抬杠，她没再让我说话，七寒飞快地拉起我，她说做饭的时间到了。

做饭的时间没到，那时才四点半。我在碗里打散两个鸡蛋，筷子在碗里转得飞起。七寒非常开心，她看着我打鸡蛋，欣慰地说："真没想到，你也有反击别人的时候，我还从没看过你这么生气。"

"虽然说，是为了一个作家反击。"七寒又高兴地补充道。

"我当然会反击别人了。"我气愤地戳着碗里的鸡蛋，"你想要我帮你打死谁，我就帮你打死谁。"

"我可不要你打死谁，我很讲道理的。"七寒说，她让我赶紧把碗放下来。

明浅完全不顾别人，我知道完全不顾别人的人，有时候也会很吸引人。实际上，明浅铁盒子里的那些作家，有不少人就是这种性格。我知道明浅也在观察我们，观察我和七寒的生活。但是我想，如果明浅不是只顾着自己滔滔不绝的话，在这些"作家下午"，明浅能看到的东西一定更多。实际上我认为，对于想要成为作家的明浅来说，他如此自我的性格，让他失去了很多素材。

至于偶像，我想其实到后来七寒也发现了，对于那些铁盒子里的作家，明浅对于他们的情感，最主要的部分并不是喜欢，我的朋友明浅，他是想成为他们。他希望自己也会出现在那个铁盒子里。而七寒呢，她是一个追随偶像的人，对七寒来说，偶像高于我们。

我并不想成为铁盒子里的照片，不过，七寒的想法也让我很泄气。我觉得我们的生活挺好，它很独特，我认为我们的生活和不管哪位偶像的都平起平坐。我发现，我们三个人的情况中，我的情况看起来最简单，我只要做"我"就行。我没注意到的是，实际上，我们三个人中间，我的状况最具有唯一性，因为我想要做的事，必须要有七寒和我一起才行。

整个夏天，明浅几乎每个周末都会给我们带来一次"作家下午"。明浅的记性非常好，对着一张照片，他随口就能向我们背诵起某些段落。如果他需要书的话，我们也会立刻在书架上给他找到《天人五衰》《乞力马扎罗的雪》《草竖琴》等。除了我庄严阻止了明浅企图用《草竖琴》给我们分析"卡波特身上从没褪去的孩子气"，基本没发生过什么意外。那些书，有些属于我，有些属于七寒，我的阅读和明浅重合，但他应该能从七寒的阅读视野里吸收到一些别的东西，要是他愿意看一看别人的阅读的话。

那也是七寒对厨房最热衷的一个夏天，七寒对做饭热情高涨，我和明浅当然就是最直接的受益者，那张小圆桌上，一次次放满了我们粗糙但是生机勃勃的晚饭。夏天以后，七寒就很少再做饭。因为十月份的一场台风，把厨房的一扇玻璃门吹了下来。


那天晚上，我们在超市扫荡了一遍食物，这场台风在新闻报道里非常吓人，我们楼下的小超市末日一样被扫空了货架。我们只好逮到什么拿什么，蔬菜区剩下黄瓜与西红柿，七寒又去找到了鸡蛋，这样我们起码可以做三明治，台风天里，它是我们物尽其用的晚餐。回来后我们坐在地板上，一边吃扫荡来的薯片一边看综艺，后来不知怎么我们吵架了，为了什么我不太记得，台风天的事情，你总是记得不太清楚。然后七寒就跑到阳光房里，一个人气鼓鼓坐在地毯上看《爸爸去哪儿》。我们都是气鼓鼓的，谁也不打算认错，可能因为这是台风天，我们知道没有谁会一声不吭离开这个房间。但是很快，几分钟后，七寒就跑过来抱抱我，她说"看到节目里诺一很可爱，想到你也蛮可爱，我还是不要生气了"。这个逻辑我不太明白，我把头靠在她的膝盖上，一边将这个逻辑，一边在心里谢谢那个小男孩。然后客厅就传出了那声巨响。

我们房子里所有人都跑了出去，然后大家目瞪口呆地瞪着一地的碎玻璃，厨房的玻璃移动门只剩下框架，空空如也。大家围着碎玻璃说"我的天啊我的天啊"。七寒握着我的手越来越用力，我回过头看到七寒快被吓哭了。回到房间七寒还是魂不守舍，她说，本来她准备过一会儿就要去做三明治，要是做了三明治，那意味着我也要去洗碗。七寒脸色苍白，她说我们福大命大，逃过一劫。然后她又抱住我，七寒说，我们要好好在一起。

那块掉下来的玻璃吓坏了七寒，那之后，七寒就不大愿意去厨房做饭了。虽说在那之前，在我们和林远不断的交锋之中，七寒对于厨房的热情已经日渐丧失。

与林远在西环路做室友的一年时间里，我们可以说是摩擦不断。实际上，我认为在2015年，我和七寒的黄金时代，我们的室友林远，其实起到了推波助澜的作用。她是我们共同的敌人，我们团结一致，一起对外。我大概把自己说得过分男子气概，我们和林远漫长而琐碎的互相看不顺眼的室友生涯中，通常原地跳起、立马回击的人，一直都是七寒。而我通常就和我们住在浦沿路时一样，我就拉拉七寒的手臂，然后对她讲，其实也没什么吧？七寒每次都能被我气死，于是我们每次吵架，只要我胆敢盛气凌人，出言不逊，七寒就会瞪住我："你是不是只会窝里斗？你干吗不去和林远吵呢？"

实际上，林远主要找我麻烦。我们这位二十出头的年轻室友，她身上具有一种惊人的中学宿管阿姨的气质，在她为数不多能够挑剔我们的生活区域里，她都一丝不苟，尽情挑剔。她认为我们的碗洗得不够干净，要不就是它们放得不够整齐，要不就是冰箱里的蔬菜放错了地方，或者是我们晒在阳台上的被子晚收了两天。这些事情，能让林远一次次地穿越整个玄关和客厅，跑到我们房间前敲响我们的门。不管我们多么开心，即便是那些侃侃而谈的"作家下午"，只要响起林远的敲门声，七寒的表情就会立刻变得非常严肃。七寒瞪着我，让我去开门。于是我就要面对林远那张认真负责、公事公办的脸，然后跟着她去把我们的胡萝卜从冰箱的一层换到二层。说实话，一听见林远的敲门声，我也会觉得挺麻烦，主要是这些事情多么琐碎，不过好在这些事情也容易解决。而七寒呢，林远的敲门声总能让她迅速皱起眉头，七寒想，又他妈的什么把柄被她抓住了。

不过在林远的蓝猫尿了我们一床被子，并且分别把我们抓伤，害我们一共跑了六次疫苗站打疫苗之后，她就不再对这些不满的事多说什么了。七寒倒并没有因此松了一口气，因为相对来说，皮皮带来的麻烦让她更烦了。

皮皮在七寒手上抓了两道，我们迅速找到酒精给七寒手上的伤口消了毒。不过，那个晚上，七寒盯着自己手上的两道抓痕，她还是觉得自己快要死了。林远频频给我们道歉，林远说她自己就经常被皮皮抓，这不会有什么事。林远又给我们发信息，她说根据科学解释，只要一周内猫没什么事，人也不会有事。七寒不可置信地看着我："她要我拿命赌吗？"我想起七寒在斑马线上砸到我面前的那个手机，我想林远也是在往枪口撞。

接下来三个星期，每隔一周，我们就要穿过两个城区，一直跑到朝晖路上的动物疫苗站打疫苗。七寒刚把全部疫苗打完，皮皮又把我给抓伤了，那次不怪皮皮，是我自己硬要把它从猫爬架上弄下来。七寒看着我手臂上的抓痕，她眼睛里满是愤怒又满是不可思议："你去弄它干啥？"

于是一共有两个月，我们都在往疫苗站跑。

经过这样两个月后，七寒就更不喜欢皮皮了。但你也说不清，是不是因为她先不喜欢它的主人。皮皮每次一跑进我们房间，七寒总会一跃而起，然后她把自己关进阳光房，再隔着玻璃门喊我赶紧把它弄出去。七寒的怒气表现得那么明显，我就只好让自己温和一点。我说"好了好了，你不要生气"。然后我抱起皮皮，把它抱出我们的房间。皮皮总是一副讨好人的样子，但是实际上，皮皮讨好人是因为，它从人类身上得到的爱，确实太少了。

七寒给我看客厅沙发底下被皮皮咬破了的一管营养膏。七寒说："你看，皮皮什么都有，就是没有爱，没有人会帮它把一管营养膏打开。"

用七寒的话说，皮皮的种种行为，都是缺爱的表现。林远买了这只猫，却不让它住进自己的房间，皮皮就只能待在客厅。客厅里很少有人，皮皮就独自在客厅走来走去，总想逮住机会跑进某个房间。皮皮的猫爬架放在客厅沙发边上，深灰色的皮皮大部分时间都躺在那儿，它歪着头，注视着走来走去的我们，眼睛里满是哀怨。刚开始每次有人开门回家，皮皮总会从它的猫爬架上跳下来，后来它就不跳下来了，因为很少有人会陪它玩。皮皮在夏天被绝育之后，它就更忧郁了，更少跳下猫爬架。

皮皮在夏天死了。那天早上我刚刚在公司座位上坐下，七寒的微信就发过来。一般她这么早给我发微信，不是吐槽林远，就是给我传达林远对我们的吐槽。不过这次七寒是说，皮皮跳窗了。

后来无论我住在什么地方，只要看到小猫，我都会先四处看一看窗户是不是关上了。再后来我们自己也养了猫，我更加不能理解，如果你养了猫，你为什么会一天到晚让27楼的客厅窗户打开呢？我们客厅阳台的窗户，常年总有一扇窗洞开，坚持开窗的正是林远本人。就跟她日复一日提醒我们把碗洗干净一样，要是谁把客厅窗户关上了，她也会一再提醒，要通风，要健康。

房东阿姨曾经好几次提醒林远，我们住在27楼，打开窗户对皮皮非常危险。林远的回复令我们都很震惊。林远说："阿姨，皮皮很聪明，它不会掉下去。"林远认为，虽然我们住在27楼，虽然阳台上一天到晚开着窗户，而皮皮也时不时就会跳上窗台，但是皮皮很聪明，它是不会掉下去的。房东阿姨本来养着两只猫，后来她就以"三只猫一起会打架"为由，把她的两只猫养在房间里，再也不让它们到客厅来了。我想她不是担心打架，她主要担心那扇窗户。

我打开了林远的朋友圈，过去我觉得她太烦，就把她给屏蔽了。我发现自己一直在实践"眼不见为净"这个生活策略，我把许许多多看着挺烦的人给屏蔽了，凭借一己之力，我屏蔽出一个非常愉快的朋友圈，一眼望去，朋友圈里的人既聪明，又好看，言论幽默，四处看展。而林远的朋友圈，不是在展示她的健身成果，就是在感叹她作为一个产品经理，手下带着的小团队里，哪个小姑娘进步了，哪个小伙子犯错了，要不就是她作为负责人要策划一场团建了。

我不是说我看着别人展示自己的身体不爽，或者看到他们展示自己的成就不爽。我想这依然是关乎如何表达的问题，而我的室友林远，她的表达方式显然让人看着挺烦。不过，屏蔽林远的朋友圈并不会让我错过林远的日常，七寒非常喜欢看她的朋友圈，七寒坐在我们阳光房的地毯上，快乐地招呼我赶紧坐过去和她一起欣赏林远的朋友圈，她快乐地说，天哪，林远居然要带着她的团队远赴天目山登山大团建了呢。

林远这次的朋友圈十分简短，林远说皮皮走了。评论里我的室友们纷纷在说"天哪天哪"。她们说完"天哪"，又纷纷安慰林远，我看到七寒也在安慰。那个早上，我坐在办公室依然忍不住想，我想疾

92

西
环
路
猜
想

病是不是一种自杀,那么意外呢,意外是不是一种自杀?

我们后来会经常提起它,我们手机里有皮皮不少照片。皮皮在猫爬架上歪着脸一脸忧郁,皮皮每次一跑进我们房间就喜欢躲进床底下,还有皮皮不知怎么很喜欢吃菜叶,它经常咬着一片菜叶在客厅里走来走去。我们手机里有很多这类照片。七寒说皮皮还挺可爱。我说是啊。我知道我们都有一些内疚。实际上2015年前后,小猫们四处受宠。但不知怎么回事,皮皮是一只没有得到宠爱的猫。

那天晚上,我们原本准备要跨过江,去麦迪逊影院看侯孝贤的电影《刺客聂隐娘》,但是七寒说不要去看了。我回到家,看到七寒坐在阳光房小书桌前,七寒听到我的声音,她飞快地跑过来抱住我。七寒在哭,她一边哭一边说,所以我们要好好在一起。我这才反应过来,她是因为皮皮在哭。

除了我们搬进西环路那天,后来我们在西环路住的两年,我记得七寒一共哭过两次。一次是因为皮皮,还有一次是因为我们后来的小猫。那次她关门不小心把我们才两个月的小猫脑袋给夹了,七寒哭得上气不接下气,她觉得小猫要死了。我们的小猫当然没事,只是它从此非常怕门,虽然它总爱冲到客厅里去,但如果你开始做关门的动作,它就会在门后面停下来,我想它记得小时候被门夹过脑袋。

除了这两次外,我不记得七寒还为了什么事哭过。七寒因为小猫哭,但是不再为别的事哭。事实上,到了那些真的非常严峻的时刻,七寒的眼眶越来越红的话,七寒的表情一定越来越狠。

# 04

## 万事小心

——— 93—154

那时我人生中经历的散场还不多，但我差不多知道这些酒店地板上的派对总有一天会散场。在我等待这些酒局散场的过程中，我等来了我和李开的散场。

电　话

　　愤怒让西蒙原地起跳，西蒙把这形容为膝跳反应，膝跳反应没有意识参与。西蒙原谅膝跳反应。那么欲望呢？自己先行动的时刻呢？西蒙不原谅意识参与的部分。

　　不，不是在说七寒出差那一个月的事情。2015年离开浦沿路的前一天晚上，西蒙挂断了一个电话。如果西蒙是出于理智挂断这个电话就好了。但西蒙不是，西蒙出于良知，或者说，西蒙依然出于感受。当时他们好不容易找到了房子，七寒正在他身边熟睡。西蒙不会让自己在这个时候接起李开的电话。

　　但是别的夜晚呢？西蒙不常想起这件事情，也许是因为他及时切断了，常言道，回头是岸。也许是因为没有后果。


　　我读到了明浅这篇《电话》。我当然愤怒，不过，我倒没有原地起跳，有时候你被人将了一军，你不仅不能原地起跳，你还只能原地呆住。我甚至看出来一些苗头，我觉得极有可能，要是把他这几个文档看完的话，我的朋友明浅，他说不定是想告诉我，我最后的下场是咎由自取。明浅在世时，除了对文学激动万分，其余时间他都沉默寡言，我倒是没有想到，对于每件我想要蒙混过关的事情，他都帮我紧紧盯住了。不仅如此，他还再三把它们放到我面前。我的朋友明浅，他意味深长地提醒我，我在离开浦沿路的前一晚，接了一个电话。

　　我说了谎。夜里两点钟的那个电话，并不是来自明浅。我逃过了一次，我不打算提，可是明浅不打算放过我，他再次提醒我这件事。

　　电话不是来自明浅。明浅虽然那段时间住在三院，但他还不至于对我和七寒的生活造成危险。会对我们的生活造成危险的人是李开。


　　我也漏讲了一些事，我和七寒在咖啡馆初次见面时，我们聊起的事情，当然不止许巍那场演唱会。那时我们都是23岁，这个年纪很奇妙，我们还能对彼此的人生产生巨大的影响，巨大的渗透。但是在23岁，也有很多事情已经发生。当我们认为我们会参与对方以后的人生，我们也就认为，我们需要接管对方以前的人生。所以我们都喜欢说，对我讲讲你的以前吧。

　　然后我讲起陈渔。我在23岁再往回看高中时的女孩，我也仍然只能看到一个17岁的女孩，她温柔，韧性十足，又需要受人保护。她哭了许多次，让17岁的我吃惊地体会到了眼泪的力量，与此同时也体会到了内疚。在陈渔离开之后的几年里，内疚是我的主要主题，在这个主题中，陈渔变得非常特殊。陈渔的特殊之处就是，在我们的关系之中，她几乎没犯过任何错。

　　关于我的"陈渔时代"，七寒的反应轻描淡写，她甚至有点儿不耐烦。当我用略带伤感的语调说完"她怎么会一点错都不犯"这句话，我发现七寒已经在玩我们桌上那只穿着牛仔背带裤的小熊，服务员上餐时，忘记把小熊收走了。七寒来回摇动着小熊的手臂，终于在反复摇摆之中，小熊轰然摔倒。

七寒问："还有呢？"

我连忙说："没有了。"我又补充说，高中毕业后，我们就没再见过。

七寒扶正了小熊："不是，还有别人吗？"

我沮丧地发现，对七寒来说，也许高中恋爱算不上恋爱，它甚至构不成恋爱史。但对我来说，那确实是一段正儿八经的恋爱。说不定，要是我运气好的话，我也可以从高中一直走到西云酒店的婚房。

虽然说我想尽量保证诚实，不过，我还是认为应该伺机行动。于是我说，该你了。


我对七寒与博士的恋爱同样没有兴趣。虽然七寒前任的学历比我高中恋人的高了不止一个层级，我对她的这位前任还是满不在乎。也许是因为，在我看来，我和她的前任没有一点相似之处，这样就挺好，也无从比较。

七寒对博士前任满口怨言，和我小心翼翼尽量用撇清的口吻来叙述我的以前不一样，我主要担心任何留恋的迹象会惹恼七寒。但是七寒呢，她对前任的厌烦称得上货真价实。往后，七寒将会在西环路反复向我传达她的前任哲学，那就是，所有前任都应该去死。起码，应该老死不相往来。七寒苦口婆心，希望我也能做到。

我听出来，七寒对博士的厌烦，主要是因为，博士的态度相当高高在上。博士认为自己的科学研究无与伦比，是国之重器，重中之重。同时他认为七寒学习的法语只是一个小小的工具，完全没有花大学四年时间来学习的必要。

"他完全看不起学语言。"七寒总结道，她又推倒了小熊。

与此同时，博士永远把自己的工作与学习放在第一位，要是他需要在实验室待上一整个白天，他就建议七寒去实验室陪他。博士说道："你在哪儿背单词不是都一样吗？"七寒拒绝了实验室，每次博士钻进实验室，七寒就背起背包，跑到陕西历史博物馆做起外国游客的导游，如此一来，七寒的法语口语突飞猛进。实际上，正是因为七寒出色的法语口语，她才会在杭州这家公司的海外部门工作。我在心里默默点头，我想，说不定是博士把七寒送到我身边。

虽然我没把博士当回事，但在我们后来的生活中，博士并不是完全没有踪影。当七寒跟我表达她不需要我赚钱时，当她如同进入结界一样坐在她的电脑前回复邮件，并且抱抱我建议我自己去找部电影看看时，我难免会想，是不是现在，七寒在扮演博士的角色？但是显然，七寒也从她和博士的关系中学到了教训，七寒认为，她也应该关心我的精神生活，我的自我价值。所以七寒希望我能做自己喜欢的事，于是七寒会在某个夜晚小心翼翼地问我："你准备写小说吗？"七寒会在我们见完明浅之后的那个礼拜，给我们家添置一本《眼泪与圣徒》，既然明浅建议我应该看看这本书；七寒会在我们一连好几个礼拜沉迷于逛街买衫之后，认为我们应该来一个

"金斯堡下午"。

我怎么看待这件事？我是说，我们的生活好像是七寒和博士生活的后续，只是对七寒来说，她换了角色，同时她学会了照顾当时被忽略的自己？我觉得没有事，我依然认为我们的生活非常唯一，我现在是红色沙发上的角色，七寒是她的角色。如果我们从从前的恋情中学到了某个部分，因此成为现在的我们，因此更合适对方，不是挺好的吗？我愿意我们成为最终进化的一对。

七寒吐槽了博士又一个劣性事件后，她摆摆手说，没什么好讲的。看到七寒这么不拿博士当回事，我倒是挺开心，开心多过忧虑。我当然也有一些忧虑，我害怕有一天，七寒和另外一个人面对面坐在一起，他们玩起这个"说说你以前"的游戏的时候，说不定我也会变成博士的角色，然后被七寒用这么平淡无奇的口吻讲出来，因为我看到在这场讲述里，七寒实在是一点伤感也没有。


如果说我对博士毫无戒心的话，那么我对F就疑虑重重了。

"你们怎么认识的？"我问七寒，我对相遇的场面总是很好奇。

七寒看上去思考了一会儿，实际上我知道，她只是不想让我知道，也许是她不想让自己知道。她记得非常清楚："去巴黎的飞机登机的时候，他排队在我前面，又很巧，我们在一个学校。"

"我们就是一块儿上了几个月学，一起为了省钱在另一个学生家里做了几个月中餐，不过F一个学期也没读完，他很快就因为考不出试被遣送回国了。"七寒三言两语概括完了这位短暂的男朋友，在当时的我看来，她就是不愿多谈。

于是又轮到了我，七寒问我，还有呢？

看我支支吾吾，七寒首次在我面前皱起眉头，她等着我往下讲。

实际上连我自己也没有弄清楚，李开算是我的一个恋人吗？我们算谈过恋爱吗？像屏蔽一个人的朋友圈一样，这一年，我差不多也把李开屏蔽了。

"我们在一次文学聚会上认识。"我说，我暗自思考可以讲哪些部分。

七寒停止了摆弄小熊，我不得不又思考了一下，这个开头是不是有什么不同寻常的地方，我想我也得三言两语把它讲完，然后让它像一个小气球一样随风飘去。但是我吞吞吐吐的样子适得其反，七寒看上去更加好奇。七寒又问我："然后呢？"


把我带到李开面前的人是明浅。2014年年初，我整天窝在图书馆，也不去上课，明浅担心我在图书馆闷坏了，就把我带去了他的一次文学聚会。明浅的文学聚会在南京，我们在杭州东站碰面，然后一起乘动车去南京。路上我问明浅，那都是些什么人？明浅说他只认识其中一个人，他弄着一个公众号，不定期地发一些青年作者的小说，要不就是他们的诗。

"都是严肃文学。"明浅强调。

我想起几个月前，明浅向我要过一篇小说，后来他也没说那篇小说他拿去干吗了。

"就是发在'第七天'，你那篇寓言小说。"明浅向我解释。

"那不是寓言小说。"我厌烦明浅对我的所有事情擅作主张地命名。

"好吧，无论如何，你不该写一个随身携带一把椅子的人，那把椅子就是陈渔，谁会看不出来呢？"我认为明浅永远也改不掉擅作主张这个毛病。

"反正这次去的人，都是'第七天'的作者，写的都是严肃文学，除了你那篇有点算不上。"

我转过头，打定主意这一路上都别再跟他讲话了，多惹人烦啊。但我又想起来，除了他发在《临城文学》那两篇塞林格的模仿作品外，我就没再看过明浅写的任何别的东西。于是我又兴冲冲地转过头："那么你在'第七天'发过小说吗？"

"我没有。"明浅摆正了坐姿，"我是作为他的朋友去的。"

明浅害怕失败，也许他希望他发表的第一篇小说就是海明威级别。我们没再说话的时间里，我第一次对明浅的创作做出总结。

他们在王府大街订了一个套房，我们走进去时，我看到客厅的沙发与地板上，已经坐了七八个人，我后来数了数，加上我们，一共是十个人。桌子上堆满了外卖、啤酒，还有零散的几包中南海。没有一个人站起来招呼我们，我甚至怀疑他们是不是认识彼此。我们自己找了地方坐下来，其实就是坐在了地板上。

明浅告诉我，那个坐在沙发上正在说话的人，就是他认识的那个朋友。那个人穿着一件灰色的T恤，宽大的牛仔裤，头发乱糟糟的，他正在滔滔不绝。我想，明浅的朋友，果然风格也非常明浅，要是他们两个人坐在一起彼此一刻不停地说话，谁还能听清楚对方在讲什么呢？我仔细听了一会儿，终于跟上了他的话题，他正在讲他过去的两个月，在海南租了一块地，他打算在那上面种树。我很想听听他要种什么树，种出来了吗，但是这时候一只小白猫从卧室跑了出来，蹿进了我们中间，大家击鼓传花一样接连惊叫，种树这件事就被我们给忘记了。

离小猫最近的一个男生把它抱了起来，小白猫大概两个多月大，还是小奶猫，叫声"嘤嘤嘤"，实在很可爱。我分神了几分钟，一下子又听不明白沙发上那位朋友在说什么，我就只好一心盯着小奶猫。小奶猫半个身体趴在男生腿上，身体毛茸茸地起起伏伏，看上去差不多要睡着了。然后男生冲我招招手，问我是否要抱猫，我就去把猫抱了过来，它趴在我腿上，也还是继续睡，肚子起起伏伏。他说他们在路上捡到这只小猫，就把它带到酒店来了。我看着房间里烟雾缭绕，我想这地方不太适合养猫。

那个晚上，我没有听到一个人讨论文学，大家都在说一些自己身上的奇闻轶事，要不就是别人身上的奇闻轶事。我觉得这也挺正常，我的生活中，除了明浅之外，我从没看过任何一个人掏出一张海明威的照片，然后就说我们今天下午讲讲海明威吧。明浅刚刚走进这个房间的时候，从这个人身边坐到那个人身边，开心又自由自在，这会儿，他又有点百无聊赖。我看到明浅和一个卷发女孩坐在一块儿，他翻了会自己的手机，然后把它递给卷发女孩。我的天啊，明浅真的自作主张，我看到手机上是我那篇小说。

到了十点多，有人提议另外去找间酒吧，也有几个人已经醉醺醺了，要不就是他们懒得动，所以就分了两拨，一半人留在酒店，另外一半人去了酒吧。我看着一桌子的酒瓶子和装满烟蒂的外卖盒，我觉得这儿实在太乱糟糟了，我就去了酒吧。

我想向你形容一下她的眼睛，我想毫无疑问，有些人适合黑夜。

我们一共四个人，挤在一辆出租车里，我坐在后座中间，左右两边的人我都不认识，好在七拐八拐之后，出租车很快就在一家酒吧前停下来。在酒店地板上，其实我没有特别注意到李开，我只看到她一头弯曲的中分头发，显得她头发特别多，她穿红色外套，然后涂着鲜艳口红。当时的我还不能欣赏口红，我差不多觉得每个涂口红的女孩都跟我没什么关系。在那间酒店里，我觉得她就是一团模模糊糊的红色影子。但是我没想到，口红在酒吧的暗夜里，原来很好看，更何况，她这个时候就坐在我对面。

李开在酒店里对着七八个人说话的声音过分开朗，简直中气十足。但是到了酒吧，当她坐在你对面，就不是这样。这里声音依然嘈杂，但是和酒店里此起彼伏的声音不一样，它是一个平均分贝的背景。我能听清楚她讲话，我也能看清楚她，实际上，我只能看清楚她。

她说她看了那篇"寓言小说"，然后她眼睛看着我，她说写得很伤感。我愿意和别人谈谈那篇小说，只要那个人不是明浅。我喝了点酒，而且我想我们明天也不会再见面，和一个陌生人聊聊你的小说，实际上这就是小说唯一可以被谈的方式，如果你恰好可以被理解一点点。我说是的，很伤感。我说我觉得我到哪儿都好像带着一把椅子，我总想应该有人坐在我身边。

我说得有点奇怪，尤其是这才是我们认识的第四个小时，不过我愿意这样和她说话。实际上到了后来，我们的说话方式仍是如此，面对李开你就只能这样，你只能说些听上去奇奇怪怪的话，就像你跟明浅聊天，你只能聊一聊人物危机，要不就是作家本人身上的危机。

我说："你常来这些文学派对吗？"我又说，"'第七天'上有你的小说吗？我能不能也看看你的小说？"


"我可以看看你的小说吗？"毫无疑问，一个写作者对另一个写作者说出这句话，十句里有九句不是出于真心。在这方面我的观点和明浅一样，既然蓝色盒子里的小说都已经看不完了，干吗还要看同龄人的小说呢？不过，要是我对某个人很感兴趣的话，我就难免对他的小说也很感兴趣。眼下我就很想了解李开。于是我就在这家喧闹的酒吧里盯住我对面口红越来越暧昧的女孩，真诚地问道：

"我可以看看你的小说吗？"结果她立刻就笑了，就好像我问了一个多好笑的问题一样。

李开涂了口红的嘴角往上舒展，看上去像是她做的某件坏事现在被揭穿了。如果李开的眼睛属于夜晚，那么李开的笑容也属于夜晚。我想她一定发现了我的目光难以移开。李开抿着嘴巴摇了摇脑袋，样子像是一个小女孩，搞得我相当疑惑。李开说："我不写小说，但是你可以看看我的微博。"

只有在我们这个时代，你才会听到这句话："我不写小说，但是你可以看看我的微博。"这件事真的挺奇怪。话又说回来，在本时代，写微博可比写小说受欢迎多了。我后来才发现，那天酒店地板上十来个人，彼此之间也许并不认识，更不要说看过彼此的小说。但是那伙人都认识李开，起码他们都认识李开的微博。

李开不写小说，但是对于生活对于艺术，李开仍有不少感受需要抒发，她把它们写成140字微博。与此同时，李开与写作圈（尚未成熟的写作圈）保持着密切联系，到了后来，带我出没这个城市见几个"作者"，带我赶去另一个城市见几个"摄影师"的人，就不是明浅而是李开了。

从旁观者的角度看，李开的微博挺好看。那些140字的人生感悟，有对于痛苦毫不掩饰的呈现，以及展现出的年轻人应该拥有却并不拥有的丰富多彩的生活，毕竟她经常辗转于不同的城市，见证这么多年纪轻轻又半斤八两的青年作者，并且和他们中的不少人还谈过恋爱。

我坐在李开对面打开她的微博，我发现李开在个人感情和社会事件之间切换自如，她最近一条微博支持了女权，前面一条微博李开写道："感情的事是没指望了。"往前一天李开又写道："度不过去了。"这两条微博倒是和她坐在我对面的样子挺不一样，不过我又转念一想，其实是一样的。

让我惊讶的是李开随随便便一行字底下居然有许多回复，不少人称呼她"女神"，有些人回复道："是啊，度不过去了。"另一些人回复道："女神，我们在你身边。"我后来每次回忆起和李开穿梭在城市里的短暂爱情，我都告诉自己，我一定是出于虚荣心，毕竟和一个大家都称之为"女神"的人谈谈恋爱，好像也没什么坏处。但我自己知道，我先爱上了她的眼睛。


我们很快溜出了酒吧，然后我们在南京街头走了一阵，现在我们知道了，这个夜晚属于我们。但是我其实不知道，我猜李开也不知道，我们谁更想要得到谁。夜更深的时候我们自己找了酒店，我们对自己说道，反正那个酒店套间也住不下这么多人。我在南京街头给明浅发信息，我说我不回酒店了。第二天，我又给他发信息，我说我会在南京多留几天。

关于我突如其来在这趟旅途中间谈起恋爱，明浅只略微地表达了自己的观点，明浅在信息里回复道："她跟陈渔差别也太大了。"在南京街头，我曾经陷入和明浅一样的恍惚之中，上一次与我牵手散步的女孩，她还穿着米奇T恤，用黑色发带扎起马尾辫，怎么一夜之间，她就穿上红色大衣涂着红唇，然后隔着烛光，好像看得清楚，又好像看不清楚地望着我？

我握着李开的手，在一连串的现实与回忆交叉之间，我突然想到，陈渔的许多黑色发带，还被我放在陈桥镇的房间抽屉里。不过我想，也许爱情就是这样，谁知道你下一个会碰上谁呢。当你是比较幸运的那个人的时候，你基本上就不会去想为什么你会是幸运的那一个。当然，不久以后，关于这个晚上我是否是幸运儿，这件事就相当可疑。

我和李开在南京又多留了三天，我们去山阴路逛了逛，走进了不少咖啡馆。那三天我们聊了很多，文学呀爱情呀，看起来相当合拍，后来我想，其实那三天我们两个人都是晕头转向，谁也没有听清楚对方在说什么。去过南京之后，我们又一起坐上过开往各地的高铁，我们又去了不少城市。

实不相瞒，那三个月，我的主要感觉就是住在了李开微博里，现在我知道了，她那些又光鲜又颓败的九宫格照片，都是拍摄于什么情况下。我就坐在她旁边，看着她用一个黑色GR相机对着我们每个人按快门。让我感觉惊讶的是，她的照片与生活，竟然非常统一。我们在城市里四处游荡的时候，我两眼看到的生活，的确是光鲜而颓败。如果我用眼睛拍照片，我也将拍到那些年轻男孩女孩的脸，酒与烟，散开的笑，谁看住了谁的眼睛，谁一低头脸上其实挺落寞。没什么人谈论文学，但是你会知道，坐在你面前的每个人，那些忽然笑又忽然沉默的脸，每个人都携带了一段挺丰富的历史。

在那两年，也许在不少酒店的地板上，在凌晨的酒吧里与马路上，你都能撞上这么一群二十岁出头的年轻人。而我坐在他们中间，我的感觉其实有点儿抽离，主要就是，你要是稍微离得远一点，比方说你上完卫生间回来，你在门口望向这群在地板上围成一圈的男孩女孩们，你望向他们手里接二连三点起的烟和地板上打翻的酒，谁和谁的手不知道什么时候已经牵在了一起，可是每一张洋溢着热烈的脸同时也洋溢出恍惚。于是你会非常清楚地知道，这种时候不会长久。它们以秒计，以分计，以日计，以月计，然后就在某一天，跟一个气球一样被撞破了。

但是我走过去在他们中间坐下来，再喝上两罐啤酒之后，那一点清醒当然立刻就不见了。尤其是李开这时就坐在我旁边，两眼蒙蒙眬眬望住我，握住我的手问我"还好吗"；尤其是我当时也是二十出头，两罐啤酒就会让我觉得，说不定人生重要的就是此时此刻。

那时我人生中经历的散场还不多，但我差不多知道这些酒店地板上的派对总有一天会散场。在我等待这些酒局散场的过程中，我等来了我和李开的散场。由于没有预兆，这就有点儿出乎我的意料。但是当我仔细一想，这事其实有迹可循，我显然忽略了一件相当重要的事，既然李开微博上那些九宫格照片属实的话，那么她微博上那些"感情的事是没指望了"当然也是真情实感，他妈的，我原本以为那是某种修辞手法。

但我没有和七寒讲这些。我对李开的叙述正是参照了七寒的"巴黎恋人"模式，简明扼要，三言两语——"我们就谈了三个月恋爱，四处去了一些文学派对，坐在地板上聊一聊文学，聊一聊音乐，后来事情就不了了之了。"

七寒一直皱眉，她问我事情怎么结束的。我好奇开头，七寒操心结尾。七寒的担心当然没错，结尾比开头重要，事关有没有结尾。

我小心翼翼望着七寒，思考该怎么叙述这个结尾比较好，因为实际上，我自己也没有理解李开的分手方法。李开有一天给我画了一个坐标轴，相当无可奈何地说："西蒙，我们的坐标轴不太一致，你看，我们的横坐标非常一致，但是我们的纵坐标并不一致。"那时我正在学校里上日语课，我看着她在微信上传给我的这张图，眨眼之间我既听不懂日语老师在说什么，又看不懂她画了什么，在那个日语班里，我一下子什么都不明白了。李开又补充道，说不定我们以后会一致。

"她说我们的人生阶段不太一致。"

"怎么说的？"七寒眉心一皱。我认识到，正如我对"巴黎恋人"分外紧张，七寒对李开也想一探究竟。不知为何，我们都容易对对方更长久的伴侣视而不见，却对那些短暂的罗曼史提高警惕。

于是我就向七寒描述了一遍坐标轴。七寒再次皱起眉头。后来我把七寒的这个表情理解成"恨铁不成钢"，在我们之后的生活中，七寒每次觉得我做了什么蠢事，她就会露出这个表情。

　　七寒以批卷老师阅卷的审慎表情打开李开的微博，七寒一会儿皱起眉头，一会儿又舒展开。最后，七寒把手机还给我，然后七寒评价道："这不就是一个傻×吗？"


　　虽然说往后我会深入了解到七寒为何会对李开做此评价，不过，在2015年的漫咖啡，我只觉得七寒的反应非常可爱，我喜欢七寒的反应。不是说我也认为李开是个傻×，我喜欢七寒如此迅速做出判断时她脸上确定的表情。实际上，我的朋友明浅，在虎跑路四眼井的旅馆院子里，在我们三人碰面之后，他会再次给我发一条和当初在南京时发的相差无几的信息，明浅写道："她和李开的差别也太大了。"

　　七寒坚韧又果断，七寒是李开的反面。七寒当然会认为李开那些动辄要生要死的微博，那些"度不过去了""没指望了""二十三岁危机式丧""有些日子就应该一支一支抽烟"——它们全都矫情又造作。不仅如此，我想，七寒说不定的确认为这个人是在胡言乱语。而这些胡言乱语居然还有追随者，七寒就更生气了，尤其是那些追随者中，曾经就有我。

　　七寒皱着眉看我，又劝说自己舒展开，等我更了解七寒，我猜想那天在咖啡馆，七寒一定一边研究我的脸一边劝说自己——"好了好了，傻一点没关系，其他没什么毛病，应该还可以教好。"

在南京酒店的地板上，我以为李开是爽朗自信的人，渐渐我就发现她不是。当然，这件事应该由我自己买单，我不应该在一个晚上做出判断，不过这和判断也没关系，我们从来也不是做了判断再去爱人。而关于我后来在李开身上看到的东西，关于隐瞒，关于率先厌倦，关于率先放手，关于渴望完美，我认为那正是源自脆弱，而不是坚韧。

当我在22岁时，我以为自己偏爱脆弱，我说不定还以为，就连文学作品里至关重要打动人的部分，它的核心也是脆弱。我曾以为坚强是文学最不重要的部分，高中时值日生每天在黑板课表旁边写名人语录，有一天上面写了尼采的。尼采说道："不能杀死我的，必将使我更坚强。"就和14岁时我不能理解"明辨是非"一样，17岁的我不能理解坚强，我甚至有点厌恶坚强，我认为它抹杀了"动人"。我四处寻找"动人"，显然在漫长的青春岁月，脆弱比较动人。但是很快，它就不是了。那时我没注意到的是，即使文学不需要坚强，如果你想要创作文学，你依然需要坚强，而且需要非常坚强。

而在更后来，就连李开也认识到，就算脆弱很动人，我们却需要生活下去，而生活就需要坚强，于是她不能永远身处派对，不能依赖于眼神交汇的瞬间，不能沉迷于那些具有某些艺术家气质的年轻男女在喝醉之后，敞开热情也敞开伤口。

离开浦沿路的前夜，李开给我打了一个电话。这是2014年春天我们分开以后,她第一次联系我。半夜两点的电话,典型的李开风格。如果接起一个半夜两点的电话,我似乎也能猜得出我们会聊些什么。我当然不能接这个电话,明浅把我不能接这个电话的原因讲得很明白,那源自一种负疚。那时七寒正睡在我旁边,我们的行李收拾了一半,明天就要搬去新家。我的新爱人比李开要好得多,她手上捧花,带我去往一个平安的新大陆,她才不会拿着一个坐标轴,跟我说你看我们的纵坐标不太一致。

但是明浅又说,如果是别的夜晚 。我的朋友明浅,他冷静而又执着地,一次次把我的缺陷放在我面前,他希望我能看清楚。说实话,他这么做意义何在呢?他没有为我提供任何解决办法。他热衷于指出真相,指出之后,他一走了之。如果明浅是一位医生,他会很冷静地告诉你,你的身体这儿那儿,埋藏着病变,早晚会惹出大祸。"那么医生,有什么解决办法吗?"对不起,我的朋友明浅,他对解决问题丝毫不感兴趣,明浅早已经扬长而去。或者,明浅可能是认为,事情是解决不了的。这方面,你看看明浅为自己的人生选择的解决办法,就可以有一个直观了解。

如果是别的夜晚,我知道他是要告诉我,那天晚上我会挂断电话,是出于一种感受上的选择,而不是出于理智。理智可以让你永远选对,就跟一道程序题一样,经过一个个步骤之后,出现一个唯一的答案。感受就不是了,一道灯光,差不多就能改变感受。许多年后我认识到,要是一个人一直依靠感受来行动,那么毫无疑问,一头栽倒是一件早晚的事。

有一天夜晚我接起李开的电话，那时我在江边，那些争吵之后，七寒放任我游荡在外。

李开问候我的生活，我说很不错。我问她过得怎么样，李开说也挺好。然后她说，要是当时对感情的理解有现在一半清楚就好了，也许我们也不会分手。我那时走在江边，我一瞬间很想马上回西环路去，我想，要是你的生活一天到晚主要就是去理解感情是怎么回事，这可真可怕，我还是宁愿因为忘记买水果而被七寒数落。然后李开又说，她后来和云天分手了。我说这我知道。于是她就笑了，她笑起来依然很动人，让人想起她抿一抿嘴巴摇头的样子，李开说："你当然知道了，情人节那天，你和云天联手对我的那段剖析，我都看到了，那时云天的微博正好登在我手机上。"

这下我就不得不做些解释，我感到很羞愧，我想李开正是明白这一点，我会因为过分羞愧而想要做些辩解。云天是那些派对中的一个男生，李开在认为和我的感情没什么指望了之后，她就迅速地去别人身上找指望了。不过当然，她很快又觉得在云天身上也没有指望。我和云天的友情也因此变得非常短暂，在那些酒店地板上的派对里，其实我们玩得挺开心，不过我没有料到，他如此迅速地和我的前女友谈起恋爱，于是我们微信加了没有几天，就立刻互删了。

2015年情人节，我和七寒还住在之江公寓。我们在虎跑路散了会儿步，然后往右拐进满觉陇路，在那上面找了一家土菜馆吃中饭。吃完饭后，我们又去了儿童乐园坐旋转木马。那是个非常不错的晴天，温和，中速，是我们往后生活的一个模板。我看到云天的微博私信时，七寒正在之江公寓的黄色灯光下做饭，所以那时候，我的人生可以说正处在相当愉快的时刻，看到他的私信内容，我不免就更加愉快了。

云天说："西蒙，你还愿意和我聊聊天吗？李开为什么会突然说要分手？"

于是我就大谈特谈了一番李开，包括她如何需要从一个个新恋人身上寻找慰藉，包括那番"脆弱说"，最后还用了非常李开的方式下结论——反正她是好不了的。"好不了"，多么"李开"的表达方式，我几乎有些扬扬得意。

我握着手机，在江边的夜色里面，我面红耳赤、颠三倒四地跟她道歉。我想，我遇见了一件什么事情，你关于一个人最肆无忌惮的吐槽，怎么会一句一句出现在她眼皮子底下？

"你讲得很有道理嘛，一个个恋人，脆弱，需要安慰，我就说你非常了解我。"我想她一定预料到我现在这副惊慌的鬼样子，李开的语气充满调侃。

我更加无地自容。我想，看到你的两位前任聚在一起讨论你，那种感觉的确很奇妙。我又想了想，要是这事发生在我身上，那简直是噩梦般的感受，如果说我不想成为明浅笔下的人物，那我更不想成为前任们口中的人物。"西蒙他就是一个小男孩。""西蒙又脆弱又自负，他只顾他自己。"想想就很可怕，这时我就很庆幸七寒如此讨厌李开，这一幕看起来永远不会发生。

"我在去广州的飞机上丢了相机，GR没有了。"李开突然转变了话题。非常李开的表达方式，告诉你一个戏剧性事件，告诉你她在哪儿，让你有话可以继续。尤其是，我对那台GR还拥有不少回忆。

"你去广州干什么？"我看到自己在手机上打出了这句话。

我在回家的公交上和李开聊天，她永远都在变换地点，今天在广州，两天后又在福州，再过几天，她说需要去上海一趟。她在做一份民宿采访的工作，这倒是适合她，反正她喜欢在地图上跑来跑去。更何况，到处都是酒馆，她那些喜爱文学的朋友正四散在各地，总有些人会端着酒杯坐到她对面，他们会喜欢上她的眼睛，要不就是头发。

而我每天坐在这趟公交上来来回回，这辆公交穿过半个西湖景区，一路上要经过好几座小桥，上坡下坡颠簸的程度，简直超过了我和七寒在儿童公园坐过的简易版过山车。我们的对话基本都发生在这辆车上，我没意识到我一直在聊七寒，那可能是因为，我的生活里的确都是七寒。我和李开聊七寒的强势，她对于生活过分明确的目标感，她挑选家具的粗犷风格，她也这么挑选我们的衣服。有的时候，她甚至来帮我决定我明天要穿的衣服。我说不清我是在抱怨，还是在这些讲述中，更加明确我现在拥有什么。

我是否羡慕李开的生活？恰恰相反，我很庆幸我不在那些酒馆里，也许我需要李开的颠簸，来确认我如今的生活，我平安的生活。我是否想念她的眼睛？我觉得没有。

关于我的生活，李开的评价并不稳定，她有时候说："七寒很适合你。"有时候她又会问我："西蒙，你要的真的是这样一种生活？"那时我不知道如何回答后面一个问题，又是要到了很久之后，我才有了答案。我想，如果一个人他既想要快乐与新鲜，又想要平安，他可能会只得到快乐而没有得到平安，但是如果他感觉到平安，那他一定同时拥有了前者。

至于李开自己，我知道，她并不是多么想要重续旧情。她可能只是想往后看看，看看我们会出现什么状况。我的前女友李开，她绝不把任何一句话说死，显然李开认为，她和许多前男友的纵坐标都存在一点偏差，但是说不定哪一天，他们的纵坐标就会变得非常一致。她可能只是来看看我们的纵坐标是否已经一致，然后她吃惊地发现，怎么回事，我居然换了一个坐标系。说实话，可能倒是这一点吸引了她。

当然也有很多时刻，这些对话很容易就滑向暧昧，李开既然能一夜之间判定"感情是没有指望了"，她也能眨眼之间让你明白"也许我们还没有结束"。但最后我们总能扭转方向，对我来说，只需要望一眼阳光房里我和七寒晾起的衣服。

六月之后，这些对话就结束了。李开找到新的恋人，她和我分享了一阵子那个吉他手，我出谋划策，帮她做不少分析。六月之后，西环路也变得特别忙碌，我和七寒开始不断地穿越整个杭州，跑到朝晖小区去打狂犬疫苗。

生活充满危机。我和七寒在一起之后，才明白这一点。我想，当你想要某个状况能够延续，你才会认识到这一点。你会认识到生活充满危机。你想要维持的生活，它一不小心就会被敲上一榔头；我们每天需要过马路，坐公车，坐电梯，意外随时可能发生；或者某种慢性病在吞噬我们；台风天里玻璃门会砸下来——我认为我们必须小心翼翼。

我以为我们不曾渡过一次危机，我以为我和七寒一击即溃了，你知道吧，就是危机发生，我们目瞪口呆，一起伤亡了。但是明浅提醒我，我们曾经渡过了危机。我的朋友明浅，他紧盯着每一个真相。

# 05

Ming Qian Zhuyuanle

## 明浅住院了

117—154

生活在变化，我不是因为多想念以前的生活，我愿意生活变化，糟糕的是，我怀疑爱也在变化。它在变化吗？它还是爱吗？

"明浅又住进三院了。"我推开玻璃移动门,把这件事告诉七寒。

七寒停下敲键盘的手,转过身迷惘地看着我。我想,从摄像头的种种结构和它们的竞价分析中脱离出来,回到西环路的现实,并且理解我的朋友明浅又疯了这件事情,是不大容易的。于是我又把这句话说了一遍。对我来说,我也不大容易理解七寒需要不停处理的这些邮件,我望向七寒的电脑屏幕,满屏的法语,我连从最字面的意义上去理解这些都不太可能。

七寒已经在电脑前坐了一个下午,今天是周六,过去我们经常在周五晚上就商量好周末该去哪儿玩,看个摄影展,去Live House看一场演出,要不就是收拾行李去一个隔壁小镇。但这些已经是挺久之前的事了,它们在某一段时间里渐渐降低了频率,再后来就干脆被清理出了我们的生活。也许七寒认为,我们的生活该走向另一个层面。像小情侣一样牵手散步、用精心挑选的杯盘装好咖啡水果,然后两个人一起坐在地毯上看电影的那部分,它们应该告一段落。我们得往上走一个台阶,我们得去新的地方。我意识到,我不是说我第一次意识到,七寒是那种不断晋级的人。

"怎么回事?"七寒说,"他是好久没来西环路了。"

七寒移开她那把椅子,她的眼睛里还是有一些迷茫,每次她从极度专注中突然放松下来,她就会有这种眼神。我知道我得等她一会儿,等她从那些邮件里回来,回到西环路。我倚着玻璃门,盯着七寒的电脑屏幕,我们看起来都像是被明浅住院这件事给击中了。

但我其实还被别的事击中了，而且它已经击中我很久了。

"我们去江边走走。"七寒说，她站起来抱抱我，然后走到衣柜前换衣服。我还在盯着七寒的电脑屏幕，直到它自己暗下来，我有点儿想起了我们住在浦沿路时的室友，他们永远在游戏中的绿色界面。我想到江边走走是适合讨论明浅的办法，我们已经很久没去江边，没什么事情需要我们去江边走走。但是当然，如果是面对明浅，我们就得去江边走走。

我们先去楼下餐厅吃饭。我很喜欢去这家台湾小吃店吃饭，大部分时间我一个人去，碰上七寒不加班，或者周末，我们也会一起去吃。不过，如果七寒不加班的话，她一定会在下班之前就早早选好一家餐厅，然后喊我赶紧跑去和她会合。也有一些时候，当我已经坐在了去餐馆的车上，七寒会再次或者沮丧或者急迫地通知我，她又得留下来加班。然后我就会折返回家，然后走进这家餐厅。这种时候当然不多，不是很多的。

我们在柜台上吃饭，我吃卤肉饭，七寒点了一碗叉烧面，又点了西米露、鸡块、芥末章鱼，这样我们的桌面就显得有些丰盛。虽然我知道，七寒这会儿并不想吃饭，她还是那个有些迷茫的眼神，她一心一意地吃面前的这份西米露，我不知道她是在想那些邮件还是在想明浅。

我们的菜上齐之后，胡康就出门去送小绒了，虽说他只是把她送出门，然后在门口和她一起等车。今天他的小助手不在，要是他在的话，胡康就会骑上他的电瓶车送小绒去学校，小绒还在附近的医学院读大学。

胡康三四十岁，头上老戴着一块蓝色头巾，下巴上一圈络腮胡，这就让你不太能弄得清楚他的年龄。他离婚了，小孩跟着妈妈，那个小男孩的照片就挂在墙上，挂在满墙崔健的照片中间。他个头不高，有点儿发福，他看上去挺特别，对吧？不过吧，我觉得任何人这么打扮，都会看起来有些特别。我以前对七寒这么说，语气总不太友善，七寒会过来揉揉我的头发，她说我有一点"要求太高"，她说胡康当然不只是外貌特别，他确实是个蛮特别的人。我说"好嘛"，我说"行吧"。七寒劝说我包容胡康，就像我以前也劝说她包容林远。胡康当然挺特别，这家店也挺特别。

这家店店面很小，厨房和吧台区域以外，只有靠墙一张长条桌，墙上挂了许多崔健的照片，中间夹杂几张胡康儿子小飞的照片，照片上的小男孩五六岁，非常可爱。长条桌尽头有一个书架，很多诗集，好几本布考斯基，中间一本是醒目的《苦水音乐》，《苦水音乐》旁边，是胡康的个人手写诗集，一个蓝色的笔记本，我拿下来翻过一次，又赶紧把它放了回去。

如果说七寒能迅速判断林远是一个傻×的话，那我就能迅速判断胡康是一个无与伦比的"直男"。不仅是说崔健、布考斯基或者他那本笔记本上那些中年愤青的诗——实不相瞒，我老盼望明浅能来看一看这些诗，我认为他要不就是心平气和不屑一顾，要不就是冲上去和胡康打一架。这些诗挺容易冒犯明浅，因为它们挺冒犯

"诗"。更让人觉得烦的是胡康的说话方式，他那些过分片面的观点，以及在宣讲那些片面观点时过分自负的心态。两年后，他将会在杭州开起三家日料连锁店，并且和他如今还在读本科的女朋友小绒结婚，从十平方米的店铺到三家颇受欢迎的日料店，这依然是一个相当励志的故事。强硬、自负、怒气、勤奋，然后带来成功，我觉得这是一件意料之中的事情。我当然也会知道，胡康身上那些让人觉得挺不舒服的东西，它们实际上就是他成功的必要因素。

就连他的手写诗集，在后来的三家日料店，它们也会持续发挥作用。到那时他会把他的手写诗集挂在他日料店的卫生间里，方便大家在上厕所时有东西可以阅读。三间卫生间，胡康为此不惜写了三本诗集。两年之后，我在滨康路上日料店的卫生间看见那本蓝色诗集时，真是头晕目眩，这简直就跟街上那些背FREITAG的男男女女们差不多，他们怎么不干脆把"特别"两字写在脸上呢？我的怒气让人难以理解。要是七寒那时在我旁边，她显然还是会过来揉揉我的头发，跟我说这是一件不必过分在意的事情。

而我也确实想过，当我坐在那家装点一新的日料店，我想，七寒对这件事是什么看法呢？我想她会赞同成功的部分，同时忽略诗集的部分。我们曾经各司其职，一个人愤怒的时候，另一个就负责劝慰，七寒专门跟林远们过不去，而我就专门跟这些文艺男女们过不去。

七寒会摸摸我的头发说："你放大了一些事情，你总在放大一些事情。"放大一本诗集没有必要，因为实际上，我们和胡康相处得很不错。更何况，胡康的厨艺确实相当了得，后来，因为太想念他的卤肉饭，我一路追踪到他的日料店，才发现他已经大获成功并且抱得美人归。

这顿饭吃得相当沉默，我们没发现胡康什么时候回到店里，他把一小碟酱黄瓜放在我们面前，用从络腮胡里透出来的粗糙声音让我们尝一尝他新腌制的酱黄瓜。他说话时，尾音有力，像是那种已经试错很多次以后不再需要意见的人。七寒好像终于从她的邮件中醒了过来，她问胡康："你那众筹日料店的事怎样了？"胡康身边好几锅萝卜牛腩在"咕噜噜"翻滚，他看上去有点雾气腾腾，他说："早着呢。"七寒又问："你和小绒怎样了？"胡康又去煮一份叉烧面，胡康说："好着呢。"我发现我两次都没听清楚，他到底是说"早着呢"还是"好着呢"。2016年5月，这两件事在我看来，都是一些很遥远的希望。

"明浅怎么了？"七寒问我。

"他又把自己弄进三院去了。"我说，我说得好像他多么惹人烦。

"我们明天去一趟临城，看看明浅什么情况。"七寒说。

江边男男女女，我想起去年春天我们走在江边，七寒一路跟我复述一部悬疑电影。我记得她讲到最恐怖的地方，我们正好在经过岸边几艘沉船，我们还站上了船。但是这里都是水泥栏杆，怎么能站上沉船？我的记忆说不定发生了混乱，那也许是我们还住在浦沿路的时候，那是另一部分的钱塘江。

我回过神来，七寒刚才说，我们明天回一趟临城。七寒又一次当机立断，七寒的第一反应永远是搞清楚问题，然后解决问题。我喜欢七寒的这个部分，我知道我们的生活波澜不惊地进行到现在，主要就是归功于七寒的当机立断。我想如果是李开，她反反复复只会是一句话，李开会说："怎么会这样？"如果两个人面对面只会说"怎么会这样"，那真的就很容易完蛋了。

不过这个时候，我居然有点怀念李开那句"怎么会这样"，也许是因为这段时间以来，一直是我在说这句话。我觉得有点厌倦，我不知道七寒是不是也听得有点厌倦。我想也许两个人中，总得有个人来说"怎么会这样"，可是有时候你也会想换一换角色。

"他应该找份工作。"我说，"他老一个人待在他那间通体白色的房间里，最多走到楼下的咖啡馆，能不出毛病吗？"

"他在写作。"七寒为明浅辩解。七寒不苛责任何一个追逐梦想的人（或者追逐成功的人）。

"他应该谈一场恋爱。"七寒说，她的声音听起来从容不迫，好像她在说一个非常合理的解决办法。

要不是因为我们正在穿过马路，要不是她曾经就在我面前砸下一个手机，我一定会吃惊地在这个人行道上停下脚步。

"你觉得她和李浮还有可能吗？"七寒又问道。

这一定是七寒在胡康的店里凝神吃西米露时盘算的主意。这看上去的确是一个解决办法，谈一场恋爱，这对明浅很有好处。起码，谈一场恋爱可以把明浅拉出他那个白色房间。至于李浮，那一定是七寒苦思冥想之后唯一的人选。毕竟，除了李浮，还有谁能忍受明浅呢？但明浅做的可不是别的事，他可是在婚礼上逃婚了。我想起我穿着伴郎服在酒店跑上跑下的那个上午，我飞快地把一身黑色卫衣卫裤的李浮从脑海中抹去。

"你知道明浅为什么选了一个示众的方式离开吗？他就是想断了自己的后路，好让双方都没有办法挽回。"

"为什么要逃婚？"七寒问我，不知怎么，我们从没人问过这个问题。但这个时候，我更想问的却是另一个问题。

"为了前途。"我们走回了西环路，我一边开门，一边把这四个字说给她听。

"你看啊，你不要被这件事后来发展成的样子给骗了，实际上这不就是常见的那套戏吗？为了前途放弃爱人的戏。只不过明浅选择的前途披了一件有点儿高尚的外衣。而且他不仅没有因此写出一本足够好的小说，当然了，随随便便的小说也没有，他还时不时就把自己弄进临城三院，这让事情看上去有点不同。不过本质上这件事还是这么回事，他把小浮放在了天平上，另一边是蓝色盒子里的那些照片，显然呀，成为蓝色盒子里的照片，对明浅的诱惑要大一些。"

"李浮为什么一定是写作的对立面呢？"七寒问我。

"这个逻辑不好理解吗？就是这么回事，我了解明浅，他认为幸福的生活会妨碍他的小说，说不定他认为李浮防止了他发疯呢，他说不定认为自己需要疯一疯。"

我说完才发现，七寒的语气疑惑又悲伤。我才发现自己一下子说了太多的话，而且很多话说过了头。我知道她可能是想说，为什么爱情是写作的对立面，为什么一个安稳的生活就是写作的对立面。说实话，我也不明白这是怎么回事。

"但那又不是什么原则性的错误，他们不是因为不相爱了才分开。"七寒又补充说，"不是出轨这种原因。"

我们坐在阳光房的地毯上，七寒开了蓝色的顶灯，整个房间都是蓝色。我们已经很久没有开这盏灯，以前我们看电影会开这盏灯，明浅带着他的蓝色铁盒来西环路的时候，我们也开这盏灯。要是七寒在工作，她就不喜欢开这盏蓝灯，七寒开一盏日光灯，再加一盏黄色的台灯。她说那既能让她提高工作效率，又能提醒她这是在家而不是在公司。不过，我认为这盏黄色的台灯并不能提醒她后者，那些邮件总是能飞快地带她离开西环路。

"不是不相爱才分开，这才更加可恶，我宁愿他爱上了别人。"

"你觉得那样更好？"七寒充满兴趣地看着我，她脸上出现了这些日子以来难得的温柔，我不是说她不再温柔，不过现在有许多别的东西吸引了她的注意力。现在她又露出那种像是看着一个小男孩的笑容看着我。我认为这种专注眼下她只会给予她电脑上那些法语邮件，我现在就觉得自己有点儿像是一封邮件。

"那他就是不由自主地被别人吸引了，而不是主动衡量，然后做出选择放弃了李浮。他把李浮放在了天平上。"

"说不定写作对他也算是不由自主的吸引？"七寒小心翼翼问我。

"我了解明浅，那始终是种野心。"我的语气非常平静，就好像我对这个问题真的很有把握。

"我们要好好在一起。"她靠过来抱抱我。我一直很喜欢听她讲这句话，皮皮跳下窗那次，台风刮倒了玻璃门那次，她都跟我说过这句话。那两次我们都在面对死亡，可能的死亡。我们曾经以为我们的主要敌人是死亡。但是现在不太一样了，我想她的意思是说，我们要好好在一起，不要爱上别人，不要被别的事情分开。我觉得她的声音太疲惫了。

第二天一大早，我们坐上了去临城的大巴车，然后飞快地，我们又坐在了回杭州的这辆大巴上。我们坐在大巴的倒数第二排，七寒坐靠窗位置，杭州去临城的大巴上，七寒也坐在靠窗位置，那时她一路上靠着窗睡了过去。这辆大巴颠簸的频率，的确很容易让人睡着。但是七寒现在不打算睡觉。

"起码他很痛苦，你看不出来他很痛苦吗？"

"那是他自找的。"

"你看不起他的痛苦是吗？因为你选了另一种生活，你把那些东西都避开了。"七寒打定主意要说些残忍的话。

"一部分原因是因为你。如果我写作,我就不是现在这样子。"我盯着面前的汽车椅背说这句话,那两张牙科广告。

七寒没有接我的话。

"他每件事都是自找的,他故意给自己制造灾难,我就是想知道他后不后悔,他一定是后悔的。你猜怎么着,如果明浅到目前为止有一个可以写一写的主题,那就是'后悔',我应该告诉他,这样说不定他就可以从三院出来了。"

"你别再提'后悔'两个字了。"

我讨厌去临城三院,我也讨厌那扇会在你身后自己锁上的电动门。不管做了怎样的心理预设,那扇门在我们身后"嘀嗒"一声自己锁上的时候,面前的景象还是把我们吓了一跳。我们从没看过这样的明浅,他穿着蓝色条纹服,嘴里念念有词,夹着一根烟从这头走到那头,每次都是快撞上墙才转过身。不过,让我们沉默的不是这个部分,是跟在他后面的明浅妈妈。他妈妈举着他的点滴瓶,她一路小跑跟在他后面。

七寒一进门就握住了我的手,我们一动不动站在门口,看着他们在我们面前走来走去,一直到明浅走累了,他们才在正对着门口的黑色沙发上坐下来,我看到阿姨一头的汗。

这个房间是他们可以自由活动的区域,房间里很空旷,沙发,饮水机,靠近窗户有一张白色桌子,如果不算上那个椭圆形前台和坐在它后面的护士,这个房间很像是一个客厅。

其余的人在不同房间里,那些房间的门就跟我们初中的寝室门一样,每一扇门上都有一块方形小窗,可以让门外的人看到里面的情况。我望进去,有一扇门里面熙熙攘攘,房间里的人热热闹闹在抢几个红色气球。医生在我们身后出现,他指一指走廊另一边明浅待着的房间,他说只有病情轻微的人,才可以到这个休息室来,尽管如此,这个休息室还是要保证随时上锁。

我们在窗边的白色桌子边坐下,过了一会儿,明浅也坐过来了。我每次都不敢看阿姨的脸,她脸上那种不好意思的笑容总让我想起我妈。我们是不是都对失控感到抱歉?不管是你自己失控,还是你儿子失控,你都要对每一个人露出不好意思的笑容,真对不起,真抱歉。我们都不知道说什么好,面对明浅,你只能想起海明威们,可是眼下在这里提海明威,好像也不大合适。

七寒先开了口。七寒说:"你会很快没事的,然后你就能来西环路,我们还能一起做饭吃。"七寒又补充说,"还能一起看盒子里那些照片。"明浅对七寒笑了笑,普天之下,明浅最以礼相待的人就是七寒,哪怕他这时候以这副模样坐在她面前。我让自己去注视他的脸,他的头发又长了,下巴冒出胡须,一张苍白的、情绪消失的脸。我遇上他的眼睛,他也对我笑了笑,然后目光又移到七寒身上,然后他慢慢地说:"你们在一起一年多了,一年零三个月。"我发现桌子底下,我和七寒一直牵着手,从进门起就没松开过。我想,七寒是被吓到了。

要是明浅不说这句话，我可能就不会问他后不后悔。我只是想，如果他在意我和七寒在一起多久了，那他总该记得自己葬送了一段好多年的感情。于是我问他："你后悔逃婚吗？"我问第一遍的时候，他在笑，我想他不应该是没听清。但是我让自己又问了一遍，我说："你后悔离开李浮吗？"他还是在笑，所以我们都没有防备，他"腾"一声站了起来，他妈妈举着点滴瓶，完全没有预料到明浅的举动，那根针被他这么一站给扭弯了，我们看到明浅手上血往外流的时候，那扇门也同时"嘀嗒嘀嗒"地响起来，前台护士让我们赶紧出去。

回到西环路后，七寒又迅速坐在了阳光房的电脑桌前，过不了几分钟她就一门心思进入了她的结界。三院的那个白色房子，大巴车上的争吵，她好像一时都忘了。七寒试图去解决问题，但是显然，当她看过这场闹剧之后，她也会同意，劝说明浅与李浮重归于好，不是问题的解决办法。也许七寒也会认识到，不少问题没有解决办法，比如面对我的朋友明浅，你就不能像将清楚邮件上的订单一样，把明浅的问题给一一捋清楚。

我隔着玻璃看她，我想，你不能看到我现在也很痛苦吗？七寒指责我不能理解明浅的痛苦，但她没有发现吗？眼下我也很痛苦。我的痛苦还在于，我不知道自己是否应该感到痛苦。明浅提醒我，我们在一起已经一年零三个月。一年零三个月应该进入这种状态吗？应该留给我一个玻璃门后一动不动的背影吗？

生活在变化，我不是因为多想念以前的生活，我愿意生活变化，糟糕的是，我怀疑爱也在变化。它在变化吗？它还是爱吗？

我们的生活在继续，但是某个阶段过去了，而且它看样子不会再回来了。我们已经很少再做饭，从去年秋天的台风天起，七寒就不大喜欢做饭了。我们周末一起出门的时间越来越少，我们不会再越过大半个杭州，跑到东信和创园看一个五分钟的展，也不再花半个下午走一条灵隐路，在路上随便找一家茶铺喝茶。这样的事很少发生。七寒随时带着她的电脑，如果我们去餐厅吃饭，七寒极有可能大部分时间在盯着手机回复各种信息，如果她皱一皱眉头的话，她就该打开她的电脑了。

我想这仍然关于自我实现。我会说我做出了牺牲，为了七寒，我不再写作？这听上去太像逃脱了，而这的确也是逃脱。我想要快乐，不过对我来说，写作带来的快乐和七寒带来的快乐差不多，而且相对来说，和七寒一起生活比写作容易多了，所以我选七寒？那是不是对七寒来说，到了现在，工作带来的快乐要比我给她带来的快乐多？或者是因为我太软弱，她才需要费劲投入工作，关于她想要的生活，我看上去无力帮她实现吗？

我想要知道原理，我得找个理由不是吗？如果这个理由能说服我，我就能继续下去。实际上，我非常努力在说服自己。但是生活连绵不绝，我不能每天都找到理由把自己说服一遍。我依然感到受伤，事情就是这样，七寒在按她的方向走，她努力工作，我们一直在一起，什么事也没发生，我们之间，没有任何不好的事发生，但是我依然感到受伤。

我依然认为，七寒在前往新世界的时候，她忘记和我打招呼了。七寒把我带上，她把我也带往新世界，但是她忘记和我打招呼。她忘记跟我解释一下，好让我能找到一个更合适的角色，显然，在她的新世界里，我不能再做从前那个角色。我应该找张桌子写小说吗？我应该做一个什么角色？

或者她跟我打过招呼，但是我不能理解？要不就是我干脆拒绝接受，也许是因为我不断表示出我拒绝接受，她才会逐渐沉默，也不再解释自己的行动。对我来说，七寒做出一个绝无仅有的爱人榜样，随后，就连她自己也到达不了那个高度了。

不过，感情应该有生命力对吧？不然，那些度过几十年的感情又是怎么回事呢？也许一趟旅行能改变，要不就是我们谁摔断了腿。我们过去不是没有出现过厌倦，总有一些事情又让我们回到依赖与亲密。我想起我们过去的室友林远，她的确就起到了不少推波助澜的作用，在那些坐在地板上看林远的朋友圈的晚上，我们的确亲密无间。不过，去年年底林远就搬走了，皮皮死后不久，她就搬走了。好吧，我不应该把我失调的爱情归结到少了一位讨人厌的室友上头。


所以到了九月份，当我得知七寒要出差一个月的消息，我以为它是那个转折点。它看起来真的像是那么回事。我们从没分开过这么长时间，一周以后，我们就非常想念彼此。

七寒临走之前一整个星期都忧心忡忡，那时法国正在发生枪击案，她甚至每天晚上都要问我一遍："你觉得我应该辞职吗？"七寒一向理智，但是在安全问题上，七寒就有点神经质。我不知道该怎么说，我知道七寒不会辞职，她的工作蒸蒸日上。那时我在网上看到一个小手链，手链上是一个银质小象，那个淘宝店主给这个小手链取的名字叫"平安小象"，我把平安小象给七寒戴上以后，我们都松了一口气，都认为这下枪击案绝对不会伤害到七寒了。我们认为，毫无疑问，即使枪击案再次发生，子弹也会在面对七寒时偏离轨道。而我还在跟它赌，我认为除非它是要把我弄疯，它不能再用这种方式带走我身边的任何人了。

七寒离开那天是周六，我睡眼惺忪地把七寒送到电梯口，几分钟后我又睡着了。那天我醒后看到七寒在微信上给我发的信息。她给我列了一张作息表，几点睡几点起，一周做几次早餐，只可以吃两次外卖，等等。在作息表下面，她又附上一张菜谱。我喜欢这些时刻，我不知道除此之外，还有什么别的表达爱的方式。虽说我们实际上都已经很久没有做饭。她最后的信息，依然是每次上飞机前她都会给我发一遍的——她说"你知道我爱你吧"。

我强迫自己遵守规定的作息，甚至比她在这里时更加规律，以此来让自己不要辜负她在作息表的最后写的那句话，七寒写："Please be a good baby.（做个好孩子。）"我们很容易就遵守一些并没有重大利害关系的约定，那些"报君黄金台上意，提携玉龙为君死"意义的约定，如有必要，一生像一个苦行僧一样生活。

每天睡前，我在电饭锅里放上番薯和玉米，第二天早上再把它们装进保鲜袋一路带去公司，我总是一到公司就给我的番薯和玉米拍照片，然后把它们发给七寒。那些信息会在手机里沉寂上好几个小时，一般到了中午，我才会收到七寒的回复。我喜欢去看一看那时七寒的时间，巴黎是早上七八点，七寒刚醒。

这些部分，这张作息表还有那些玉米番薯的照片，看起来就像是那些拯救我们的部分。而越来越吞噬我们的思念更加让我确信，毫无疑问，我们无法失去彼此，我们会因此而重来一次。我隐约觉得，我也许窥见了一些长久关系的秘诀，那就是反复重来。"一次次爱上对方"，我把玉米、番薯放进电饭锅，我想此言不虚。

第二个周末，我决定给自己找点事情做，我开始在阳光房七寒工作的桌子上写小说。两天之后，七寒在电话里问我："你的小说写得怎么样了？"我从没跟她提起过这件事，我反正不会在一篇小说还没完成的时候，跟任何人尤其是七寒说我在写小说，我觉得任何还在构建中的事情都容易垮掉。我也这么看待我和七寒的生活，所以我让自己万事小心。不过，看到七寒毫无征兆地这么问我，我倒是很开心，我想在某种程度上，我们可能有点心意相通。或者也许七寒比我自己更清楚，她在我的生活中要是消失了，我转头看到的只能是小说。

我说写得很顺利，我又赌气说："你不回来的话，也许我可以送给你一个长篇。"七寒那里是夜里四点钟，她在离我非常遥远的巴黎夜色里，被我这句话逗得笑了好一阵，然后她又沉默了一会儿，七寒说："真的吗？那样也很不错。"她说"你要说到做到"。我想怎么回事，难道七寒真的考虑在西环路和一个长篇之间做一个选择？那时长篇渺无踪影，可是我想，如果真让我做选择，我恐怕仍然会选择西环路。但我避免让自己做选择，我想我不能像明浅一样，把七寒放到天平上。

重新写小说的感觉很不一样，很久没写小说之后从头面对一个空白文档，我倒并不是无从下手，我看到自己用了一种新的叙述语调，那好像是一件特别自然的事情。三年时间过去之后，首先变化的不是故事，而是语调。那有七寒的声音在里面，七寒在这个房间里走动的声音，夹杂在一个句子和一个句子之间。也许还有明浅的声音，毕竟去年一整个夏天，他把一本又一本稀奇古怪的小说集、摄影集带进这个房间，然后一整个下午坐在我们的地毯上滔滔不绝。

我写了一个悲观的小说，我写到我和七寒最后分开了，七寒离开的时候，拖着行李箱，也带走我们在门口的垃圾袋。这是七寒出差那天，我送她时睡眼惺忪看到的情景。在小说里，即使是面对七寒的离开，我也看到自己表现平静。我平缓不迫地写离别，写永别，那种感觉就好像这只是一段普普通通的爱情，就好像是我还会遇上很多个七寒。我想那是因为，2016年的秋天，其实我从没想象过七寒真的离开我。我们能够想象，甚至能够接受生活中会发生各种各样的悲剧，但我们永远不会习惯悲剧发生在自己头上。实际上，也许我们只能在字面意义上接受。

不管怎么说，房间里突然之间少了一个人，还是会让寂静一下子扩大好几倍。小说写完之后，我又给自己找了点事情做，我准备从头收拾一遍我们的房间。我先是把我们所有的衣服堆在床上，然后再一件一件把大衣和毛衣挂回去，把衬衫和T恤叠起来。这些事情做完之后，我心满意足地看着我们的衣柜焕然一新。然后我又去整理我们的书柜，我甚至站到椅子上，准备把最顶层七寒的GMAT复习书也整理一遍。那些书好厚，我站在椅子上，只能一本一本往下拿。那张照片从一本词汇书里掉出来。

明浅在《危险时刻》中，用一种研究实验室小动物一样的口吻写道：

> 如果说西蒙缺少识别的能力，那么西蒙更缺少采取正确行动的能力。实际上，西蒙经常采取错误的行动。如果实话实说，我们可以说，西蒙采取的行动，只是为了平复自己的感受。西蒙靠感受来行动，西蒙需要平息内疚，平息不安，平息愤怒。

你如何平息愤怒？你们会不会有办法？不过那对我已经没有用了。那都是一些一瞬间的恶魔。内疚，不安，愤怒。而愤怒，相对来说，它最需要平息不是吗？愤怒需要被浇灭。我只不过想要让它赶紧离开我，那之后，我还是会晾起那些衣服，为我们的房间准备圣诞节装扮。我会坐在我们的地毯上和七寒一起看她挑选的电影。我们的生活会继续。

在我们后来的生活中，那张夹在词汇书里的照片，它其实不值一提。

我害怕影像。明浅曾有一阵迷上了摄影，那是他短暂一生对于写作忠贞不渝的爱情之中，短暂的一次出轨。那是在我们大三，明浅婚礼之前的春天，明浅买回来大量摄影集，那些摄影集，一度占据了黄色书架的半壁江山。明浅一向如此，一旦他着迷上某件事，他就喜欢来个透彻的了解，他毫不介意奉献上自己的全部精力。然而悲哀的就是，明浅一生着迷的这两件事，它们里面的机密，全都难以掌握。就和蓝色铁盒里的照片一样，一如既往，明浅一开始就把目光投向了最伟大的人物。我很晚才看到那个被摄影集侵占过的黄色书架，等我看到的时候，明浅对摄影的探索差不多已经结束了。

那年清明节，我和我爸一起去给我妈扫墓，墓园在临沿公路收费站旁边，清明前下了一周雨，虽然墓园里是水泥地，但从收费站通往墓园的两百米小路却泥泞不堪。扫完墓后，往回走的路上，我又一脚踩进一个水沟，我的左脚差不多全浸湿了。我一路走在我爸后面，他也没发现这件事。

那时我爸经历了半年多的沉默阶段后，他进入了另一个絮叨的阶段，我爸开始疯狂地跟我讲他们之前的事。因为我不常回家，我爸每次等到我回家，总不肯放过机会。他从新历电厂讲起，讲到他们结婚，然后讲到我出生，讲到我一岁的夏天，他们下班回家，发现我摔下了床，一个人危险重重地趴在离楼梯口只有一米的地方，我同时还把那条我往后好几年也一定要抱着才能入睡的小毯子拽下了床。我爸说，为了让我戒掉小毯子，我妈试过了无数种方法。我问他，后来怎么戒掉的？我爸很费劲地从他的回忆里回过神来，然后他说，他也不记得了。这样我就知道了，在我爸的回忆里，我不太重要，我差不多就是一个道具。然后他会讲他们一开始过得很穷，在我七岁时他们才往家里添了一套衣柜沙发，我妈还高瞻远瞩地给我买回来一个书架。

我爸喜欢在我们吃晚饭的时候讲这些事，他在饭前总要喝酒，每次我吃完饭，我爸的酒杯里总还剩下三分之二的酒，我就安安静静坐在他对面，听他一边喝酒一边讲他的回忆，一直到他把酒喝完。他讲的很多事，我都很陌生，我发现我爸拥有的记忆要比我多，而且不知怎么回事，他好像特别怀念他们最初的几年。等到他盛上饭，我爸就会放过我，他说你回房间去吧，你去看书吧，你去打游戏吧。我想我爸是怕我妈被忘记了，他要来提醒我记得这些事。但是那时候，那些医院的记忆，寸步不离跟在我妈身后的记忆，那些提心吊胆又疲惫不堪的记忆才刚刚走了不久。而我发现——我知道这么说不好——当我不去想这些事，我就会感觉轻松不少。

我想往前走了，我想我是不是可以从头来过。我知道我们都需要疗伤，我知道我们都在用不同的方式疗伤。我希望我们独自疗伤，我希望我爸不要不断把我拉回到这些记忆中。我宁愿日复一日躲进图书馆书架上按拼音首字母排列的小说中，也不愿意回家面对这些晚饭。所以我爸的这些话，让我回家的时间更少了。

我在鞋柜里找不到可以替换的鞋子，我发现我在陈桥镇的衣物所剩无几，我每次回家，总要带上换洗衣服，也许下次我还需要带上一双鞋。我没跟我爸说这件事，我想毫无疑问，他只会指责我回家越来越少，以至于家里连一双鞋子也不留下。我就跑到明浅家里去找鞋子穿。


明浅和我半斤八两，他在陈桥镇没留下什么衣服，他在房间抱着游戏机，让我自己去鞋柜找鞋子，我找到一双耐克跑步鞋，起码可以撑过接下去两天。在我们共同长大的过程中，明浅对任何事物都表现出了让我难以理解的专一与专注。而眼下，他又坐在床边，抱着十年前那台小霸王学习机打坦克。小霸王学习机盛行在我们的四五年级，明浅以学习为由买回一台后，我也迅速拥有了自己的小霸王学习机。不过当然，那迅速成为了我们的游戏机。

我喜欢和明浅一起打双人游戏，部分原因是明浅打不过我。明浅要是输上一局，他就会非常焦虑，然后接二连三地输。我觉得是明浅太想赢了，哪怕是打坦克他也很想赢。我想他一定更享受自己一个人打游戏。到了我们初中，我飞快地迷上了打乒乓球，接着是篮球，后来我又去干别的事，它们是我人生的某个阶段，就跟小霸王学习机也是某个阶段一样。但明浅不一样，我的朋友明浅，他总是不能转移阵地。于是到了现在，距离我们五年级已经过去了十年，明浅还能抱着他的灰色手柄盯着屏幕打坦克，一坐就是一个下午。

我惊讶地发现，明浅的书架焕然一新，那上面出现了许多我从没看到过的名字，那两列书，书脊全都非常宽阔，于是那些书背上的名字也非常宽阔，我看到了许多名字：塞尔吉奥·拉莱、尤金·理查德、约瑟夫·寇德卡、南·戈尔丁、维姆·文德斯、罗伯特·弗兰克、沃克·埃文斯、卡蒂埃·布列松。我不无感叹地想，我的朋友明浅，他依然着迷西方。

我抽出一本卡蒂埃·布列松，我这才发现，这都是一些摄影集。我的朋友明浅，他居然拥有了一项别的热爱，默不作声，又大张旗鼓！我感到有些受伤，毕竟明浅从未和我提起过这回事，目前看来，他对摄影已经独自进行了一番探索。我又想到，这些日子，的确是我自己拒绝了明浅每次兴致盎然的开场白，他每次提起一个西方名字，我都以为后面跟着一本小说。如果是摄影，我会很感兴趣，毕竟它是一件崭新的事情，在明浅的人生中，崭新的事情并不多。

果不其然，明浅已经对摄影进行了一番探索。让我更受伤的是，明浅的探索已经结束了。明浅说他无法成为一个摄影师。他坐在床边，继续捧着灰色手柄打坦克，他说按完了一万次快门以后，他就非常清楚自己做不了一个摄影师。后来我才明白了他的意思，明浅的意思是说，他做不了一个杰出的摄影师。明浅觉得，作为一个摄影师来说，他的名字无法出现在黄色书架上的这些名字中间。

明浅说，这是构图的问题，还有选择摄影目标的问题。他一边站在电视机前打坦克，一边又说："一个作家也许可以越写越好，但是一个摄影师不可能越拍越好，这在他拍第一张照片时就决定了。"

"构图的问题，还有选择摄影目标的问题。"明浅再一次强调，"摄影更加依赖天赋，比写作更依赖天赋，这就是一件成或者不成的事情，你不会因为某件事突然成为一个摄影师。这是天赋的问题。"

半年后，在明浅的逃婚现场，我再次想起明浅的摄影理论，我不能不想到，明浅认为，你不会因为某件事成为一个摄影师，但是也许，你会因为某件事成为一个作家，比如逃婚。

2014年春天，我坐在明浅的房间里，我实际上根本搞不懂他在说什么。那些分量厚重的书一下子震撼了我，每次打开一本书，里面的照片又再次震撼了我。我站在书架前，我差不多就是被震撼了，往后的人生中，我还会持续经历这样的时刻，你以为自己对于生活已经了解个大概了，然后就会出现一个什么东西让你目瞪口呆。我想，它主要是想显示自己的无穷无尽，显示自己的不可捉摸。这个书架让我非常兴奋，长久以来，我一直试图把明浅拉进别的领域，全都失败了。不过没想到，明浅的每项爱好，我都兴高采烈地一头扎入。

那一整个下午，我坐在明浅的黄色沙发上，天昏地暗地翻看那些摄影集。我很喜欢布列松，我也喜欢卡帕，还有埃里克·索斯。明浅十分注意我对每本摄影集的评价。在我说我喜欢布列松的时候，明浅迅速地判断道："你也成为不了一个摄影师，起码在这个时代不行。"在我喜欢埃里克·索斯的时候，明浅又对之前的判断产生了疑惑。

往后，在西环路阳光房的地毯上，明浅会更加清晰地向我们解释他的这些摄影观点。那时，我们越来越多的朋友买起相机，一个个沦陷在摄影中。每次我们的朋友圈中有人开始晒起除了美食、旅游、聚会以外的照片，用七寒的话说，出现了那些"不日常的照片"——明浅就会坐在地毯上，缓缓地滑过那九张照片，然后明浅就说道，哦，那是谁的风格。那个"谁"基本上就是他书架上那些名字中的一个，通常会出现的名字是"卡蒂埃·布列松"，如果是卡蒂埃·布列松的话，明浅就会给他判死刑。明浅会像我在他房间翻阅摄影集的那天对我判死刑一样，明浅说，他成不了一个摄影师。

那些照片注重几何构图，注重瞬间的反应，注重重要事件的反面——比如聚焦在看展的人，而不是展览本身，比如把镜头对准市井普通人的失焦眼神——他们在买菜啦，在杀鸡啦这些。

七寒替拍照片的人辩解，七寒说，他是一个初学者嘛。

明浅说，他将永远是一个初学者。

话题通常到这里就无法再继续下去了。然后七寒就会主动谈一谈明浅今天背来的摄影集——某个明浅口中的新天才，那些摄影集都很厚，但是明浅愿意背来。

其实等到坐在西环路阳光房的地毯上，我已经能同意明浅的这些摄影理论。在明浅家翻完两层"杰出摄影师"之后，我回到学校图书馆又找了不少摄影集来看，然后，我迅速地也给自己搞了一个相机。

果不其然，我成不了摄影师。我避免了糖水片，那些大光圈浅景深照片；我又避免了大量使用长焦，我总觉得利用长焦如同偷窥一般，把路人的表情细节、手部动作拉近到眼前，这件事多少有点儿耍流氓。特别是那时我很喜欢卡帕，要是你热爱的摄影师拿着定焦相机死在前线，你就会更加觉得利用长焦是耍流氓了。但是我发现自己不由自主地模仿布列松，我沮丧地发现，我就是明浅口中"永远的初学者"，我看到自己把镜头对准那些盛大场景的反面，那些普通人身上的失序时刻，看起来丝毫无法突破。和明浅一样，我的一万次快门和第一次快门没什么两样。构图雷同，摄影目标也就是那么回事。

我认识到，你的确可以这么判断，布列松是一个天才，而模仿布列松的人不是。如果你发现自己开头在拍一些"布列松"照片的话，那么也许真的如此，你将永远拍一些"布列松"照片。你仔细想想就会发现，一个天才总要害上一代人。

我坐在阳光房里，隔着玻璃窗望向我们书架旁那一排储物方格小柜子，我的相机就在其中一个柜子里，我已经很久没拿出来。

七寒看到我在望着那些柜子，她也许还注意到了我一晚上都没怎么说话。七寒有点不开心，对于明浅的"摄影论"，七寒从未同意过。七寒相信勤能补拙，七寒也相信坚持不懈会带来改变，虽然七寒不清楚对于艺术来说是否如此，但是明浅如此迅速就把人一棒子打死，未免过分草率。而且，显然七寒现在还怀疑，我这么长时间没再拿起相机，说不定也是因为挨了一棒明浅的"摄影论"。

然后明浅又缓缓开口了，明浅像一个信使一样出现在西环路的地毯上，往我们每天上班下班做饭洗碗的日常里投入一些炸弹，那些他仅仅依靠个人思考形成的炸弹。明浅说："而且你只能做一件事。如果你要写作的话，你最好不要拍照片；如果你要拍照片的话，你也不要写作。没有谁又是小说家又是摄影师。"明浅说这话的时候看着我。

我避开明浅的眼睛，然后笑着替他补充道："杰出的。"明浅的意思是说，没有人又是杰出的小说家又是杰出的摄影师。

七寒脸上终于又有了笑容，显然，明浅的这几句话让她松了一口气。她不再望着方格柜里的相机了。七寒应该在想，如果我要写小说的话，那么我不拍照当然是可以的。她说不定更加确定我早晚会写小说。


确定我们俩都不大可能成为摄影师了以后，我们又讨论了一番摄影的意义。疑惑的人是我，看完明浅半个书架的摄影集，给我带来的并不只是一时兴起又一时泯灭的摄影爱好。也许可以这么说，在我做不了摄影师这件事上，除了我不够有天赋之外，更为本质的一件事是，实际上我不能理解摄影的意义。不仅如此，在摄影门外徘徊了两圈之后，我大为惊恐地发现，照片反映不了真实。也就是说，它反映不了生活。我看到人们在极度难过的时候，在照片里也可以一脸笑容。更不要说如今的时代，在极度扭捏的姿态之下产生的自拍，产生的艺术摄影。它们和人们真实的状态几乎没有什么关系。但事情就是，很多很不错的照片，又的确诞生于这样的摆拍之下。

明浅对此不屑一顾，他说当然了，照片的意义当然可以和真实的场景无关，和照片中的人物也无关，它的意义是最后脱离了一切阐释的艺术品。

我问他：和镜头里人们真实的状态也无关吗？

明浅不说话了，我想也许他没考虑过这个问题，明浅从不回答自己没有考虑过的问题。

七寒看着我们俩说话，在任何关于文学关于艺术的争论中，七寒对我们具有一种出奇的包容，她好像就是在鼓励我们对话，但是我知道，其实七寒有她自己的想法，而且有时候，或者说大部分的时候，她的思路都比我们快很多，就好像是，我们总是曲曲折折地走向某个目的地，但七寒已经一眼望到了目的地。很久以后我又去想，也许一眼望到目的地，并不是一件永远都很愉快的事情。

不过，七寒只是轻描淡写地说，也许照片反映了一些瞬间的状态。

这不能说服我。但是当我看到埃菲尔铁塔前这张合照的时候，我又想起了七寒的这句话，照片反映了一些瞬间的状态。我觉得迷惑的一点是，你无法避免照片带来的巨大冲击力，以及照片的巨大张力。它"啪"一下出现在你面前，从让人震撼这方面来说，它比小说厉害多了。于是在现实里，我害怕照片，我总是无法把一张照片从脑中抹去。

我看到了F的脸。我上一次听到这个人，是在2015年的漫咖啡，七寒用了三四句话，也许还不到一分钟的时间来形容他。我曾满腹狐疑，我想在以后的生活里，我要对这个人提高警惕。不过一年半的时间，F从未出现过，甚至在我们的谈话中也没再出现。我差不多把这个人给忘记了。

现在他从七寒的词汇书里掉了出来。我以前不知道他长什么样，现在我知道了。照片上不仅有他，还有七寒。他横抱起七寒，背景是埃菲尔铁塔，他要不是刚抱起七寒，要不就是正准备放下七寒，总之七寒的动作有些模糊，照片一定是在这种情况下拍下。但是他们的脸都很清楚，他们笑得好开心，身处异国他乡的那种开心，到此一游的开心，有今天没明天的开心。他穿着一条宽大的蓝色牛仔裤，一件褐色夹克，非常多的胡子，胡子随他放声大笑的嘴巴一起裂开。

我准备下次见面的时候跟明浅补充他的摄影理论，显然，摄影

146
西
环
路
猜
想

并不只是作为艺术品存在。有时候，它的确就是记录时间，用明浅一再质疑的桑塔格的话说，照片是"占据现实"。你看，现在一段现实被它们占据了。而且，有时候它们还能搞砸现实，它现在差不多就把我的现实搞砸了。明浅的摄影理论在我脑中被飞快地填充，看着这张照片，我兴奋地想到，我也许可以往明浅看似颠扑不破的理论中添加一些生机勃勃的东西。比如你看，一张尤为普通的旅游照，加上三四年的时间，再加上异国情调的辅助，尤其是如今观众是身份特殊的我，看吧，照片的意义迥然不同。我不由得想到，如今那套强调观众参与的前卫艺术果然有它的道理，观众的确经常是艺术的一部分。

我让自己避免去看七寒的脸。我从没看过七寒脸上出现过这种笑容，这种荡漾开的笑容。说实话，那些和李开四处出现在酒店地毯上的日子里，我倒是经常在她的脸上看到这种笑容。我想是不是人只有在动荡中才会有这种笑容，当你对以后没有把握，你才会有这种笑容。于是当七寒准备生活在西环路，她就把这种笑容收起来了。我想这只是一种区别，七寒在照片上的笑容，并不比她每天早晨醒来吻我额头时她脸上的温柔更高级。但是当时我没法这么说服我自己，我站在书柜面前，脑子里飞速旋转着明浅的摄影理论，同时我很想把这张照片抹去。对，把照片抹去，我认为这也可以加进他的摄影理论。我同时想抹去的还有照片背后那些日期。

我没看过七寒有这一面。怎么说呢？浪漫的一面？她从来，她从来不是连生日礼物都会提前一周问我要什么，然后给我买一些钱包、球鞋什么的吗？我不是说我需要这些浪漫，实际上我很喜欢钱包、球鞋。但她从没说过她也会喜欢做这些浪漫的事，还是说她其实更喜欢做这些事？

照片背面左上角是"n 55!w！"这个词，后面跟着一些杂乱的日期，2014年有十几个日期，从5月到11月，让我愤怒的是，我还看到了两个2015年的日期。"2015.3.17"，"2015.3.27"。2015年3月，我们住在浦沿路。我身体里有些地方在"吱吱"作响，我想我要把它们浇灭，我当然要把它们浇灭。

我没有用更多时间来面对这张照片，我也无法在这个房间待下去。我做不到给七寒打一个电话，质问她这是怎么回事，其实也没什么好质问，一张三年前的照片，一些两年前和一年前的日期。

这不是什么大错，这甚至不是错误。但我需要让我的血液流得慢一点儿。让愤怒停一停，我努力想让它停下来。站在书柜前我其实手足无措。我想起的第一个人是李开。


我知道她在杭州。2016年的李开，她的微博依然十分精彩，我偶尔也会看一看。李开一如既往喜欢在微博上公布她的踪迹，我知道她这周到了杭州。她采访民宿那份工作早就结束了，我不知道她来杭州干什么，但我想她总能采访一些别的，咖啡馆啊展览啊酒吧啊之类的，李开依然扎根在她的艺术中间。

我发短信问她我们是否要见一见。我想她能认出杭州的号码。李开的短信回得很快，她问我"你今天可以出门？"她说"你不是被管得很紧吗？"我觉得气恼，我想去年公交车上的聊天中，我一定描述了一番七寒对我的"管教方式"，而且，说不定我的语气很享受。李开一定注意到了，所以她今天要嘲笑我。不过，到现在我也认为我喜欢被管着，被管着挺好，我就应该被管着。我又想，实际上七寒今天也应该管着我。

我说我可以出门。李开说她在南山路，那离我有点远，不过也不是特别远。我说"我来找你"。那时晚上八点多了，我打车到南山路时九点，李开选了一家酒吧见面。

车开过的一半路程和我的上班路线相同，我经过一段虎跑路。在车上我想，李开不也曾经借我摆脱一段没有指望的感情吗？也许我们应该互相排忧解难。不过我当然不是要离开七寒，我只是想把这个晚上过完，我又不想和那张照片待在一起。


我们不在一起的时间里，我很喜欢在酒吧看到她。我们在一起的时间里，我又很讨厌和她去酒吧。你总能碰上个什么人拿着一个啤酒瓶在我们对面坐下来，他们有时候和李开碰杯，有时候和我碰杯，不过，他们主要是和李开碰杯。要是他们聊得开心，对面的人就会把啤酒瓶放到一边，然后掏出手机问她可不可以加一下微信。有时碰上这种场面我就一走了之。明浅告诉我："这是因为你们看上去不大像一对情侣，你和李开怎么样看着也不合适，他们说不定以为你是她弟弟。""弟弟！"我怨恨地盯着明浅。他接着会补充道："你和七寒看着就很合适。"

李开坐在靠近柱子的一个小圆桌边，她帮我点长岛冰茶。因为过去每次我想试一试新的酒，最后又总会抢她手里的长岛冰茶，于是到了最后，总是李开喝了不少种新调的酒。

"你总想做新尝试，其实在刚点的时候你就已经后悔了。"以前她会这么说我。

我们两年不见，这样就想起来我们上一次见面也是在酒吧。李开说，那次我们坐下来后，她说她会再喊上两个朋友过来，我一听转头就走了。

"其实那样有点危险，把我一个人扔在酒吧。"她说。她露着笑容看我，好像要为两年前的事来一场对峙，算算清楚谁欠了谁一些。

情人之间喜欢算旧账，哪怕我们是那么短时间的情人。她的开场白好像调情，也许酒吧就适合调情，也许李开就适合调情。我想一个晚上的调情也没什么。

生活会回到自己的轨道。我提醒自己。我在做一场抵消，我又提醒自己。抵消那张照片。

"你在杭州干什么？"我喝了自己的酒，又去试试她的酒。

"采访一个地下乐队。"她看着我，她拿酒杯的右手戴着一个戒指。我手上也有一个戒指，我一直避免去摸戒指。每次我感到紧张，我就喜欢把戒指弄上弄下。

"你今天怎么要来见我？我半年前来杭州你不是说不能见面？"她看我一眼，又移开眼睛去看吧台，这样她嘴角的笑容就转瞬即逝。当她在笑的时候，你很难不去看她一边扬起的嘴角，还有隔着烛光的她的眼睛。她和七寒不一样，她其实从来不要任何问题的答案，所以她让自己轻轻松松地转过脸。七寒会问我怎么了，发生了什么。

"七寒在出差。"我也看着她，让自己把这件事告诉她。然后我也去看吧台，两个调酒师的身后，整个背景是密密麻麻的酒瓶，这个地方让你想起《哈利·波特》之类的电影，气氛像是有只蝙蝠要飞出来。

"噢……"她转过头来，声音夸张地变调，然后她让自己靠着椅背，她问我出了什么事情。

我一直盯着她，我意识到自己在用一种几乎称得上是严肃的表情盯着她，就好像她应该明白这是怎么回事。你不是一个感情专家吗？不是因为种种迂回曲折的原因爱上又离开了不少人吗？那你应该明白我是怎么回事了，那你应该明白了，是的，我和七寒出了什么问题。

"没有事，借机见一下你，我们好久没见。"我喝了两口酒，让自己放松下来。

"当然啦，很久没见，你是我消失得最无影无踪的前男友了，就好像……"她突然笑了一阵，然后又讲，"就好像那两个月只是误入歧途似的。"

　　人们都有破坏欲，人们会盯着裂缝。如果一样东西特别好，出于某种敬畏，你不会想去破坏它，所以我们去年在公交上的聊天显得无害。毫无疑问，李开现在看到了裂缝，是我自己把裂缝给她看的。我承受不起那张从我头顶飘下来的照片，我希望不论是谁，不论是何种形式，能不能帮我承担一些。我们其实经常在做这样的事，自以为保守着某个秘密没有松口，却已经七拐八拐地，为了平衡那个秘密，做了不少傻事。最后因为拐了太多的弯，没有人知道你为什么要做这些傻事，只会觉得你挺蠢的。我往酒柜望去，满是裂缝，我想满墙的酒瓶子是怎么弄上去的。

　　"是误入歧途。"不知怎么回事，竟然也有一点点两年前的怨恨在我胸口升起来，不过只有一点点，很快就没了。

　　"你呢，你最近怎么样，你还和……还和去年那个男生在一起吗？"我有一阵没看李开的微博，我不知道她有没有换男朋友，而且我已经记不清她去年春天是哪位男朋友了。

　　"没有男朋友，我觉得我可以不谈恋爱。"李开说，她说的样子还蛮认真，好像在对自己做某种试验，我想她说不定真的认为自己可以不谈恋爱。

　　"赌一百块？三个月不谈恋爱？"我当然不信。普天之下谁都可以不谈恋爱，李开不行，我的前女友李开，她需要感情来养活，那些甜蜜和眼泪和伤害，灌溉李开。

　　第二天我们在酒店醒来时，她问我，你和七寒的性生活是不是不太和谐？

　　我连忙说，哪有啊，非常和谐。

　　我一定脸红了，昨天我们喝了太多的酒。不过我和七寒当然没什么问题，我们都很喜欢对方的身体。她忍住笑，在电视机前转头来看我："你还是很好玩。"

　　我们在南山路上的餐厅吃饭，我们点了墨鱼饭，牛肉，还有一份鱼头，一份西兰花。我已经很久没有和别人在餐厅吃饭，七寒出差这一个月，我做了一周饭，很快我就开始吃外卖，要不就是在小区楼下的餐馆吃饭，不是面条就是馄饨，我差不多都吃厌了。七寒再不回来，我就应该厌食了。然后我想到她很快就要回来了。

　　"你昨天在酒吧一直在看手机。"菜刚上齐，她给我们俩都舀了碗鱼汤。

　　"你在等她的信息吗？"李开又说。

　　我一直在吃鱼，除了我想回避这个问题外，这份鱼头真的很好吃。我第一时间的反应仍然是，我想我以后可以和七寒来这里吃饭了。

　　我的手机上，七寒一个晚上都没有消息，当然我也没有发消息过去。其实那也不是多么不正常，这一个月里，我们有时也会一个晚上不联系。也许是因为我昨天晚上特别希望她能找我，也许这样我就不会让自己一直喝酒。也许一个电话可以让我迅速回家，然后扔掉那张照片。但我的手机很沉默。

"你们没事吧？"李开又问我，她放下了筷子。我很少在白天看到李开，即便是那三个月，对我们来说，夜晚也总是比白天长，白天经常被我们睡过去，或者在某个咖啡馆消耗掉。我发现褪去了夜色之后，她看上去很像是一个普普通通的女孩子，尤其是，这时候她的脸上真的是蛮正经的表情。

我说不出话，我总不能提那张照片。我也不能说最近我的女朋友把越来越多的时间花在了工作上面，这让我有点不开心。

"你应该是找到了那个坐在你旁边椅子上的人，对不对？"她突然这么说。

我惊讶地抬头去看她，她还记得这个小说，明浅口中的"寓言小说"。我们第一次见面时我喝得醉醺醺跟她讲，我好像是一个随身携带一把椅子的人，我总以为应该有人坐在我旁边。我想是的是的，我找到了坐在我旁边的人，这他妈简直不可思议，过去一年半时间，七寒都一直在我旁边。

然后她又说："那你不要放她走了。"

我看着她笑，我说"好"。然后我说"你也是，好好生活"。这当然有些奇怪，你的前女友跟你走出酒店，然后嘱咐你要好好生活，好好和你的女朋友在一起。但是怎么回事，我相信我们在说这些话的时候，都还挺真心的。


这顿饭吃得有些惺惺相惜的味道，临走的时候我们拥抱，鼓励对方要珍重生活。那时下雨了，我把她送到车站，过安检的时候，我看到她手上拿着我的伞，那不是一把有什么特殊意义的伞，而且说实话，七寒在挑选衣服、家具还有这把伞时，不会花多大心思，那也许就是她在全家买的一把伞。但我不想让西环路失去任何一样东西。我喊住李开，非常不好意思地让她把伞还给我。我们都有些尴尬，但她很快就消失在人群里。

# 06

麦迪逊影院 ——— 155—176

Maidixun Yingyuan

但是没有记忆来找我，只有陌生和空旷，你玩过游乐场吧，那你一定感受过失重，我坐在这个空空的房子里，不断感受到失重。

卫生间洗衣机里衣服在转，我看到门口放着我们的洗衣篓，是七寒在洗衣服。我在我们的房间门口，深吸了一口气才打开门，实际上我都不懂我为什么要这么做。但七寒不在里面，我习惯性地望向阳光房的书桌，但七寒不在那里。房间里有很多我很陌生的东西，七寒出差前买的那个29寸巨大行李箱敞开躺在地板上，占据了房间的整个过道。我看着它，再次意识到我不喜欢这个行李箱，深蓝色条纹太过商务，外壳又过分光滑。

但她买之前没有和我商量，因为这个行李箱和我没什么关系。这个房子里，几乎每样东西都是我们一起买进来的。我们刚从浦沿路搬到西环路时，我花了一整个晚上整理我们的东西，那时我们的衣柜、书柜都装不满，那两排方格小柜也空出了好几个，但一年半之后，这个房间已经满满当当了。我清楚每样东西的来历，清楚它们加入这个房间的时间，甚至是巧克力和花，她更换的香水和毛衣。

方格柜里，一整排滤水芯、洗衣液与漱口水，它们日渐变少，又再增多。一周之前，她在网上把这个柜子里的东西又下单了一遍，我抱着一个大纸箱走回家，再把它们放进方格柜。她在微信上说："我很快就回来，和你一起消耗。""消耗"在这一直都是一个很好的词，我们都知道，在西环路的词典里，"一起消耗"的意思就是"爱"，消耗掉一个滤水芯，消耗完一袋洗衣液。也许是因为，我们一度相信，我们陪伴在对方身边的时间里，将一直都有爱。这几个属于日用品的方格柜被一周前的纸箱塞满，我想要过上很久，才能消耗完它们。

我又低下头去看这个行李箱，在这个房子里，如果要说有什么东西和我最没有关系，那就是这个行李箱，这个行李箱代表着七寒的出差之旅，而且这么大的尺寸，意味着她的出差之旅非常漫长。我想我不喜欢它和它的外表没什么关系，对我来说，它太陌生了。七寒的几件衬衫躺在行李箱里，她的两件旧外套干脆扔在地上。倒是衣架上多了两件新外套，我很远就看到了那件军绿色的BURBERRY风衣，衣服旁边挂着一个LV包，两星期前，她和我说她买了一个LV包，她让我不要惊讶，就好像两年前，我们还没见面的时候，她在地铁上给我发信息，她说"我化了妆，你不要惊讶"。我喜欢她这么做，我喜欢被告知。知情权意味着很多，尤其是提前的知情权。但是这个时候，这件风衣和这个包，也让这个房间更陌生了一点。

行李箱旁边，靠近书桌堆积着许多礼品袋，堆得很高，如果不是在这么一个阴雨绵绵的下午看到它们，我会开心地把它们看成一棵圣诞树。我看到了两双灰色的兔子拖鞋，我很早就见过它们，七寒买下它们的时候，高兴地用手机拍下来给我看。拖鞋旁边，扔着一个透明袋子，里面是厚厚一叠发票，一个月时间，当然已经很长。

我拿起相机给房间拍了一张照片，就好像我刚刚走进了一个案发现场。我想起两天以前，李开在酒吧里低下头问我："出什么事了吗？"她的声音真的有点担心。我想我们没什么深仇大恨，我们都挺脆弱，又都渴望完美，我就是因为想要完美，我就是因为想要抹去那张照片，才会去找她。实际上这两天我没再想起李开，如果不是我一打开门，被扑面而来的陌生给笼罩住的话。我想这依然事关脆弱，当你迎面被陌生袭击的时候，你会转头就想去找到曾经依赖过的人。

两个小时前她跟我说她到家了，我以为她会在上飞机前给我发信息，和往常一样，她会因为害怕飞行所以要再告诉我一遍她爱我，我也以为她到了萧山机场会给我发信息，在离开杭州一个月后又回到这座城市时，她会一落脚就想要把这个消息告诉我。但她只是告诉我她到家了。

不会是因为我和李开。我想，如果七寒发现我们两人见面的话，她一定不是这个反应。七寒会原地起跳，追根究底，她会问我为什么要见面，在哪里见面，问我她化了什么妆，问我"你们做了什么"。不是我的问题。我心惊肉跳地意识到，那么就是七寒的问题。我问七寒她在哪儿。


半个小时以后，我到了甘蓝咖啡馆。

咖啡馆开在浦沿路，距离西环路一两公里，我们不常去这家咖啡馆，上一次去，还是一年半前。和游戏机室友吵完架后，第二天我们就琢磨起搬家。那天是周六，我们在甘蓝咖啡馆坐了一个下午，那天天气也很不错，我们靠着玻璃窗，一起盯着电脑网页寻找下一个住处。我们不知道下一个落脚点在哪里，但我们都知道一定会住到一个更好的地方。那天阳光真的很不错，如果你像我一样回头去看，你也会和我一样，一看就知道这是一个永恒的下午。实际上最好的时间就是这些时间，对不对？在未来出现之前。虽然说后来找房子的过程并不顺利，但是结果其实很好，我们找到了西环路，而现在，我们已经拥有了一年半的西环路历史。我忍不住想，一年半是不是意味着又一个坎？

　　七寒坐在咖啡馆二楼靠墙位置，我一到二楼就看到了她，但我在楼梯口停了下来，然后我站在楼梯口望着她。我想起来，在那个充满阳光的下午之前，我们还匆匆走进过一次这个咖啡馆。2015年我生日的前一周，我们一起走进这个咖啡馆，我们在这里订过一个柠檬味蛋糕。那次我们在回家路上经过了这家咖啡馆，七寒看到了咖啡馆门外的蛋糕小海报，然后她拉着我走进去。我们两个人站在柜台前，我们一起望着柜子里面漂亮又精致的蛋糕，七寒转过头问我："一周以后你的生日，你会喜欢吃哪一个蛋糕？"那时我们在一起不久，我已经认识到，七寒是一个不会制造惊喜的人，我简直开心极了。李开让我认识到，一个会给你惊喜的人，通常她也会给你惊吓。对我来说，在经历过一个又一个在酒店地板上凑成的派对夜晚之后，七寒给我的平安，其实是另一种惊喜。

　　那个柠檬味蛋糕我只吃过这一次，几年之后，我会一个人来这家咖啡馆好多次，我站在甜品柜前无数次想要再找一个柠檬味蛋糕，但我没再遇到过。这家咖啡馆喜欢更新自己的蛋糕风味，他们门口小黑板上一如既往贴着新一季的蛋糕海报，这个传统一直没变，但上面的蛋糕不会出现第二次。人生要留下绝版。

这时已经天黑，二楼灯光昏暗，她坐在褐色沙发上，看上去仍然是一个非常鲜明的个体。七寒就是那种个体，她不会像李开一样融合进夜色里。要是你以后也碰到了这样的人，也许你就要加以注意，主要就是，这样的人一旦离开你，她就会留下一个模型，在空气里留下一个模型。我们能像吹散一阵雾气一样把一个人影吹散，但是一个模型的话，你就很难吹散了。它就在那里，跟一个水杯一样坚固。水杯上的花纹会随时间消逝，但是水杯不会消逝，除非你去摔一下，但实际上问题是，你很难下定决心去摔它。

七寒全神贯注盯着电脑，她手边还有一个黑色本子，她有时候敲键盘，有时候在本子上画图，如果是盯着电脑，七寒的眼神就会变得非常锋利。我很熟悉这样的七寒，过去我也经常在我们的房间里，隔着玻璃门看她。其实没什么不同，站在咖啡馆楼梯口的这五分钟里，我甚至是在庆幸，她还是那个我熟悉的七寒，对着电脑如同深入敌阵的七寒，过去我为此心生埋怨。我怨恨电脑邮件带走了七寒，但是当你恐惧于另一些事情的时候，你就会觉得前面那个不够理想的状况已经很不错了。是的，有什么好抱怨呢？站在楼梯口我想，为了工作有什么好抱怨呢？然后她看到了我，七寒原本锐利的眼神突然变得迷茫。这我也很熟悉，从前她每次从电脑面前移开眼睛，她也经常要迷茫一阵。只不过还是有一点不同，我胸腔里首先剧烈起来的鼓声告诉我有一点不同，要是从前是离开电脑屏幕让她有一些迷茫的话，现在其实有些不一样，现在让她感到迷茫的人是我，我的出现让她感到迷茫。

她很快收拾好电脑，然后跟我说："我们看电影去吧。"我想看看事情的发展，于是我跟着她去看电影。我说"好哦，去看电影"。事情变得有些奇怪，以往的生活中，我们总是知道下一步是什么。当然她也会突如其来在早上睡醒之后跟我说，我们去看电影吧，我们去看演出吧，我们下周去青岛旅游吧。但实际上，那仍然属于计划的一部分。只有在和李开在一起的时候，我才会时不时想要看看事情的发展。

我们在咖啡馆楼下坐上了出租车，然后跨江去看电影。出租车里仍然沉默，我应该问问她出差之旅顺利吗，应该问她为什么临近归期信息越来越少，但是某些气氛笼罩住了你，你只好闭嘴。七寒在手机上挑选电影，她说"我们看《湄公河行动》怎么样？"我说"好"，和以前一样对她的每一个决定都回答"好"。然后她买好票，她甚至和从前每一次我们乘车去电影院时一样抱怨，她说"这地方什么时候能有个像样的电影院啊"。

2016年，一桥边这块地方，很多楼还没有建起，西环路附近甚至连一个像样的电影院都没有。这一片唯一一家电影院开在浦沿路上，它有一块竖直的巨大招牌——滨文电影大世界，看上去像是20世纪90年代的舞厅，也许它的历史真的可以追溯到20世纪90年代，因为它里面的确相当破败，我们去过一次以后，七寒就拒绝再去了。

于是我们每次看电影，都要坐上出租车，一路经过四桥跨区到钱塘江的另一边。我们去的这家电影院，在2016年它叫麦迪逊影院，我们在那里看电影的两年，麦迪逊影院还非常新，那是它最初的两年历史。麦迪逊影院正合七寒口味，倒不是说七寒喜欢崭新，七寒喜欢舒适，滨文电影大世界显然就不太舒适，起码它的破败让七寒的眼睛不太舒适。我后来意识到，如果说七寒在挑选桌椅、挑选地毯、挑选床单被套这方面，没有在审美上多做考量的话，其实那些东西在舒适度方面达到了非常高的标准。不过，事实就是，我们容易注意到良好的审美，却很难注意到舒适。实际上，我们在注意到不舒适上面，倒总是一马当先。

不过没关系，我们没有放在心上就享受到了的东西，总会在被丢失的时候，用空缺的方式来提醒我们。这也并不奇怪，不少东西的存在感都是在缺席之后才凸显出来。七寒走后，我将会精心挑选我房间的地毯，同时也精心挑选衣架、壁纸、台灯、靠枕、电饭锅、行李箱，它们会更好看。不过问题就是，它们都不太舒适。另一个问题就是，我们其实无法和不舒适待在一起，于是年复一年，我将会保留七寒在那两年买的几套床单被套。我不止一次想过，但凡我还有可能和她再说上几句话，我会问问她可不可以把被套的淘宝链接发给我。

我还会遇上让我眼前一亮的新伴侣，就像一张新地毯那么好看，就跟我初次发现一张新地毯时那么开心一样，我也会遗憾怎么没有早点认识到这么可爱的人。然后"新"就会来提醒我，我们不太舒适。而且它还会帮我认识到，过不了多久，我对新地毯的花纹也会感到厌倦，实际上，你找不到一张永远好看的地毯，总有那么一个无所事事的夜晚，你发现自己盯着地毯的颜色，发现怎么越看越不顺眼了。如果可以的话，我将会握住它的手，多谢它给我这么崭新的生命体验。它是来告诉我什么？告诉我其实我和七寒的审美相当一致？告诉我其实我喜欢她挑选的每一样东西？我想它只是要来告诉我，我是个蠢货。

明浅写道："总体来说，西蒙对自己不太熟悉，西蒙一般会说，他发现自己在干什么，而不是说，他要去干什么。"我的朋友明浅，他这时候也帮不上什么忙，他这会儿还在三院，要再过上两个月，他才能离开那个地方。那之后他会留在陈桥镇休养，明浅会把大部分时间花在南陌街上我们的初中校园里，他就在那里晃来晃去，看那些十几岁的小孩上体育课，所以眼下我只能独自面对。不过我安慰自己，即使明浅在，他也想不到什么处理方法。他也许会建议我也病一场。明浅总是责怪我采取错误的行动，不过我认为我所有的行动显然比不过他那场逃婚。不过问题就是，我面对的事情比较多，那我当然得行动，行动难免会出错。明浅的话、明浅的生活太静止了，所以他才会让自己搞出一个大意外。而我再熟悉不过的伴侣，有一天出差回来，她的眼睛里出现了我从没看见过的眼神，这又不是我想要它发生的。


不只我对自己不太熟悉，七寒对自己也不太熟悉。起码在这件事情上，七寒对自己不太熟悉。多亏了《湄公河行动》不是一部文艺片，否则我们一定会走神。实际上，有一小阵时间，我们真的看得有些兴致勃勃。七寒对于院线电影一向没什么要求，我想她只是很喜欢坐在电影院里。我们甚至在去年夏天，选了一个无比炎热的下午，跨江到麦迪逊看了一部《小时代》，毫不夸张地说，我们看得挺开心。那两年我们隔三岔五就去电影院，我们看了不少挺不错的电影，也看了不少转头就忘记的电影。和七寒在一起后我才知道，大众化没什么不好，它经常是挺让人开心的。只不过明浅经常会出现在西环路阳光房的地毯上，邀请我们一起坐下来看一部《春夏秋冬又一春》。事情又很奇怪，我们也很喜欢看明浅带来的电影。

出现见刀见血的画面，七寒依然来蒙住我的眼睛，随后她又不自然地缩回手。往后爱与恨将会混淆我们的生活，但我能清楚记得恨意是什么时候跑进了我的胸腔，在麦迪逊影院的座位上我开始恨她。我希望她不要觉得不自然，或者不要让我发现她不自然，这样就什么事都没有了。

看完电影，我们回到二楼售票厅，以前我们总会讨论一会剧情，虽然观点总是不太一致，我们都很喜欢听一听对方的观点。但这次我们都不打算聊一聊这部电影。

我走在七寒身后，我还在跟着看事情的走向，到目前为止，我还是不知道发生了什么。七寒说："我们出去抽根烟。"二楼外面是一个天台，十月底的晚上十点钟，杭州的夜晚已经挺冷。她从包里拿出烟，分给我一根，然后给自己点了烟。我盯着她，不知道她什么时候买了烟。烟就是从这一晚开始，马不停蹄地进入我们的生活。随后的日子里，它将会成为我们的生活必需品，直到我们都复发支气管炎。三年之前，我们曾说好要一起戒烟，那一次我们没有成功，七寒留下了一支纪念品，在武林路上的咖啡馆里，我们抽完了那根潮掉的骆驼。但是这一年多时间，从之江公寓到西环路，我们不知不觉把烟戒掉了。

我知道它的意思是说，过去一年多的生活，我们很开心，我们还很平和，我们不再需要烟。但是在这个十月底的晚上，七寒跟我说"我们出去抽根烟"。要是她不说的话，我也会说的，现在我也需要抽根烟。

七寒坐在台阶上，她一直都低着头抽烟，也许是因为她一看到我，眼睛就会变得有些迷茫，甚至里面还会有一些脆弱。她穿了一件薄薄的白色毛衣，蓝色牛仔裤，球鞋。这身打扮和两年前没什么区别，但我发现她比两年前好看了很多。我看到七寒的头发长长了，我想起我第一次见她的时候，她的头发才到肩膀，现在她已经是一头长发。她从来没跟我说过她要留长发，但是这两年里她从没剪短过它们，它们慢慢地变长，直到我在这样一个夜晚，站在她面前，看到她已经是一头长发。七寒瘦了很多，我想是健身房的原因，她已经去了健身房很长一段时间。这也是过去几个月我见不到她的原因，除了工作越来越忙以外，她把为数不多的空余时间都给了健身房。她始终依照着某种目标，并拥有与此匹配的决心，她在慢慢变化。我能感受到这种变化，而在最近这半年，我也感受到了某种不适，怎么说呢，也许是我没有赶上她的变化。但那都是发生在你眼皮底下的事情，哪怕是变样，也是慢慢变样。那和突然之间出现在她眼睛里的迷茫不同，和她在看电影时把手蒙住我的眼睛又突然之间拿开不同。她离开了一个月，你不知道是什么把她变成这样。的确有很多的空白，对不对？的确可以发生很多事，一个月很长。

然后她突然抬起头跟我说，她买了很多礼物。她说："你看到了吗？"她的脸上是一个夸张而兴奋的笑容，她真的挺兴奋，好像这些礼物会让我多么开心。我想的确，它们当然应该是让人挺开心的，甚至如果一切正常的话，我们现在就不是站在这个电影院的天台上抽烟，我们早已经坐在地板上拆礼物了。

我说我看到了。我也对着她笑，我笑得有一些紧张，我笑得像一个侦察兵一样，要是你需要时刻观察另一个人的举动的话，你就会笑得有些紧张。我说我看到了那两双兔子拖鞋。我说真可爱，比照片上还可爱。

于是她又笑了。然后她又抬起头，她说还有一个手表，还有一个黑色表带的手表。我说"这我也知道，你给我看过了"。她说"是吗，看过了吗？"她说还有一枚巴黎圣母院的纪念币，还有一个莎士比亚书店的帆布袋。她的眼睛亮了起来，她说"这个帆布袋你一定会喜欢"。我说"也不一定哦"。她又低下了头，她说"你一定会喜欢的",她说"我还不知道你吗"。她用左手抽烟的时候,平安小象就会跟着她的手一晃一晃。我在心里松了一口气,我想起码七寒平安回到了我身边。

我们像余华的小说里那个躺在床上靠嘴巴做饭的父亲一样,坐在麦迪逊影院的天台上,我们把地板上的礼物给拆了一遍。直到我们抽完了手上的烟。然后七寒站了起来,她说"我们回去吧"。我一直等着她告诉我发生了什么事,或者等着她恢复正常,让我知道我的感受是虚惊一场,我以为拆到某一件礼物时,她会告诉我怎么了,但是现在礼物也都拆完了,她只是说"我们回家吧"。

于是我只好对自己说,一定发生了什么事,但是七寒不打算立刻告诉我。不过她早晚会告诉我。不然她完全可以用以前的样子来面对我,她可以当作什么事都没发生过,就跟我一样。我可以当作什么事都没发生过,我忘记了照片,同时也忘记了我见过李开。我觉得我现在和她一个月前离开杭州时没什么两样。但是七寒在用一副"发生了什么事"的样子面对我,她全身上下都在说,有什么事发生了。

那之后,我每天都面对一张出神的脸。她的脸告诉我,她做了什么错事,同时她对自己犯错感到十分吃惊。那甚至不是内疚,如果是内疚的话,我会认得出,我就经常在自己的脸上看见内疚。七寒对自己很了解,同时她还以为她对自己的爱情很了解,她也以为她对自己的欲望很了解,当它们脱离掌控的时候,七寒就感到十分吃惊了。这张出神的脸让我感到病态。我万万没有想到,有生以来我最平安的生活，居然带给我病态。

两周之后，当我看到她手机里那个男生的照片时，我其实松了一口气。我想，又一张照片。

"你不能找一个好看点的男人吗？"我问她。七寒出现在我身后，我在镜子里看到我们的脸。她把下巴靠在我肩膀上，我们看起来仍然很亲密，过分亲密，好像一把剑刺过了她，又刺过了我。

除了这面方镜外，卫生间墙上还有一面可以移动的小圆镜，我把雾气擦去，然后我在那面圆镜里看我自己的脸。为什么三年之后，我又需要看我自己的脸？我想起住在医院的寒暑假，到了深夜，我妈的点滴打完，我终于可以睡觉的时候，我就会在医院卫生间的镜子里仔细看我自己的脸，我想看清楚我的脸，那上面时时会被覆盖上一张苍白的过分专注自我的脸。

我说不清自己是不是真的嫌弃这个男生长得太丑。过分年轻，一张学生脸，椭圆形，满下巴胡子，毫不掩饰自己的年轻，也毫不掩饰自己对于女性的欲望。我在镜子前想到：他比F难看多了。我觉得这位对手的容貌让我十分受伤，如果他会成为一位对手的话。

"你是在不满他的长相吗？"镜子里七寒笑了，她终于露出了一个松弛的表情，就好像这是一件跟我们两个人都没什么关系的事情。

我看着镜子里她的脸，然后我转过头去吻她。我以为我们能做爱，但是我们不能。在爱情的开始，我们总是用性来认同爱。现在，我又想用性来证明爱，我指望用一场性爱把这些事情都抹去，我指望我们还享受对方的身体，享受拥抱，享受亲吻。然后，我们一起从中失忆。

李开问我："你们的性生活有什么问题吗？"我想现在可是有大问题了，几天前我无法抹去一张照片，现在好了，现在我每次抱着七寒，我都能想起那张椭圆脸。

我被逮住了。也许是我对待自己的欲望过分轻率，所以它要来让我认清一下，欲望这件事，并非我想象中那么简单。我曾以为性和爱无关，尤其是我如此轻易就望住了李开的眼睛，然后和她在一张酒店的床上醒来。但我清楚我爱七寒，不是吗？我一直都清楚我爱七寒，我以为这样一晚在酒店醒来没有关系。同样我也以为去年四月份我们在公交上的聊天没有关系。随后它把我送来这些现场。它让我看到那张巴黎的照片，不仅如此，它还要让我知道七寒也和别人在酒店醒来。

事情怎么着，我一样也不能接受。我被逮住了。我看到七寒走神的脸，我想我们一起被逮住了。从前七寒总是目标清晰，现在好了，现在她对事情的走向也缺少把握。我猜她也松了一口气，起码现在是我们两个人在面对这件事。现在她不用一看到我，目光就一片茫然。

好几年后，我看到别人的生活，那种逐步向前的生活。我看到小孩渐渐长大，丈夫回家时，又享受又难掩疲惫。我看到奶瓶、玩具、小孩的睡袋，以及在这些东西中间，两人的关系被绑得更紧。

在那时我会想起2016年我在镜子里看到的我和七寒的脸，我想它在那时做了一个决定，它把我们归类到另一种生活中，它把我们从这种可能的生活中移开，它说搞错了，你们不属于这样的生活。它把我们放到别的路上。说真的，新的路太陌生了。

　　那天晚上我无法和那张照片在这个房间里待下去，这个晚上我也无法和七寒在这个房间里待下去。我在背包里装了电脑和衣服，然后我跟她说，我今天晚上去酒店住。七寒坐在阳光房电脑桌前，她一动也没有动。

　　要是一个人住，之江公寓就会显得很空旷，我坐在之江公寓的沙发上，意识到要是我住在这里，我不仅要被空旷袭击，我还要被陌生袭击。我以为我会被两年前的记忆袭击，我以为当时厨房前的黄色灯光，还有那两个更年轻的人影，此刻会往我身上揍上不少拳。但是没有记忆来找我，只有陌生和空旷，你玩过游乐场吧，那你一定感受过失重，我坐在这个空空的房子里，不断感受到失重。

　　她在十一点左右出现在门口，七寒敲门，然后我给她开门，七寒手上是一捧黄色桔梗花，这就搞得和两年前的情人节有点像。她的脸上是很多很多的眼泪，这样她的妆就花了。七寒说："我们谈一谈。"我让她进门，我说好的，谈一谈。一个小时之前，我跟她说我去酒店住，那时七寒坐在电脑前，她的打字速度丝毫没有减慢。然后她突然又拿着一束桔梗花到了这里。

　　我们在沙发上面对面坐下来，说实话，我也想要谈一谈，我真希望在谈一谈中，可以把这件事谈没了。但是七寒坐下来，她又是没什么话要说。桔梗花被放在玻璃茶几上，似乎我们谁都觉得这个时候不太合适在这个房间的花瓶里插一束花。我问她打算怎么办，这句话让七寒看着我的眼睛里出现了一些严厉。我不明白这些严厉从何而来。我想，我不应该问这句话吗？不是你把事情搞成了这样吗？等那阵严厉消失以后，七寒问我："你打算怎么办？"于是我们就一起陷入沉默，我们谁也不知道该怎么办。那个时候我们都不太清楚，这件事情你没法问怎么办。但是这个时候，除了问怎么办你也不知道该谈些什么。因为你也不能问别的问句，你想离开我吗？你想分手吗？我们结束了吗？你会尽量地、尽量地让自己不要说出这些句子。

然后她的脸又温柔了一些，她说"你不要住在这里"。我说"好"。她说"你明天就回家住"。我说"好"。她的脸回到一个小女孩的样子，我很难过地想，七寒很少让自己像一个小女孩。

让我感到诧异的是，那个晚上之后，七寒眼睛里的严厉并没有消失。那几乎有点变本加厉，七寒每次看向我，她的眼神总是相当严厉。麦迪逊影院的天台上，七寒的迷茫眼神让我不知所措，现在她的严厉眼神也让我不知所措。我有点委屈，我又不敢抗议。事情就是这样，当一个人用相当严厉的眼神望住你，哪怕你没什么错，你也会觉得自己错了。

我想七寒是不是没有弄清楚，眼下应该抱歉的是她而不是我，而愤怒的人应该是我不是她。七寒用她的迷茫眼神盯住了我两星期，随后，她又用她的严厉眼神盯住了我两星期。我差不多快疯了。

在那些作家下午，明浅总是率先分享那些作家的写作理论，其中有一位说道："当你对你的故事了解得越多，在信马由缰地脱离正轨时，你就越能放开手脚。你了解得越少，你就越放不开手脚。"我们的生活如今停滞不前，主要就是因为它没有了方向。我们对我们的生活不再了解，于是它也就不知道怎么往前走。它不再是那种走到一个地方，再往下走到另一个地方的那种生活了。我们对未来所知甚少，我们现在就连明天应该怎么面对对方都不确定。

我们走进店里时，胡康和小绒正坐在柜台边，他俩聚精会神地埋头看着胡康的手写诗集。我一眼望去，那个本子上写满了地址，还有滨江各个区域的商用店面价格，我想这个本子如今不仅担负着他们精神的梦想，它还担负着他们现实的梦想。这半年来，我们每次来店里吃饭，几乎总能撞上他们正在计划未来的日料店。日料店还在融资阶段，但是小绒已经在纸上画起店面的格局草图，我看着她画的那些草图，总觉得离现实非常遥远。

实际上，一直到两年后我真的坐在那家比原来台湾小吃店大了不止十倍的日料店里，我看到小绒在吧台上画的草图真的变成了我面前这家五脏俱全的崭新餐厅，我才相信他们真把这件事做成了。尤其是，那时候胡康坐在我对面侃侃而谈，他对于整个世界的批判口吻又强硬了不少。

在台湾小吃店的柜台上，七寒把她的手机推到我面前，现在她决定向我解释她的眼神，她决定结束我的受刑。

我不知道七寒怎么会知道李开的微博账号，我也不知道李开在那天晚上发过一条微博。她丰富多彩的九宫格照片里，其中一张是酒店的电视柜，柜台上是我的伞——我和七寒从宜家搬回地毯时，因为一路上十多站地铁太漫长，七寒就无聊地在伞上画画，她画了一个我。

一个穿着T恤短裤、拎着玉米番薯去上班的我。2015年夏天，我们一度过得非常健康，整个夏天我们都坚持自己做早饭。然后第二天，我会把它们装进两个保鲜袋，我们拎着玉米番薯分头去坐公交车，我们拍过许多彼此的背影。那天在地铁上，七寒把手机上的我画到伞上。

我在李开的微博上，看到那把伞，我在伞上看到我自己的脸。又一张照片，我虚弱地想，又一张照片。

我发现一个餐厅的厨房有许多声音，胡康的店因为太小，它的厨房就在我们面前。我们面前有四个炖锅，锅盖被顶起又落下，此起彼伏。如果没有人说话，你就能听到那些碰撞的声音。我想起胡康看上去不合常规的生活，如今看上去依然颠簸，却不知怎么，它拥有一副平安的面相。我想这依然关乎人，关乎他们两个人，他们享受对方，也依赖对方。胡康跟我们讲过他遇到小绒的场景，她来这里吃饭，他们聊得投机。不仅如此，胡康说道，她还能读懂他的诗。虽然说我至今仍然认为他那些诗除了把大部分生活骂得狗屁不通以外，真的没多大意思。不过我想，这实际上是一件和艺术没什么关系的事情。那些诗的使命，就是让他遇到了小绒，它们已经完成了使命。艺术价值就算了吧。他喜欢讲他的告白，她来店里吃了很多次饭后，有一次他从厨房里，拿出一束玫瑰花给她。

我看着胡康给小绒开车门，他买了一辆车，他现在不用再骑电瓶车送她上学了。胡康满面春光，不仅因为新车，还因为小绒怀孕了。他在马路上冲我们喊，他很快就回来，让我们帮他看着点店铺。胡康的声音粗糙又爽朗，现在因为喜悦，又多了点开阔。我冲他挥挥手，我说"好的"。

我比较起我们的生活，七寒和我，胡康和小绒，我们哪里出了问题？如果现在分别，我们是不是什么也不剩下了？我想有联结。我曾经想有一个小孩，整个2015年，我都很想有一个小孩，我想小孩代表着联结。我真怕我们被风给吹散了。我们曾经走进一个教堂，要是你和伴侣一起走进教堂，你难免会想起婚姻，你望着那些天使像，难免就会想到婚姻。教堂里，七寒走在我前面，我望住她手上戴着的戒指，我手上也戴着戒指，当你在23岁，你很难说起婚姻，而对成长得更慢一些的人来说，他也许就需要更长的时间，才可以去讲出"婚姻"这个词。但戒指意味着保证，尽可能去保证。我后来知道，你不能用"尽可能"去形容一件事情。教堂里我用相机去拍她的手，天使像和她的手，她手上的戒指。

我盯着起起伏伏的锅盖想，胡康和小绒身上，就存在一种联结。我不是说他们将会有一个小孩这件事。我看到他们把对方当成自己的一部分，他把她的课程表计算进自己的生活，她帮他设计宣传单，帮他把餐馆加入外卖平台，他们坐在一起计划以后要开的日料店。

我不是说我们不会为对方做这些事，但我从没感到我们已经是对方生命的一部分，我们从没完全信赖对方。也许是因为我们从没信赖过自己。我想，如果我信赖我们的关系，我不会即刻想要抵消那张照片，也许七寒也不会因为那把照片里的伞，需要给我同等分量的报复。我们飞快地自我保护了，不是吗？

"你打算怎么办？"七寒问我。我想唯一的好处是，我现在不会对七寒落在我身上那种严厉的目光感到疑惑不解了。我现在知道严厉从何而来。她也不会对我每次问她这句话感到愤怒，因为她现在也可以这么问我。

"你打算怎么办？"

我们的生活变得越来越难以控制，这两件事看上去能抵消，实际又不能。于是我们有时候想讨好对方，有时候又仇恨对方。我们从不同步。当我想要讨好七寒，她总是不领情，每次七寒想要哄我开心，我脑海里总会出现那张椭圆形的长满胡楂的脸，他妈的，简直是一个胡楂版的小头爸爸。

我们对自己犯的错感到震惊，同时我们也对对方犯的错感到震惊，我们差不多就是被吓坏了。我发现七寒无法再好好和我说话，她总是说着说着语调就变奏，她无法再让自己的声音出现在一个平稳的语调上。有时七寒声音里出现从前常见的那种温柔，随后，那些温柔就又泄气了。有时因为一件平平常常的事，她对我乱吼，随后她的愤怒又会消失，然后她过来抱抱我。

　　我的伴侣展现出让我陌生的一面，她也不是想要放弃这段关系，她也不是不想解决问题。但是七寒无法再好好说话。有什么东西阻碍了她，我甚至觉得不是因为这两件事，事情要严重得多，起码对七寒的人生来说，事情要严重得多，原来她是要把自己锁起来的。

# 07

# 布列松初学者 ——177—196

我后来就想，就像留给我平安的时间没有太久一样，留给我疑惑的时间也没有太久。长久的是空白。我用相机给房间拍了照片。

不管怎么说，当你用几个已经烂熟于心的数字想去打开一个手机，然后发现它提醒你密码错误，你总会难以面对这个瞬间。那和我看到那张照片还不太一样，那时我要做的是和七寒一起对付那张照片。但是当我第二遍仍然打不开我们在平海路上买回的这个手机，我的胸腔开始空荡荡地震动，我知道现在情况不一样了，现在我要对付的是七寒。现在七寒站到了我的对面。

我发现自己打不开七寒手机那天，我对她说："我去之江公寓住几天吧。"那是我们最初的家园，我在那里爱上七寒的脸，现在我经常需要跑去之江公寓，为了躲避七寒的脸。我拖着行李箱走进之江公寓，我真希望两年前不管我们在这里多么开心，不管七寒在我面前做饭的背影多让我感觉像是有家可归，不管我们多么确定我们可以一起建好一个家，我们都不要把手机密码告诉对方。这样就不用面对往后生活里会出现的这个时刻，实际上我觉得早晚会出现这个时刻，有一天这几个数字会打不开这个手机。

后来，我在七寒的脸上看到了我当时的表情，我看到自己的脸在我面前呈堂，我看到惊讶变成愤怒，再变成虚弱，然后她把手机放下来。她那么随意地在我手机上输入她的生日，可是已经不是了，她的生日已经不是我的手机密码了。她把她的脸移开，她没有理由来质问我。她先做了这件事，她也杀过我一遍。


我们坐在陈桥中学的寝室楼前，面前就是操场，体育馆外那六张乒乓球桌已经锈迹斑斑。初中三年我痴迷乒乓球，陈桥中学却一张球桌都找不到，等到我们毕业那年，体育馆外赫然摆上了六张崭新的球桌，很长时间里我愤愤不平，但是现在，那六张球桌也已经锈迹斑斑。要是你回到一个离开了好多年的地方，你会难以理解时间的流逝速度。明浅说："你是不是觉得它们好像一夜之间生锈了？"他的话让我回过神，我想我不应该看着几张球桌感叹时间的流逝，实际上我现在心烦意乱，不过，要是你心烦意乱的话，你其实会很愿意被任何一件微不足道的事占用注意力。

明浅兴致勃勃地看着我们面前打篮球的那些男生，十年前明浅是一个观看者，十年后他还是很乐意做一个观看者。他说："你还记不记得家明？"我再次回过神来，我问是谁。他说"你忘了吗？那个乐天派男生，非让体育老师吹停比赛，说是有个球员走步了"。他这么一说我就记起来了，那个男孩在人群里大声喊"停停停"，后来体育老师不得不吹停了比赛，场上所有人一脸蒙地盯着他，听到他说"走步"之后，那个体育老师气得让我们赶紧把他拉走。十年前那群十岁出头的小孩，哪管什么走步。我说："他叫家明吗？"我又说，"家明这种人，现在一定也有，每个初中班里都会有一两个家明。"

明浅说，他是真正的乐天派。

我说"是吗？"我不大愿意再去想家明了，我想不管他是不是一个乐天派，反正我现在不大可能是一个乐天派。我虚弱地想，我倒是很想知道，要是换作是一个乐天派的话，他现在会怎么做。

"你觉得我们完了吗？"我问明浅。我现在很想听到有个人来告诉我，我们到底是完了还是没完。我倒不是一定要问明浅，虽说他是过去两年里，唯一一个参与过我们生活的人。多奇怪啊，除了明浅，再没有人走进过西环路了。过去两年里，我们太自给自足，要不就是太依赖对方。

我像是在投掷一枚硬币。出现任何一个答案，我都决定去执行。而且明浅多像一枚硬币啊，他的答案一定是五五开。完了，没完。

"你们在一起一年九个月了。"明浅说。我的朋友明浅，他帮我记着这个数字。我记不住我们在一起多久了，不过每过去一个月，我就会在我们的日历上打一个勾，以此证明我们又幸存了一个月。

"其实我倒不是奢望永远在一起，我想有个十年或者五年。如果我们在一起五年，我会觉得很不错了，就跟你现在手上拿着和李浮的五年一样。也许你就是有了这五年，你才让自己去做别的事。"我想，面对别人的问题，我们分析得多么头头是道。

而且现在我又有机会去问那个问题了。我想他应该已经好了，虽然说他现在除了在陈桥镇晃来晃去，也不做什么别的事情，但是他现在好端端坐在我旁边，看上去不会出什么大问题。我打量了一下明浅，他穿着黄色卫衣，牛仔裤，看上去比我要精神多了。

我问明浅是不是后悔离开了李浮。

"我觉得爱情都差不多。"明浅简短地说。

"怎么会差不多呢？"我心力交瘁地问道。

"你遇到一个人，然后你爱上她，你就是想看看她的反应。或者你是想有人能陪你玩，赞扬什么的，你可能就想吃些糖。

"这样一生就只是做些反应。"明浅又补充说道。

"一生不就是做些反应吗？"我说。我有点不高兴，我想，在明浅眼里，我说不定反复在做一些膝跳反应。被夸了笑，挨骂了哭，谈恋爱时兴高采烈，失恋时跑到童年好友面前诉苦，失魂落魄地问他"你说我们是完了吗"。

我想我的朋友明浅，为了避免被它操控，他提前退出了游戏。

我们面前一群初中生正在跑圈，他们身上穿着深蓝色冬季校服，两条白杠从领子一直到袖口。他们经过我们的时候，明浅又说："而且，只爱一个人是一件不可能的事情，如果你能够爱一个人，你就能够爱上另一个人。"

我再次弄不懂明浅在说什么，我想起来，我们十四岁的时候住在这栋寝室楼里，那些夜晚我们也聊起过爱情，明浅那时认为，爱情就两种，你要么只爱一个人，要么爱很多人。但是明浅现在又说，只爱一个人是一件不可能的事情。不过我想，我来这儿，又不是来听爱情理论的，我实际上不想听任何理论，我早就打算好了，我只想要日常，我只想要一天接着一天。只不过就是我的日常现在出了问题。我又怨恨起明浅，我想他硬生生拒绝了日常。我又问他："你后悔吗？"明浅就说，李浮会幸福的，她不会让自己不幸福。

我想算了，我搞不懂明浅，难道他以为观看幸福会比亲自体验幸福更有利于他的写作吗？我又欣慰地想，不管怎么说，明浅现在对于写作还有孜孜不倦的热情，这件对于世俗来说已经很偏离正轨的事情，对于明浅来说，已经是最大的世俗。我想，如果有一天明浅把写作也归为一种"反应"的话，他说不定会再次抗拒反应。那就真的不好说了。

回杭州的大巴上，我再次回想起明浅的话，他说只爱一个人是一件不可能的事情，他还说如果你能够爱一个人，你就能够爱上另一个人。我不可置信地想，明浅的意思难道是说，我们不可避免会爱上别的人？为了避免这件事发生，明浅采取的行动是隔离了爱，明浅让自己离开爱情。这件事情玄乎得过了头。车子离杭州越来越近，我又想起了明浅的"反应理论"，明浅难道以为做出反应很容易吗？一点也不容易。眼下西环路就时时刻刻需要我做出反应。这两周我住在之江公寓，那里的空白也需要我做出反应，就是那些空白让我回到了陈桥镇。而我还想对明浅说，对我来说，快乐的时间太短了，短到我绝对无法轻描淡写地说"爱情不就是差不多的一些事吗"。

我在之江公寓住了两个星期，到第二周周末，我问七寒我能否回西环路。我打开门，看到我们的床上，一只橘黄色小猫正在跑来跑去。它还是一只小奶猫，走路不太稳，它在七寒铺得整整齐齐的被子上横冲直撞。

但我第一眼看到的不是小猫，我看到落地窗旁放着一块木质小黑板，上面写着："西蒙，欢迎回家。"七寒在阳光房，她盯着电脑依然全神贯注，我不小心撞倒行李箱的声音也没有吵到她。于是我去把玻璃门打开，然后我伸开手臂，像是一次精疲力尽的差旅结束之后那样，向她索要一个拥抱。

小猫跟着我跑到了阳光房的地毯上，它在蓝色灯光里坐下来，坐得像一个糖葫芦。七寒高高兴兴地拉着我在地毯上坐下来，两只手抱起小猫，然后把小猫放到我手里。七寒开心的样子，就像是挥挥手挥去了一片乌云。小猫只有手掌大小，它安安稳稳地躺在我手心里。我问七寒它叫什么名字，七寒说还没有名字。我在看到它的第一眼就想到了它的名字，我说"那我们就叫它里昂"。七寒说好，就叫它里昂。然后她又开开心心地跑去卧室，在"西蒙，欢迎回家"旁边，写下里昂的名字。我抱着小猫，转头看她在小黑板上写字，我们被一种陌生的温馨笼罩住了。

我刚刚打开行李箱，里昂就跑了进去，它在里面转来转去，像一只小鸡。然后我抱着衣服去卫生间，衣服在洗衣机里转动的声音，让我想起一个月前，七寒出差回来那天，我进门听到的第一个声音，空荡荡的房子里，洗衣机在转动的声音。那一天，我打开门，第一次在这个房间里感受到陌生，那之后事情全变了，今天我也在这个房子里感受到了陌生，我不太明白，小猫会让我们更好还是更坏。我发现一个月过去了，以前我会计算我和七寒在一起的时间，在我想要的五年、十年的时间跨度里，我会一个月一个月地累加。于是此时我倒是有些惊讶，原来这样也可以过去一个月，我们可以在冷战、碰撞、抗拒、独自疗伤中，又过去一个月。我不知道该不该在日历本上，给这个十一月也打一个勾。

我在卫生间待了挺长一段时间，盯着洗衣机又抽了两根烟，往后我们会越来越需要卫生间，我们需要时不时就离开我们的房间，离开对方的视线，去里面待上一阵，也许就是抽两根烟。我抽到第二根烟的时候，听到门外七寒在尖叫。我扔了烟打开门，七寒站在房间门口，眼睛里全是眼泪，她一边哭一边说，里昂被门给夹了。我抱住七寒，跟她说"没事没事"，然后我去找里昂。

里昂"喵喵"叫着在房间里跑得晕头转向，它还太小，受惊了也不知道躲起来，以后它如果不想被我们抓到，它就会跑进床底下，那时你只能趴在地板上和它一起"喵喵喵"，基本上你很难把它搞出来。但是里昂现在还不知道躲起来，它在房间中央打转，迷惑不已地盯着我。我抱起里昂，我摸了摸它的脖子和肚子，它很快挣脱了我的手，然后往阳光房蹿去。我又去抱抱七寒，我摸摸七寒的头发，我说"它没事呢，一点事都没有"。七寒抱着我还在哭，她说"我们要好好在一起"。我说"好的好的，我们要好好在一起"。她说"我们要一起把里昂养大，看着它从一只小奶猫变成一只中猫，再变成一只大猫"。我说"好的好的，我们会一起把里昂养大"。我想，那意味着很长一段时间。

林远搬走之后，客厅的窗户被关上了，房东阿姨把她的两只猫又养在了客厅。所以里昂来西环路之前，我们已经又可以在这个房子里看到猫。等里昂知道了外面有两只猫，它就一天到晚想跑到客厅里去。我每天下班回家，刚把门打开一条缝，它就会等着冲到客厅去，不过里昂并不莽撞，它总等着我把门打开，它并没忘记被门夹过脑袋。

房东阿姨的猫，一只是奶牛猫，一只是白猫，两只猫都被养得很胖，圆滚滚的。奶牛猫叫球球，如果你摸摸它脖子的话，它就会立刻停住动作，然后以九十度的姿势"唰"地倒下。白猫很害羞，它经常躺在阳台上阿姨养的那些花旁边，它挑好一盆花然后躺下，一动不动，只有眼光跟随着里昂和球球在客厅里跑来跑去。七寒说，里昂的童年丰富多彩，就好像有两个大小孩在带着它玩。七寒一直试图教会里昂能像球球一样，一摸就倒地，不过里昂并没有学习热情，里昂看上去随心所欲，看不懂任何事情，也学不会任何事情。

有一些早晨我们醒来，里昂就睡在我们的枕头中间，那时我们难免会觉得有些温馨。我的相机又有了作用。它在柜子里闲置太久，现在有了里昂，它又随时被我拿起来。一年多前，明浅看到朋友圈里出现大量"布列松初学者"时，他曾经断言，他们的相机早晚会沦为家庭相机，如今这个预言在我身上倒是完美应验了。而且，在家里拍照的话，我就不用像过去我们出门时那样，把相机挂在脖子上，这样七寒也不会因此动怒。有时候我不小心又把相机挂在了脖子上，七寒仍然会非常不满，她说"你要把脖子挂断吗？"我说大家都这么挂。七寒会更加气愤地说："大家要把脖子挂断，你就也要把脖子挂断吗？"

其实我很喜欢听到这些话。实际上只有在这些对话中，我才会偶尔觉得好像回到了两年之前，那时我们刚刚在一起，我们每个周末都要找个地方晃荡，我脖子上挂着相机，即便是西湖也觉得可以拍一拍，当然也有很多布列松初学者照片。

我不断按快门，我觉得快门的声音可以抚慰人心。我把镜头对准里昂，对准七寒，也对准镜子里的自己。里昂处在它的一生最天真无邪的部分，如果七寒抱起它的话，里昂总是对着天花板好奇地转动脑袋。我拍下自己的脸，我看到一张受惊的脸，他拼命想看清楚什么事情，但是其实也看不清。我在镜头里看到的七寒的脸，她总是在阳光房那些蓝色的灯光下面，她有时候茫然，有时候微笑，有时候茫然着微笑。如果我可以给明浅看看我现在拍下的七寒的脸，我想他也会承认，我现在已经不是一个布列松初学者。不管我现在是什么初学者，反正不再是布列松初学者。我想，人们会发生变化，特别是当意外来临，你总会发生变化。我们这些布列松初学者，有一天也会转换方向。

生活在好转吗？当我看着落地窗旁那块黑板，我就会想这个问题。除了多了里昂，西环路的一切都在停滞之中。七寒做出的改变是带回了里昂，带回了那块黑板，然后不再提起这件事。七寒不想再提起这件事，同时她也不想我再提起这件事。过去她带给我许多惊喜，那种惊喜当然和李开的不一样。七寒带给我的惊喜是，她把种种小小的意外都非常平静地处理好。但是现在，当七寒把这件事像一副打结的耳机一样扔进抽屉,我就知道她搞不定这件事情。她既搞不定我那件事,她也搞不定她自己这件事。我并不能像七寒一样处理这件事,说实话,我也一直没有忘记过抽屉里那些打结的耳机。

七寒买回的那块黑板上,除了"西蒙,欢迎回家"和里昂的名字之外,我们没有再写过别的字。那上面的字逐渐褪色之后,我把黑板换了一个面,我不想看着这句话变得日渐残缺,尤其是,我不想七寒看着这句话日渐残缺。我把下班后的时间都交给小猫,而七寒把大部分夜晚都消耗在健身房,这是她面对这件事的方式,你说不上事情是在变好还是变坏。

也许是因为七寒待在西环路的时间越来越少,或者是因为我们对彼此的手机不闻不问,总之我是在元旦那天,才又在七寒的手机上看到了那张椭圆脸。七寒辩解说这是她通过他微信好友的第一天。我当然永远也弄不清楚了。在我们如今已经震惊不断的生活中,这件事依然让我感到不可思议。你以为事情在好转,不过呢,它并没有,而且它告诉你其实已经好不了了。

好不了了。你要是去搜一搜李开的微博,你能看到不少句"好不了了",我想怎么回事,到头来对的人是李开吗?事情就是好不了的吗?

那天晚上我们去超市买了菜,然后我们坐在阳光房的地板上煮火锅，小圆桌上放满了菜，七寒用电脑打开一集《搞笑一家人》，我们就一边看这个韩剧一边吃火锅。到了十二点窗外开始放烟花，七寒坐在我对面，在烟花的背景里说："你看，2017年的第一天我们就在一起。"我现在其实有点弄不懂七寒，弄不懂她为什么带回了小猫，带回那块黑板。与此同时她把大部分时间交给健身房，她几乎是让自己尽量不要出现在西环路。但是她又要对我说，在烟花里对我说："你看我们从2017年的第一天就在一起。"吃完火锅后，我们一起收拾小圆桌，七寒把桌子上没有吃完的几袋牛肉丸拿去放在冰箱，她的手机就放在小圆桌上。

在这之前，我已经很久没看七寒的手机，我们竭尽所能地让我们的眼睛离开对方的手机，就好像它们会烫伤眼睛那样。

七寒离开之后，我没有再遇上过可以共享手机密码的恋人，倒不是说共享手机密码就意味着亲密。不过，问题就是，也许问题就是我们是以极度坦诚的态度开的头，我们在武林路上的咖啡馆用决不追究的态度，邀请对方说一说自己的以前。然后我们就认为彼此之间没有秘密了，我们也许还以为，我们以后也会没有秘密。

从之江公寓回到西环路后，手机依然是我们生活中非常尴尬的一样东西。我们采取的策略，就是对对方的手机不闻不问。其实这也有些难，就跟有些时候我们会突然之间把所有事情忘记了一样，也有些时候我们会以为我们还能用以前那串数字打开对方的手机，然后那串数字会让手机屏保页面晃动一下，跟你说密码错误，你就会有一些难堪。不过，经验累积，我们也就记住了这件事，对对方手机不闻不问的后果，就是一个月后，我才在她的手机上又看到了那张椭圆脸。我不清楚这一个月他们是不是从没断过联系。

椭圆脸改了名字，加上微信界面上都是法语，再加上过不了几秒，她的手机就会自己锁上，其实我不应该发现这件事。不过，椭圆脸太喜欢发自己的自拍，而毫无疑问，此时此刻这个世界上，对这张脸最过目不忘的人就是我。我盯着小圆桌上那张脸，窗外放烟花，她刚才对我说："你看，我们从2017年的第一天就在一起。"

"你到底想干什么？"我把手机扔到她面前，"你怎么还会认为我们会一起把里昂养大呢？"我希望她能给一个可以说服我的答案，我一直都在努力去理解这件事情中她受的伤害，她的欲望，她的内疚，可是好像院线电影被剪去了几帧画面，我走向七寒的路径中，充满了断裂。

她原本开开心心地跑进房间，她准备把剩下的蔬菜也放去冰箱，现在她又不说话了，七寒迅速地缩回去变成一个在空气里留下模型的独立个体，我知道自己正在迅速被她推开。七寒眼眶发红，但是也没有眼泪。

我让自己去抱抱她。我在这段关系里经常像一个小孩，其实好多时候，七寒比我更像是一个倔强小孩。你总会想去抱一抱一个倔强小孩，虽然很大几率你会被推开。

"我没有爱别人。"如果在我们过去的生活中，七寒解决了大部分事情的话，那么我也愿意解决现在的事情。我想把打结的耳机解开。

"我也没有爱别人，他根本不算什么。"七寒说，然后她又说，"我故意气你呢。"

我有点弄不懂了，我真的弄不懂七寒为什么要故意气我。

"但是我现在不知道我是不是还爱你。"七寒说，她目不转睛地看着我，也许她想看清我的脸，好让她明白自己是不是真的不爱我了。我不知道这个时候她是不是也是在气我。她的表情过分温柔，我想起来我见过这个表情，很久之前，在兰州那趟旅行中，那个女孩每次望着男孩，她脸上就经常出现这种温柔。我那时看着他们想，这真像两个绝症病人。

我希望我没听到这句话，但是我听到了。我想我们这几个月，争吵也好，冷战也好，养小猫也好，让我们坚持走两步退两步，又坚持往前走两步的原因，不就是爱吗？

"我永远爱你。"我说，我觉得自己在念一句对白，我希望我相信自己说的这句话。

"即使我不爱你吗？"七寒说，她还是目不转睛地看着我，她的脸上现在出现了一些模模糊糊的冷酷，不过我觉得她的冷酷并不是对着我，她也许只是对着这个问题。我想我们从前只要关注每天吃什么、玩什么、看哪部电影，到了现在，我们却要面对这个问题。这个问题真的很难，毫无疑问我们就是被逮住了。我想我们是多么普普通通的两个人，它可真是随机杀人。

即使我不爱你吗?

我非常绝望地想,我一定找不到比七寒更聪明的女朋友了。

"她为什么要继续到现在呢?"

"你不是也在继续吗?"我的朋友明浅,再次提供给我真相,我想他也许是提醒我,我们都在对事情做出反应。

"我只是需要找个人说话。"我脆弱地说。我想,要不是我需要人说话,我也不会找到你,我可是冒着被写进小说的危险,我觉得我早晚会被明浅写进小说。

"也许她碰巧也想跟出轨对象说说话。"明浅把事情真相摆在我面前的时候,他还非常具有幽默感。我想,可能真相本身就具有幽默感。


自从我在七寒手机上又看见了椭圆脸之后,我们时不时就会一起在地板上坐下来,我们交换彼此的手机,然后我们拿着对方的手机,兴致盎然地把对方的微信通讯录从头翻到尾。我们都让自己看上去轻轻松松,毫不在意,然后我们用上猎豹一般的眼睛望住一个接着一个的头像,一个接着一个的微信名字,碰上某个可疑的头像,我们就再心惊肉跳地点进去看看那个人的页面。这事情做得像是竞赛,有时候你竟然分不清,你究竟是希望看到那个人,还是希望看不到那个人。

七寒不会在我手机上找到李开的名字,和两年前一样,我在回家前，就会把她的微信删掉。可是我们谈论的人不都是七寒吗？就跟两年前我在公交上不无得意地强调七寒的强势和果决怎样让我们的生活日趋稳定一样，现在我就需要对李开讲讲这些强势和果决如今怎样伤害了我们的生活。我抬起头，只望得见阳光房里电脑桌前她雕塑一般的身影。

我喜欢李开在情感上的理解力，她理解那些幽微的伤害，"大家都受了伤害。"到最后她会这么总结。我完全同意，大家都受了伤害。然后她给我分析，我们怎么到了这一步，她跟我分析我们是怎么样一步步根据对方的反应，然后不由自主地做出反应。这就是明浅拒绝的部分。我想，明浅拒绝了怎样至关重要的部分啊。

大多数时候，这些情感上的理解力没什么用处。它只会让李开这个人也喜欢，那个人也喜欢，这个人也舍不得伤害，那个人也舍不得伤害。最后李开定睛一看，自己已经伤害了每一个人，到那时她就会让自己披头散发坐在地上哭。李开会说："我也不知道怎么会这样。"我知道到了那时候，我又会想念七寒。我一直都在选七寒，不是吗？可是怎么回事，到现在我只能目瞪口呆地发出和李开一模一样的疑问，我说："怎么会这样呢？"

KTV里我看着大家唱歌，多年以后，我又身处李开的一个派对。这个小包间里坐了七八个人，冬天夜里大家围坐在一块，热热闹闹，让人感觉还挺温馨。这些人好喜欢唱歌，一首接着一首，我想这真是一个情歌之夜，从前我们坐在地板上，借着谈论文学，犹犹豫豫地谈了不少恋爱，如今我们身先士卒，我们中有了不少败将，于是我们现在可以颓颓唐唐地唱情歌了。

李开唱的这首《告白》，我没有听过，但我很快就被吸引住了，挥之不去，我想，是的，挥之不去。"看你带着童稚的亢奋，坦白会否彻底破坏气氛。"我再次难过地代入了身份，我想，这不就是我吗？这就是七寒每天看到的我。她不忍心伤害我。于是七寒让自己别再说话，不过七寒不知道沉默也是伤害。

我想李开真会选歌，说不定李开有一个歌单，在那里面感情被分门别类，碰到一种什么类型的感情状况，李开就能非常精准地拿出一首歌。显然啊，要是你披头散发坐地上哭过不少回，并且说过不少回"怎么会这样"，对于感情的类型——失败的感情的类型，你就会有一个大致的了解。

我的手机没电了，我把它放在角落里充电，我不停地走过去，把我的手机按亮。没有七寒的信息，我消失了一个晚上，她根本不管我去了哪里。噢，是她信任我说的加班，再信任我说的聚餐。不过，我仍然希望如果是夜里十二点了，她可以来问问我是不是要回家了。我坐在李开旁边，耳朵里是一首首情歌，然后我的眼睛穿越重重人群，盯着沙发另一头上的手机。半小时后，我看到手机屏幕亮了起来，七寒问我："聚餐结束了吗？"我跟她说结束了，我说我就要回来了。然后我跟大家告别，我说我得回家了。李开送我到门口，然后她看住我，她说"你也可以留下来"。我说"不行的"，我说我得回家。

我们的房间漆黑，我打开房间门，只有里昂跑出来迎接我。它睡在被子上，眼睛在黑暗里发亮，然后它跳下床，跑过来蹭蹭我的腿。七寒已经睡着了，我想起我在KTV门口，醉醺醺地说我得回家，就好像家里有人在等我一样。我抱起里昂，然后靠着床在地板上坐下来，我忘记了开灯，只有一些光从窗帘缝隙里透进来，我模模糊糊地看到我面前的桌子、椅子、玻璃门上的海报。我想我怎么还在西环路，七寒怎么还在西环路。

我想所有耳光一定都始料未及，耳光的速度一定都非常快。七寒眼眶发红推开椅子朝我冲过来的时候，我想我一定会迎上一记耳光。不过没有。她的手到了我面前又停下来，我睁开眼睛，看到我的眼镜被摘了下来，眼镜在她手里被揉成一团。她的眼眶发红，表情越来越狠。我走过去抱住她，我把她手上的眼镜拿开，这样我就可以看看她的手有没有事。镜架断成两截，又缠绕在一起，镜片却没有碎。我把它们扔远了，两只手却还是抱着七寒。我习惯于在这个时候抱住七寒，过去她拿起任何东西砸到地板上时，我就这么抱住她。七寒在我耳边说她会离开这里，她说她会把里昂也带走。我听着她说话，我还是抱着她。我把下巴抵在她肩上，像是两年前之江公寓里的情人节，当她在水池里洗那些玉米和胡萝卜时，我也这样抱住她。

七寒挣脱开我，她说"你太可笑了"。她说"你怎么还以为我们能好好在一起"。我想这句话我也问过你了。七寒把她的手机

放在我面前，我看到又一张照片。那些派对的照片，七寒又在里面
看到了我。以前只要我重复犯错，七寒就会特别气急败坏，七寒说
"你知道什么叫屡教不改吗？"现在我又想到了这个词。我想我看
起来，的确屡教不改。

　　里昂绕着我们跑来跑去。它的眼睛不辨是非，它总是茫然在这
个房间里跑来跑去。我抱起里昂，它看着天花板，仍然好奇地转动
脑袋，它这三个月长大了很多，我觉得它太像我了，也许是因为它
老和我待在一起。我知道对一只猫来说，拥有两只迷茫的眼睛也没
什么关系。不过我想，它要是以后变成一只坚韧又勇敢的小猫，那
也是一件很好的事。我原本以为它能中和一部分我和七寒的性格，
我很想知道这样的话它会长成一只什么样的小猫，但是那不会发生
了，我不会再影响到这只小猫。我本来以为失去一只小猫是一件没
什么大不了的事情，我看着它晃动的脑袋想我们只是没什么缘分。
不过后来我很想念它，想念它一直都很蠢，只要摇一摇逗猫棒，它
就会从任何地方跑出来。

　　七寒离开那天，我打开门，看到一个空房间。房间过分整洁，
因此看上去空空荡荡。我不知道人们离开一个住了两年的房间都会
怎么做，但七寒是把它整理了一遍。最后这三个月，我时不时会很
疑惑我们两个人怎么还生活在一个房间里，还是一起吃饭又一起在
床上醒来。我后来就想，就像留给我平安的时间没有太久一样，留
给我疑惑的时间也没有太久。长久的是空白。我用相机给房间拍了
照片。

等到西蒙住进之江公寓，他才明白，她唯一要的是他爱她，而他唯一要的也是她爱他，可他们都以为对方要得更多。

## 之江公寓

三年之后，陈西蒙再次住进之江公寓。相比三年前，这个地方涨了两倍房租。他的东西比三年前余七寒一个人住进这里时要多很多，其中仍然有一部分，是他们一起住在西环路时的遗留：两套床单被套、水壶、几件西蒙还在穿的衬衫、几双地毯袜子。小货车师傅帮他把七八个纸箱装进电梯，又用小拖车把它们拖到走廊尽头他的房间门口。西蒙多付了师傅一百块搬运上楼的钱，然后西蒙把走廊上的窗户打开，和师傅一起抽了根烟。

西蒙一直喜欢体力劳动，他也喜欢付出体力劳动的人，也许是因为他们让他想起爸爸。不管是在新历电厂，还是从他上高中起开始跑运输，爸爸永远都穿一身过分磨损的浅灰色工装外套，显得诚实又充满干劲。有的时候，那一身灰色工装也让西蒙觉得有点危险。西蒙长大以后，发现大部分人不是依靠体力劳动来生活，而爸爸开着货车在公路上工作，爸爸是小部分人。西蒙觉得爸爸被巨大的环境衬托得有点脆弱，他害怕爸爸会出什么意外，电厂、公路，都让西蒙感觉很容易出意外。西蒙每次在这个城市里看到同样依靠体力劳动生存的人，总希望他们身上依然没有失去诚实又坚毅的品质，有时候他也在他们身上看到狡黠出现。为了不让自己看到这个部分，西蒙总是提前行动，所以搬家师傅刚刚把纸箱从小拖车上卸下来，西蒙就往刚刚已经转过搬家费的账户上面，又转了一百块钱。

师傅走了之后，西蒙才打开了房间门，恍惚间——西蒙认为你几乎无法拒绝这样的恍惚出现——西蒙好像还能看到房间门上贴着那张黄色小纸条，2015年他们一起住在这里的几十天里，每到周末，七寒就会在门上贴一张纸条，告诉保洁阿姨早上不用打扫房间。

西蒙也能看到三年前屋子里的黄色灯光。他坐在沙发上，面前是他们刚买回来的书，西蒙抬起头，能看到七寒就在离他不远处做饭。不过，当他站在房间门口，他更加确定的是，就和这一年里的感受一样，西蒙感觉他并不了解七寒。他不知道三年之前，七寒拖着一个行李箱走进之江公寓时，她在想什么。西蒙想，在七寒的预计里，他应该出现在这个房子里吗？

西蒙住进这个房子，想要了解事情的原理。他又害怕了解到最后，原理不是爱。西蒙一向喜欢神化爱人，而西蒙神化爱人这项本事，在七寒身上几乎到了登峰造极的地步。西蒙把七寒当成一个偶像，在那场风暴中，与其说西蒙不能原谅背叛，不如说西蒙不能原谅七寒犯错，七寒让自己的形象倒塌了。西蒙又想，他也让自己的形象倒塌了。

等到西蒙住进之江公寓，他才明白，她唯一要的是他爱她，而他唯一要的也是她爱他，可他们都以为对方要得更多。


七寒走后不久，我们在西环路的房子租约就到期了，我搬到了离公司更近的教工路。我住在明浅2015年住过的老小区，里面绿荫葱葱，但是房子十分破旧，有点儿像是2015年我们反复去打狂犬疫苗的朝晖小区。我想七寒一定不喜欢这个小区，因为它让我想起浦沿卖场里那些凌乱又拥挤的手机铺。

住了不久，我发现我也不喜欢这个地方。而且这几乎成了我的经验之谈，如果说人生正在经历失败或者低谷，就千万不要再把自己扔到一个衰败又陌生的地方了，那只会让你觉得一切再也好不起来。而我更加惊讶地发现，我很想念一桥，很想念西环路明亮的小区四周，还有小区楼下的便利店。我吃惊地想，也许我和七寒的许多生活习惯并不是磨合而成，我们一开始就在选同一些东西。

我想，明浅选这个地方，说不定是他以为小区旁边那些热闹的店铺，那些水果店、菜场、超市，还有每天走上六楼都能闻上好几遍的饭菜香味，能够带给他灵感。他以为他能够仅仅作为一个观察者来写作。那时明浅一定还没意识到，他最难以做好的一件事就是观察。我的朋友明浅，他从不观察。

我在教工路住了一个月就回到了一桥，回到一桥之后，半年内我又换过几个房子，都是因为种种意外。比如碰上每天早上七点钟在客厅背单词的实习生室友，比如房子距离马路太近，也可能我一个人住，没什么事好做，我就对每种声音都十分敏感。最后一次搬家，是住了两个月后，隔壁房间突然搬进来一对年轻情侣，他们每天风雨无阻在厨房做饭，即使回到家已经十点钟，他们也一样从不松懈。每天早上，他们总要一起出门，下了电梯之后，男生还要目送女孩走出小区门口，他才走去另一个门口。那时七寒才离开不久，我每次经过热气腾腾的厨房，都十分疑惑，我想，我怎么眨眼之间就坐在了观众席上？我想没有必要这样，我没有必要逼着自己去观看2015年的我和七寒。

到了2017年冬天，我索性住进了之江公寓。那时之江公寓的房租比三年前涨了两倍，我卡里的钱刚好够付半年房租。交完房租之后，我手上的钱只够一个多月的生活费。我知道这不是长久之计，这里每个月的房租超过了我一半的工资，我也许只能住半年。不过我悲观地认为，以这块地方房租涨价的速度，我好像看不到我可以负担得起房租的一天。于是我就想去住上半年，之后的事就以后再说吧。在西环路的时候，我常常要为之后的生活做考量，我们要添置的家具、两个月后的旅行，或者留出看一场演唱会的钱。不过现在，我好像也没为以后打算的必要了，起码在2017年，我还看不到我的以后，而且我也不打算看清楚。

我倒不是像明浅在《之江公寓》中写的一样，想要弄清楚我和七寒之间的原理，弄清楚爱或者不爱，或者七寒在2015年走进之江公寓时，有没有想过我会出现并且和她度过两年时间。实际上，七寒离开的最初半年，我很少想起她。我觉得人的记忆能够被封闭起来，你可以把它们放在某个地方，然后不再打开。那首歌里不是唱过，要决心忘记，我便记不起。反正那半年，与七寒有关的记忆被封闭起来了，被某把钥匙锁住了。

七寒走后，在一种几乎是有些兴奋的状态下，我每到一个房子，都会对它精心布置一番。七寒做事果断，但是在审美上如果非常果断的话，那么当然，那就会显得有些粗糙。我像喜剧里那些目光短浅的蠢货一样，我还以为七寒的离开，只是意味着我要给人生换一个风格。

我有些高兴地想，这下我可以仔仔细细地布置我的房间了。我精心挑选地毯的花纹，在淘宝上翻来覆去找设计店，确保我的地毯美丽又不会与人撞款。然后我给房间装上一个浅蓝色落地衣架，虽然说并没有人来欣赏我的审美，不过我还是想要强调一遍，落地衣架的蓝色不同寻常。我又剪了一些摄影集上面的照片，万分小心地贴在墙上，我想起七寒往玻璃门上贴海报时，她总是飞快地"啪"往上一贴就好了。

搬了三次家，我兴奋地布置了三回，等到住进之江公寓，我就已经觉得很疲倦了。我看到自己走向了另一个极致，我不仅不再精心布置房间，反而完全放弃了这回事。于是我住在之江公寓的时间里，房间一直是空白的。床、红色沙发、开放式厨房、写字台、衣柜、茶几，我没再往里面添置任何一样家具，我甚至连地毯也懒得买了。我的厨房没什么用处，离开教工路时，我把一个箱子的锅碗全落在了那里，后来我就没再买过厨具。

我的房间一片空白，我的生活也一片空白，我曾经想写一写空白，不过我发现，空白难以描写。那就是空白。就是一个空荡荡的房子，白色的墙壁，永远不会移动的家具，唯一在里面移动的是你自己。

这让我想起了明浅的房子，2015年我和七寒去过一次明浅在教工路上的房子。他的房子也是一片空白，几件家具，靠墙堆着几摞书，然后就什么都没有了。七寒在他的白色房子里四处打量，七寒就说："即使一个人住，你也要好好生活啊，你看即使我在法国住那么小一个房子，我们周末也会凑在一起做饭吃。"七寒说到这里就会停下来，我想她也许很后悔告诉过我她和F的关系，不然她就可以把这件事描述得更加细致可靠，这样的话，对明浅也有好处。

后来，我们乘地铁去宜家添置家具时，我们把每一样东西都买了两份，在那些"作家下午"结束之后，明浅会一一把它们搬回教工路。七寒甚至为明浅的厨房操过心，她给他买过一口锅和一个电饭煲，七寒认为，只要有这两样东西，你就可以满足自己做饭的大部分需要。"我们那时候，就是只有一口锅和一个电饭煲。"七寒说道，随即又闭上嘴巴。不过我猜，明浅只会拿那个锅来煮煮饺子。等到我住进之江公寓，我也就成了明浅，厨房的唯一用处，就是我偶尔会拿着我仅剩的一口锅煮一顿饺子。

当我住进之江公寓，我能够确定的一件事是，如果你的生活一片空白，那起码，你无法对你的生活进行叙述。说实话，有时候我需要告诉别人我昨天干了什么，我周末干了什么，但是我张开嘴巴并没有什么要说，那都是差不多的一些事。到了后来你自己都会诧异，怎么会空白了这么久。但事情就是这样，一段时间里事情密集地发生，然后呢，然后就剩下白色的墙壁。你甚至说不清你是不是要对着这些白色墙壁一生之久。

　　明浅去世之前，我的生活中几乎没发生任何事。倒是李开办了件大事，李开给自己搞了一张结婚证。这件事出乎所有人意料，我们看到李开在微博晒出那张结婚证，纷纷奔走相告。我们统统目瞪口呆，我们先打过去三个感叹号，然后瞪大眼睛问：怎么会这样？李开的前任非常多，其中有一位小说作者也是我的朋友，他疑惑又兴奋地问道："结婚的时候需要我们一起去坐上一桌，然后开一场青春文学研讨会吗？"

　　我倒没有很惊讶。我觉得这样也挺好，我觉得对李开来说挺好，她很脆弱，需要找个依靠。对我们大家来说，其实也是一件挺好的事情。我猜测，不少人都松了一口气。其实没有多少人会因为这件事而意难平，没有人真心想过要与李开有一个长久的未来，不过倒不是说我们没爱过她。也许正因为如此，李开才会和人群中的某个人结婚，也许她也看清楚了，我们和她本人一样，我们只愿意付出一小段时间，我们不愿意承诺未来。也许某一天李开醒来，眨眼之间就厌倦了各个城市里青年艺术家们的落魄人生。那个男生长头发，穿花衬衫，那些酒店地板上的派对里，他从没出现过。我猜因此大家就更好接受这件事了。

　　李开结婚以后，她的微博平静了很多，李开如今不断更新的微博内容，主要关于他们婚房的装修进展。有些时候，李开也会和以前一样，对生活不免发出一些李开式感叹，不过，再也没有出现过"感情的事是没指望了"这种话。说实话，我为她感到开心，我也挺为那个男生感到开心，毕竟要是你某一天早上醒来，然后一刷微博，发现睡在身边的人昨天晚上刚刚写了句"感情的事是没指望了"，那确实是挺不好受的。李开结婚后，她的微博关注度少了很多，她的生活不如以往精彩，也就不再有追随者热切评论并且称呼她"女神"。我对人们对她微博的淡漠倒是有些惊讶，是因为她不痛苦了吗？还是因为她结婚了？

如果说我有一些意难平的话，我希望她结婚是在一年以前，我希望那个穿花衬衫的男生能够早一点出现。那样的话，我和七寒的结局会不同吗？我不知道。


在明浅的葬礼上，我想明浅的问题就是，他热爱写作，但是他不爱生活。他不爱自己的生活，他也不爱别人的生活。我想他很快也明白了这个道理，住在教工路上生活气息浓厚的老小区对他没什么帮助，他看不到别人的生活。他既不会自己去做一次饭，他也不会去看别人做饭，如果明浅的小说需要写一次厨房的话，他就只好急促地跳跃。他也懒得去看别人的爱情怎么发展，而他自己的爱情呢？他嫌弃它太普通，于是把它抛弃了。去年我们在陈桥中学的操场上，他怎么说来着？他说爱情都差不多。至于他的另一个说法，"要是你爱一个人，你就难免会爱上另一个人"那个说法，我认为你只要听听就好，我怀疑是否有人真的会那么做，我是说，真的会有人因为预判到人性里对感情难以忠贞，于是就切断了自己的感情吗？

明浅曾经写道："西蒙的人生只是在不断对事情做出反应。"
而在他的葬礼上，当我看到李浮，看到陈渔，看到他站在青岛良友
书店门口那张照片，我就想，明浅的人生，其实一直在拒绝反应。
我只会一边怨恨人生一边跳脚，仔细一想，路上它安排好的每一个
大坑，我都两眼一闭跳下去了。但是我的朋友明浅，他一直在还
手，明浅睁大眼睛，提高警惕，绝对不让自己做一个扯线木偶。可
是他妈的，与此同时，明浅想要当一个作家，我看着良友书店门口
那张年轻的脸，我看到明浅的道路精准地通向了死亡。

他死于2018年春天。那时七寒已经离开整整一年，我在之江公
寓也已经住了半年。我爸给我打电话的那天下午，我刚好交完下一
个半年的房租。我爸说明浅死了。我一下子就听清楚了，不知怎么
回事，好像在我的记忆里，这件事在很早以前就已经发生过。我差
点以为，我爸正在跟我说的这件事，的确是很久以前的一件事。然
后我爸说："你今天能赶得回来吗？"我说能。

我打车到车站，准备再次坐上那辆摇摇晃晃的大巴车，到了车
站，才发现最后一趟大巴车已经开走了。我在车站外抽了一根烟，
这才想到可以打车，杭州离临城也不远。我打上了车，两个小时后
我就在明浅家了。半年前他和我说："如果我死了，你千万要当好
我的在世代言人，千万不要让别人在我微博上点蜡烛。"我当时
想，你微博上几千个人，其实你消失了也许也不会有人发现。明浅
的妈妈不肯承认明浅死于自杀，她说明浅半年前就出院了，他现在
只是有些睡眠问题，他不小心吃多了药。我想起我和七寒去三院看

明浅那次，阿姨举着盐水瓶跟在明浅身后一路小跑，她那时脸上是一种不好意思的笑容。阿姨和我妈妈同岁，但是她现在看上去比我妈妈老了五岁。她的脸上不会再有那种不好意思的笑容，阿姨的脸上满是坚决。我想起我妈生病到了后期，她的脸上也都是固执坚决的表情。我们看着阿姨，我们说当然不是自杀，我们说明浅不会自杀的。

我遇到七寒的时候，我妈妈死了，明浅疯了。现在七寒走了，明浅死了。时间一共过去了三年。我坐在之江公寓的红色沙发上，接二连三地抽烟。我焦虑地比较起现在和三年之前。然后我发现，三年前我能好起来是因为七寒。那时七寒突然出现在地铁口，然后她一把拉起我的手，我们选了个方向就往前走，我们从之江公寓一直走到了西环路，其实我一直没有问过她为什么要拉着我走。而眼下，我坐在之江公寓空荡荡的房子里想，眼下显然不会再出现一个人目不斜视地走向我，然后拉起我的手去到一个新的地方，并且承诺会一直陪在我身边。

我从明浅的书架上抱回许多书，和大二的暑假一样，我投入了阅读。我并不是想寻找什么道理，寻找一个相似的故事，或者找一条出路，小说里能有什么出路呢？对明浅来说，一旦他看到一个好故事，他就会希望自己也能写出一个这样的故事，他甚至会希望是自己写了那个故事。不过对我来说，阅读的意义，就是提供一种良好的阅读体验，当我不想面对什么事情，我就会扭头走进阅读。

如果说明浅想要拆解一本伟大小说的结构，那么我会希望它对我来说，永远像一个迷宫，像一个海底世界。我总想应该研究的事情是生活，可是他妈的，就是会有天你坐在一个空荡荡的房子里，发现事情全完了，然后你随便拿起一本书，再次让自己走进迷宫。

我的朋友明浅，他保持着一个长期的连贯的阅读体系，我们少年时经常坐在陈桥镇的书店地板上看书，我还在看《冒险小虎队》的时候，明浅就已经在看余华、毕飞宇。那时的台风天我们坐在空旷的书店里，明浅经常看书看得两眼发光，有的时候他会突然"啪"一声把书合上，然后两眼放空看着我们面前的书架，等他恢复过来，他说："你知道吗？他写得太好了！"我想我的朋友明浅，他从少年时就燃烧起文学野心，同时在长大成人的过程中，他又发展出一种背道而驰的人生观。这件事真的非常残酷，我的朋友明浅，他被文学放逐了。

我在之江公寓的房子，它连书架也没有，于是我只能把那些书靠墙堆在地板上，我坐在沙发上环顾这间房子，觉得它越来越像明浅在教工路上那间白色房子。从陈桥镇回来以后，我请了一星期假，一星期之后，我又在周一早晨给人事发辞职信。夏天之前，我唯一做的事情就是看完了从明浅书架上抱回的两摞书，我坐在之江公寓的红色沙发上，来者不拒地投入每一本书。我原本以为我会抱着一本书发呆一整个下午，不过出乎我的意料，我看得挺快，挺有效率，特别是如果看的是小说，我花两三个下午就能看完。更出乎我意料的是，我的生活还很有规律，我每天睡到十点起床，在小区楼下吃完饭后，我会去江边晃一圈，然后我回到之江公寓，拿起一本书，过完一整个下午。

吃完晚饭之后，我又会穿过彩虹城步行街去江边，然后一直往四桥的方向走，我从没走到过四桥。我想起两年以前，我和七寒一起在江边散步，我们试图分析出明浅究竟出了什么问题。三年以前，我们在江边碰上过一对年轻的情侣，他们那时在跑步，他们说要从一桥一直跑到四桥，那确实有点远，我不知道他们最后是否跑到了四桥。

我一般会在走到太阳国际小区时调转方向，然后再走回一桥。我能走上好几个来回，直到把整个晚上都消耗在江边。不过我从不朝着一个方向一直往前走，那样我会真的走得非常远，然后我就会走到一个陌生的地方，而我现在不想去陌生的地方。天气变暖以后，江边人也非常多，没有人会在乎你每个晚上在这里走上几个来回。

到了六月份，我从陈桥镇抱回来的书，只剩下两本塞林格，我在临城二中读书时，曾经从黄色书架上拿走过这两本书，不知怎么，最后我又没有看。不过我觉得挺好，我想塞林格的书并不多，而眼下我手上可是有两本书。这两本书都被翻旧了，前几页是空白页，明浅还凌乱地做了一些笔记。我努力去辨认他的字迹，那都是些有头无尾的话，他写："两个好人，会碰上一个好的开头。"他写："没有人能够足够天真。"我想，他在说什么呢？谁不够天真？最后一句话他写："一往无前和畅通无阻是两回事。"我没有看那两本塞林格，我突然想起我忽略了一件很重要的事，我想我的朋友明浅，他说不定留下了一些什么。

第二天一早我坐上大巴去陈桥镇，我走进明浅的房间，他的房间还是一如往常，那还是一个少年的房间，也许是因为我们离开少年时代的同时，我们也离开了陈桥镇。房间墙上贴着几张周杰伦的海报，床头贴满了火影忍者的贴纸，那都已经非常旧，旧到泛黄。我想明浅也曾经是一个小男孩，那时他和我们一样喜欢火影忍者和周杰伦，但是他的小男孩时期很短，后来他一头扎入文学。我觉得他抛下了我们。

我站在明浅的房间里，我像一个耐心的侦探一样巡视四周，转了几圈之后，我又开始祷告，我求求神让我找到明浅的电脑，就好像他的电脑里正放着一本分量厚重的小说，说不定那可以媲美蓝色盒子里的照片。

明浅的书架旁边，放着两个黄格条纹的收纳箱，我知道那里放着从黄色书架上淘汰下来的书，明浅的书架上，总是放着他最新阅读的作品。我打开那两个收纳箱，看到第一个箱子里是那个小霸王学习机。我搬开第一个箱子，第二个箱子里，就只是旧书。

我一脸颓丧地在书架旁边的黄色沙发上坐下来，我想完了完了明浅算是完了。明浅妈妈走进了房间，她问我在找什么，然后她打开明浅的写字台抽屉，电脑就放在中间抽屉里。我说我想看看明浅有没有在电脑里存什么小说，我努力想给"小说"换个词语，一个对明浅妈妈来说更能听得懂的词语，但是我也没能找到。我打算带上电脑就离开。好几年前我不知道如何面对我爸，现在我也不知道如何面对明浅妈妈。我还是决定和当时一样，我决定我们要独自疗伤。

她把电脑给我，然后她说："其实从明浅读高中起我们就不知道他在干什么了。"她又说，"也许我不该给他买这个书架。"她的脸现在看上去又很平和，我害怕她问我："你知道明浅在干什么吗？"我知道明浅在干什么，我一直都知道。不过我想，对她来说，这件事永远不好理解。她送我到门口，我走下半层楼梯后，她又探出身体来和我告别，我在楼梯转角抬起头望向她，她跟我挥挥手，她说路上要注意安全。


在之江公寓的红色沙发上，我对着明浅的电脑翻来覆去折腾了无数遍，到了现在我终于死心了。明浅没有留下任何一个完整的短篇，更不要说我原本还期望能找到一个长篇。至于"西蒙"文件夹里的七个文档，除了我，还有谁能明白它们是什么意思呢？

我觉得受骗，不仅是因为我成了明浅笔下的一个小说人物，我更难过的是，他最后只留下了这么点东西。不过到了现在，我对这几个文档里的每个字都已经很熟悉了。我现在每天都会看几遍明浅那篇《选择题》，对于明浅提供给我的这四个选项，我已经烂熟于心。但是我不知道怎么做选择，有的选择让我留在这里，有的选择让我向前看。

我知道在明浅眼里，留在这里，承认我搞砸了一件最好的事情，这不失为一个好的选择。我们在陈桥中学读书时，那些被宿管阿姨踢门破坏的卧谈中，有一些就关于爱情。明浅说爱情就两种，要么你只爱一个人，要么你爱许多人。在我后来的人生里，我发现我既没有只爱一个人，我也没有爱许多人，我发现我和大部分人一样，生命里就出现了这么几个人。我落魄地想，仅仅是这几个人，已经把我弄得疑惑不解。我看到明浅做到了前面一种，用一种非常极端的方式做到了前面一种。

　　第一个选项，七寒给了西蒙一个平安快乐的生活，随后七寒把它拿走了。

　　我不大想选这个选项。每次我怨恨七寒，我心里就是这个选项。我现在甚至明白，七寒走后的半年，我之所以在记忆里屏蔽七寒，主要就是因为这个选项时不时就会冒出来。我不愿意相信这件事，我是说，她可能是世界上我最信任的一个人。我不愿意相信七寒的出现与离开，仅仅是给我一个生活又把它拿走这样一件事，我不愿意相信我成为七寒生活的一段试验。

　　第二个选项，他们运气不好，他们把事情搞砸了。西蒙不该看到那张纸条，西蒙不该为了平息愤怒而选择报复。西蒙耿耿于怀于他们来不及进入下一个阶段，不过来不及的事情有很多，来不及的人也有很多，他们被分在运气不好的一组。这就没什么好说的。向前看，西蒙。

我的朋友明浅，他鼓励我向前看，在他离开、七寒也离开之后，他鼓励我只身前往新大陆。我知道他是为了我好，我知道这是最好的一个选项，是可以让我自己轻松的一个选项，是可以向前看的一个选项。

不过，这真的很有意思，一旦你把事情归为"运气不好"，你就会停止责备。我小的时候，有一次我妈妈答应带我去游乐场，最后因为服装厂紧急加班而食言，她就对我说："西蒙，你记不记得我们上一次计划去游乐场，正好撞上了台风天？台风天你就没办法了，西蒙你把今天也当成一次台风天。"她过来抱抱我，然后就急匆匆出门去上班。我妈妈把台风天归为"运气不好"，而且是无法反抗的"运气不好"，无法反抗你就无法责备。

明浅和我妈妈一样，希望我把这次"搞砸"当成一次运气不好，当成遇到了一次台风天。我当然也这么想过，我当然也希望七寒的出差没有延长一周，我希望我没有心血来潮去整理书柜，我希望我没看到那张照片。我后来看到李开结婚的消息，我又希望她要是早一年结婚就好了。

七寒走后，我独自在西环路住了一个月，每次我经过厨房看到那扇缺了一块玻璃的移动门，我就想，我们遇到的台风天，它确实有点儿来势凶猛。我们算不算躲过了一次台风？毕竟七寒说，原本她当时应该在厨房给我们做两个三明治。

运气不好，总有点儿五五开的意思，你被砸中，或者你没被砸中，你能对五五开的事情说什么呢？我想明浅的意思其实是，如果你想要往前看的话，你就选这个选项。

　　第三个选项，西蒙认为，自己延迟恋爱了。当他身处他们的关系之中，西蒙爱的是他们的关系，西蒙爱的是西环路上的房子。而在七寒离开许久之后，西蒙发现自己爱上了七寒，西蒙在七寒离场之后爱上了七寒。巨大的悲剧，西蒙得对自己承认。当他在人群中不断寻找一张与七寒一模一样的脸时，西蒙感到自己身处悲剧之中，他失去了唯一的爱人。

2014年，在李开又一次宣布"感情的事是没指望了"之前，她其实跟我解释过原因，她恍恍惚惚地说："西蒙，我感觉自己延迟失恋了。"很长时间我没理解这是什么意思，后来我才明白，李开是在委婉地向我说明，她和我在一起之后，才发现自己还喜欢前一个男孩子。我当时觉得对于李开来说，这件事也很好理解，毕竟她换恋人换得太快了。

四年之后，我发现比延迟失恋更让人恍惚的是，你好像也会延迟恋爱。这件事情难以解释，我不知道事情是不是就像明浅说的一样，那两年我爱的是我们的关系，而在七寒走后，我才发现我爱七寒。我觉得营造一段关系和写小说挺像，那主要就是关于怎么往下走，怎么枝繁叶茂地往下走。实际上我认为当你身处关系之中，你简直就会无暇爱上对方，你一心只想怎么往下走。等到事情完结之后，你才发现故事结束了，然而形象却挥之不去。问题就是形象挥之不去。不过我不明白，你如果不是爱一个人，怎么会想要竭尽所能地让关系往下走呢？

我把明浅的第三个选项说给叶初听，我说我也许是延迟恋爱了。我说七寒走后两年，我发现我爱上了七寒。

叶初茫然说："搞不懂你。"她又说，"也许问题就是你不该像写小说一样来谈恋爱。"这家酒吧人气很高，即使已经冬天，却连吧台也坐满了人。我又想酒吧跟季节当然没有关系，人们在任何时候都会需要酒吧。

"这只是一个比喻，当时我当然没想到小说什么的，我们只不过一天一天在过。"我费劲地说。

"搞不懂你。"小初又说。

这才是问题所在，我想，往后我身边的人，对我说过最多的话就是"搞不懂你"。也许正因为如此，我才会想念七寒。我又为我此时的想法感到抱歉，毕竟小初是我非常好的朋友，眼下我们又在互相陪伴度过这些黑暗时刻。当你在一个空荡荡的房子里待得太久，你就会想要和人说说话，尤其是和一个与你有差不多遭遇的人，即便如此，小初依然要跟我说："搞不懂你。"

两个月前，小初在微信上问我："你谈新恋爱了吗？"我说没有。然后小初说："我也失恋了，失恋半年了。"我想小初不是李开，失恋半年也许还在痛彻心扉的阶段。她又问我："夏天那个女孩呢？"我想她问的是小咏，我们一起看过几场演出，逛过几圈西湖。我说那不是谈恋爱。等到她终于确定我们都是天涯亡命人，小初就说："我们一起喝酒吧。"

这段时间我和小初已经走进过不少酒吧，我们第一次在南山路美院对面的酒吧喝完酒后，小初醉醺醺地在空中把手一挥，她充满雄心壮志地说："我们要把杭州每一间酒吧都喝一遍。"我意识到小初让喝酒变成了"一件事情"，一件看上去有点意义的事情。我又难过地想，因为我们没有一种更值得纪念的生活，我们才会想要"把杭州每一间酒吧都喝一遍"，以此来让生活看上去有一些目的性，有一些可以抓得住的东西，比如一间一间酒吧的名字、酒吧的气氛、酒吧的气味。而我也有点醉醺醺，我说："我们这样吧，我们每次去一个酒吧，我们就聊一个新的话题。"我想起了明浅带来的"作家下午"，那些盒子里的照片，七寒重复的下午茶，她从书架上给我们找的一本三岛由纪夫的书。

我们的酒吧之旅在进行到这家网红酒吧时碰到了困难，这个月里已经有两次，我们每次推开酒吧的门，那个条纹西装男子就会笑容满面地跟我们摆摆手说没有座位。刚才他确认了一遍我们的订座之后，再一次露出满脸笑容，把我们带到了吧台，跟我们说这就是我们的座位。

那时才八点多，我看到虽然许多座位上已经放上了留座的牌子，但其实空座还是非常多。我就问我们能不能坐一个两人座。西装男子面露难色，他看到小初已经在吧台坐下了，就飞快地说："这样吧，等会有了空座，我再给你们换座位。"然后他又用更加温柔的口吻说道，"坐吧台也很不错，可以更方便地让调酒师帮你们推荐酒。"

"他是在跟鬼说话吧，现在没有空座的话，待会还能有空座吗？"我在小初旁边坐下，依然非常生气，"他的态度也太嚣张了吧？"

"生意好啊，没办法。谁叫你电话里又不说清楚。"小初看上去平平静静地接受了这件事情。

我坐在吧台环顾四周，我又觉得挺失望，它的二楼就是一间普普通通的酒吧，我不明白人气怎么能这么高。实际上，支撑着我一再想要一探究竟的原因，是每次推开一楼的门，那三四平方米的小小空间里，全部笼罩着浅黄色的灯光，我还以为二楼也是这样呢，我原本还想看看人们在浅黄色的灯光里是怎么一醉方休。不过眼下看来，浅黄色的灯光只属于楼下那个小小的空间，它们只照耀前台那张木桌和那张黄色沙发，那些灯光和二楼一点关系也没有。

"你快让他给你推荐酒，不要浪费了吧台这个座位。"我说，想起刚才西装男子说的吧台福利。我只是想调侃小初，不过我们右手边那位调酒师却听到了，他一边擦着一个酒杯一边走来，问我们是不是需要推荐酒。

这就非常尴尬，因为我们都不懂酒。

"你喜欢什么口味？"果不其然，我们又碰到了这个问题：你喜欢什么样的人？你喜欢什么样的工作？你接下去准备怎么办？正如我们不知道怎么解决酒吧之旅中这些反复出现又反复没有得到解决的问题一样，我们也不知道怎么回答这个问题。我想，我们正是因为眼下什么都不知道，才会想要走进一间酒吧。

"酸一点？"

我连忙摇摇头。

"果味？"

"我觉得也不是吧。"

"烈一点吗？"

我只好求助般望向小初。

然后我听到他说到一款酒，我听到他说"口感比较平衡"。我连忙说好的，就这一款。

于是我面前就是一杯我也不知道是不是"口感平衡"的酒，小初和往常一样点他们酒单上销量最好的那一杯。我总想尝一尝她那杯酒，我想起好几年前，每次我胡乱点好一杯酒，最后又总想喝李开的长岛冰茶。

就和我们需要体验一段浓度集中的恋爱，同时日后也需要用回忆来度过一些空白时间一样，其实我们也会需要一个时不时就能约到酒吧一起喝酒的人。我猜小初也是这样想，我们都很珍惜生活里的这些暂停键。虽然对我来说，这倒像是一个复活键，毕竟现在大部分时间，我都在面对之江公寓的白色墙壁。

更早以前我看轻这些夜晚，我总想每天都该缤纷多彩，应该往我们最终要建成的那座大厦上面一层一层地累积砖块。但是这两年过去以后，我不得不承认，这样一个和好朋友坐在酒吧聊天放空的夜晚，就已经算得上是生活里的"彩色部分"。不然呢，不然就剩下白色的墙壁。

我们没能做到每走进一家新酒吧，就可以有一个新的话题。当工作被吐槽完，小初最近突然出现又突然消失的约会对象也都聊完之后，我们又会说到那两件事。

小初说："你们是因为自己瞎搞。"然后她会接着说，"起码你们有一个可以安慰自己的理由，你们遇上了意外。但是我做错了什么呢？我什么事也没有做，然后我就被抛弃了。"

说到这里，小初就会红着眼眶看我一眼，她可能是想从我的表情里判断自己有没有在哭。每到这个时候我就会移开我的眼睛然后看着吧台，我不懂怎么面对别人这些脆弱的时刻。也许因为七寒从不表现出脆弱，于是我就没有经验。

"并没有更好一点，因为这样我会更加疑惑如果没有那些事，我们会不会是另外一个结局。"我虚弱地辩解，虽然我也觉得，显然是莫名其妙被分了手更惨一点。


我对小初这段恋爱知道得并不多。不过，她和林树明的模式倒是让我想起七寒与F。我们大学毕业之后，小初去英国读研究生，她在抵达英国的第一周，在一个中国学生的聚会上认识了当时刚刚去读大学的林树明，于是小初的研究生生涯和恋爱生活同时展开。

那一年小初跟所有人几乎都是失联状态，我们只能从小初的朋友圈里看到他们的生活的确丰富多彩，我们都说，小初这一年好像不是在读书，她好像就是在欧洲各国旅游。我们看到小初和林树明待在英国的时间并不多，他们一会在比利时，一会在葡萄牙，有些时候，小初的朋友圈地址标注还会突然回到亚洲。那一年，我也过得开心愉快，如果说小初是在欧洲各地开展她的爱情旅途的话，那么我和七寒就是在西环路落地扎根。相比之下，我觉得我更喜欢后者。

我们各自埋头恋爱，也就交流得很少。仅有的几次交流，都是我在吐槽她怎么会看上一个19岁的大一男生。我一直觉得和一个比自己年龄小太多的人谈恋爱是一件难以理解的事情。而且，在我看来，林树明其貌不扬。

"他不是一般的大一男生，他心理非常成熟，比我们还成熟。"小初会再三向我们强调。

"你就是被他的霸道总裁风给迷住了。你说不定就是被金钱蒙住了双眼。"我冷静地帮她分析。在小初的描述里，林树明年纪虽轻，但是处事雷厉风行，而且出手阔绰，什么演唱会门票呀，香水呀，说走就走的旅行呀，林树明样样都来。不仅如此，林树明的霸道总裁风格中还夹带文艺范儿，在他们认识的第一周，林树明就弹着吉他送给小初一首他自己写的歌。

"他会弹吉他,你会吗?"

"我不会。"我诚实地说道,我没想到如今弹吉他还能迷住女生。

"谁叫我没有见过这种男人。"小初怅惘又甜蜜。

让我尴尬的是,我稍微一想,就发现七寒的风格其实和林树明很像。

"怪不得我们没在一起,原来我们好的是同一口。"小初总结道。


我见过林树明一次,2016年夏天小初回国,林树明和她一起回来。那时我在满觉陇上班,他们住在虎跑路四眼井附近的旅馆,那离我非常近,晚上他们在满觉陇吃饭,就喊我下班后过去一起吃饭。那时新榆园在杭州还只有满觉陇这一家,我去的时候,桌上已经上了七八个菜,差不多把桌子都摆满了。林树明叫来服务员,让我再点菜。

我看一眼小初,她坐在林树明旁边,眼神挺不自然地看着我,也许她并不习惯把自己如今的生活展示给我,或者说,我当时看到的小初,她对这样的生活已经很熟悉,实际上她又不熟悉。林树明很高兴地跟我聊天,他说"你写小说吗?"我瞪了小初一眼。她就说:"我有什么办法,你除了小说还有什么可以让我介绍给别人的吗？"林树明不管我们，他又很高兴地说："我学心理学，我们可以聊聊天。"我就说："对对，我们可以聊天。"

我看到的20岁的林树明，他年轻自信，长着一张没有经历过任何挫折的脸。他还对许多事情都有好奇心。我的确在他身上看到了一部分七寒，我辨认出他们都是一往无前的人。不过，我觉得他身上缺少一些同理心，也许是因为他更加年轻。毫无疑问，他认同只要付出了努力，他就可以一路去拿他想要的东西。

那年秋天，林树明回到英国之后，又让我帮忙填过几个焦虑症调查问卷，那些问卷设计得鞭辟入里，对一个大二学生来说，那当然有些不同寻常。我想林树明以后应该会是一个蛮成功的心理医生，他会坐在你面前，保持足够的距离，快速帮你识别病症。

这半年我依然能从社交平台上看到林树明的生活状态，他似乎丝毫没受分手的影响，他的生活依旧明亮得如同永恒的白昼：旅游、健身、学业、音乐、美食，饱满多汁。唯一的区别是那些照片里没有再出现小初，小初就像从那些照片里走了下来。

"他一定认为是我阻碍了他的发展，虽然他没这么说。"小初说。

"我觉得我从不能完全对别人坦诚，其实我也没有对七寒坦诚。"我说，我想喝酒的好处就是，你有时候不一定真的要对对方的每一句话做出反应。还有部分原因是，这句话我已经听过太多遍了，小初说了太多遍。

"我坦诚了，我把以后的生活都想好了。"小初更难过了。

"那不算坦诚，我是说暴露弱点什么的。"

"那我也暴露了，我就是把自己暴露了太多，他就看到了我身上特别不好的东西，所以我才输了。"小初说。

"其实我也阻碍了七寒的发展，我猜她也注意到了这件事，不过她把这件事接受了，她认为这不算什么。"我说。我想这么说小初得更难过了。

"好了。"我拍拍她的肩膀，"你不就是回国后，有半年没有去工作嘛。"

"于是他就觉得我不思进取了呀。"小初说。我想我们对于自己失败的恋情都已经做了太多的反思了。

"不过半年真的挺长，你那半年在干吗？"我问小初。

"自怨自艾。"

"哎。"

"哎。"

"你还要喝吗？"我问小初，我觉得她再喝就该醉了。

"我们是不是太穷了，你看我们每次都只喝四杯酒，从来没有多喝一杯。"小初充满怨气地说。

"够了，四杯很好。"我说，"而且我也不是林树明。"

小初说"我们走吧，让林树明见鬼去吧"。


"不过我很希望能坦诚，不知道为什么不行。"我又重拾在网红酒吧的话题。我们这次选在西溪湿地公园里面的一家酒吧，这家酒吧安静得要死，一共只有我们一桌客人。

"那你现在喜欢怎样的人？"

"平安，迷人。"我说。我很喜欢这家酒吧，他们播放的音乐是*Famous Blue Raincoat*（《蓝雨衣》），墙上的投影却在放一部无声港片，这两样放在一起很有意思。

"一般平安就不会迷人。"小初自信地判断。

"七寒是平安掩盖了迷人，其实她也很迷人。"我说，"你听说过延迟恋爱吗？我觉得我现在才喜欢上七寒，以前我喜欢的是我们的生活，我们的房子。"我想我又在说这几句了，我希望她别烦。我想我在选第三个选项，尤其是最近这一年，七寒的形象不仅挥之不去，而且她的脸越来越清晰。

"搞不懂你们。"小初迷惘地说，然后她又不耐烦地说，"你不就是发现自己不再喜欢夏天那个女孩了吗？你现在在沮丧之中，所以才把七寒说得那么玄乎。"

"你说小咏吗？她现在还是想要那种甜美又华丽的恋爱，我觉得林树明倒是很适合她。"

"甜美有什么不好？华丽有什么不好？"小初不开心了，"而且你真可怕，明明夏天你和她待在一起还非常开心。"

"我以为她能抹去七寒的形象，但是她抹不去。"

"你当然不能指望找到一个和七寒一模一样的人。"小初判断道。

"小咏是一个胆战心惊的人，因为她是一个胆战心惊的人，她就只能拿一些次品了。"我也是一个胆战心惊的人，我想，不过我可以选择什么都不拿。

"搞不懂你，你喝够了吗？"小初说。

自从我们第一次在南山路喝得左摇右晃，之后我们都是点到为止，我们甚至能坐上回家的地铁。不过，喝完酒坐地铁回家实在太落魄了，你总会有点儿醉，地铁又总是不近人情的金属颜色。所以我们宁愿错过地铁，等最后一班地铁开走以后，我们才走出酒吧，然后各自钻进一辆陈旧的暗绿色出租车。

"我现在有一点心动了。"小初说。我们面前在演奏爵士乐，这家西湖边的酒吧我们来得最多，如果我们无心去找一家新酒吧，我们便会来这里，毕竟就算只是听听音乐也不错。

"他是不是太老了？"我说，小初的手机上是一个穿迷彩背心短裤的男生照片，他在健身房的墙壁旁倒立，我不得不把手机倒过来看。

"不老的。"小初耐心地说，"比我们大一岁。"

"为什么喜欢他啊？"我问道。我觉得小初的口味捉摸不定，这个男生真是超乎我的想象，怎么说呢，一张随时可以拿去结婚的脸。

"他做了许多我一直想做又做不到的事情。"小初一脸认真，

"飙车、健身、旅游，还养两只金毛。"

我突然明白了，这些是她设想里她和林树明往后的生活。我意识到林树明的形象也很鲜明，他也是一个挥之不去的形象，尤其是他当时那么年轻，我想小初以后找到的任何一个具备了林树明气质的人，都无法拥有他的年轻。

"我不明白七寒为什么要来爱我，我主要就是想不明白这个问题。"

"也许是因为你的长相，有些人会莫名其妙地喜欢一个长相。"小初猜测道。

"也许她认为自己爱上的是一个小说家。"我说出一年多来一直盘踞在我心中的猜想，"她欣赏有热爱的人，有决心的人。"

"那她为什么不爱明浅？"

"噢，毕竟我是一个正常人，她还是喜欢正常人。明浅时不时就会疯了。"

每次小初指责我现在还在写小说是一件不切实际的事情时，我就会告诉她我还有一个疯得多的朋友，虽说除了七寒，没有人见过明浅。明浅存在于我的口中，我总提他，以此说明相比之下，我是一个正常得多的人。实际上，每次有人跟我说"搞不懂你"，我就会向他们介绍一下我的朋友明浅。

"你觉得我是一个怎样的人啊？"小初怅惘地问我。

"比较脆弱。"我真诚地说道。我觉得人一旦脆弱就会做一些蠢事，有时他们还会伤害人。

"不过你体贴人，又聪明可爱，而且你好看。"我又补充说道。

"你可以和金毛狮王试试看。"我说。

"是金毛的主人。"小初纠正我。我想小初也许会用上一段时间去探索，然后发现自己并不喜欢金毛的主人，就跟热情退却以后，我发现小咏在我面前迅速失去色彩一样。

"好吧。我说得坦诚，是达到某种联结，我希望和七寒达到某种联结。我觉得有联结的话，真实的联结的话，我们就不会运气不好了，实际上不仅是运气不好的问题。"

"不懂你们。"小初说。

"林树明坚强吗？"我问小初。

"他乐观向上，不知道是不是坚强，我觉得他没遇上过什么打击。"小初说。

"也许是他没告诉你他受打击的那部分呢？"我试探着问她。

"林树明什么眼光，这个女的是不是太丑了？"小初没顾得上回答我的问题。她又在翻林树明微博，林树明旁边是一个甜美可爱的小女生，应该是一个大学生。

"他明知道我会看他微博，还发这些100天纪念日什么的。"小初又觉得很受伤。

我想不是每个人都会顾虑到别人。我又想，也许林树明已经想不到你还会看他的微博。我又想还好，七寒不会更新她的微博。我想如果七寒天天这么发的话我也会受不了。2017年春天七寒带着里昂去了法国，现在我就连她在哪里都不知道了。

"其实我已经很久不看他微博了，有两个月不看了。"小初向我说明，好像这是一个成就。

"这没事。"

"我们聊这些是不是太失败了？"

"没事吧，你看酒吧每天都有这么多人。"

"我们的酒吧之旅已经有三个月了。"小初说。

"对，都快2019年了。"

"也许我应该和他一起去健身，他邀请我去健身。"

"谁？"然后我想起来是金毛的主人。

然后她又问我："第四个选项呢？明浅的第四个选项是什么？"

我的朋友明浅，他热衷真相，不仅如此，我认为我的朋友明浅，他是一个解构主义者。他把我的生活给拆解了，到了最后，他提供给我四个选项，最后一个选项里，他说我和七寒的分开势在必行，他说那是一件命中注定的事情。我不得不想，如果明浅最后得到的线索是他需要把刀子捅向自己，他也许也会照做。说不定他就是得到了这样一个指示才把自己杀死了。

第四个选项，结束是一件命中注定的事。他们无法在对方面前做一个自由的自己。当西蒙扮演小孩的角色，七寒就会扮演照料者的角色。七寒将永远无法流露自己脆弱的部分，而西蒙实际上不够天真到能做一个小孩。

这是我最不想选的一个选项，也许是因为它看起来有点像是正确答案。起码，关于我的那部分，小孩的部分，好像是这么回事。其实后来我有些弄不清楚，是我要做一个小孩，才让七寒需要照顾我，还是七寒想要照顾我，我才需要做一个小孩？明浅说得没错，我不够天真，起码没有天真到能达到七寒需求的程度，其实做一个小孩也有难度。

可是是否有人真能天真到满足七寒？因为我不够天真，我就要失去七寒吗？我不能以一个成人的角色去爱七寒吗？全部的我，我不能把全部的我结合起来，然后更好地去爱七寒吗？我不太想接受这个答案。我也没有机会去试验一遍。

明浅又提醒我，七寒其实很脆弱。七寒离开之前，我们又去了一次晓风书屋。这是我们第二次去。第一次是在2015年年初，我们离开咖啡馆后，就去了晓风书屋。第二次去晓风书屋时，她已经跟我说过，她会带着里昂去法国。她告诉我机票的日期，是在一个月后。最后一个月我们过得相当平静，我又看着里昂长大了一个月。而且，我们像2015年一样，周末又开始一起出门。

时隔两年再次走进体育场路上的这家书店，我发现这两年来，我的记忆一直把这个地方放大了。首先面积一定被放大了，我记忆里这家宽敞明亮的书店，其实它的面积并不大，当我再次走进去，我发觉它看起来倒是非常温馨。它其实只有一个小小的长方形书屋，另一边房间放着三张方形木桌，那里你可以坐下来喝咖啡。我的记忆模糊，不知道2015年是否就有这三张桌子。

我记得当时我们在书店里走来走去，好像逛不到尽头，此时却几个转身就可以逛完。我站在西方文学书架面前，我面前都是明浅蓝色盒子里的那些名字，保罗•奥斯特、约翰•斯坦贝克、亨利•米勒等。我想如果七寒在两年前以为站在这些书面前的我，在之后的生活里也会坐下来写小说，那么我一定让她失望了。我站在书架前，想的是这件事，我想我让她失望了。

七寒驻留在那本白色封面的《海子全集》面前，然后她喊我过去，七寒说"你知道我最喜欢海子哪首诗吗？"然后她看着我，犹豫再三之后，她才翻开那本《海子全集》，七寒几乎是红着脸给我看那几句诗："晨光中她突然发现我／她眺起眼睛／她看得我浑身美丽。"

我站在七寒旁边，她还在脸红，她的脸上还没有褪去这几句诗带来的羞涩，有点儿像是一个高中女孩。我在她身后，我迈不开脚步。我不能问她，其实你是要做一个小女孩吗？是我不能让你做一个小女孩吗？

我问七寒"你想要买这本书吗？"然后我拿出两年前她送我的钱包，那里面还有一张2015年晓风书屋的会员卡，那是一张纸质卡片，所以如果它变旧，边缘就会磨损，它在这两年里变旧了。七寒把书放回去，她说不要了，太厚了。

"你打算怎么办呢？"小初问我。我突然想到，你在酒吧永远找不到答案。这个问题，我们第一次喝酒时，在南山路上那家酒吧，小初就问过我。

我说我会搬出之江公寓，然后找一份工作。小初赞赏地点点头。我猜酒吧之旅也到了尾声。小初说起金毛狮王的次数越来越多，我想他们不久以后就会谈恋爱。我很高兴我的朋友不再需要酒吧。

"所以是第四个选项吗？"我们走出酒吧，小初问我，小初的声音里满含同情。于是我能判断出，起码在小初眼里，这是一个让人难过的答案。它的意思是说，事情的根基就错了。我没什么好悼念的。跟意外跟延迟恋爱都没什么关系，你们本来就不合适，而且没办法合适。它简直像是抽空了我脚下的地毯。我想这下小初也会同意，我的朋友明浅不免残忍。他跟我说我最好的一场爱情是一个错误。

我说不会有答案，我说事情还没到结尾。

小初又同情地看着我，我知道她在尽力把那句"搞不懂你"吞下去。

我把之江公寓的转租信息挂到网上，但那之后一个月，杭州一直下雨。下雨天我没什么事好做，而且我已经把明浅的书都读完了，我觉得相当长的时间里我对阅读不会再有很强欲望。七寒曾跟我说："你总是喜欢把一件事情做到厌倦。"我想她说得没错，但我从没对我们的生活感到厌倦。我投了一些简历，我有半年没有去工作，我发现如果我是在哀悼的话，我的哀悼好像看不到尽头。我无法在那四个选项里做出选择，我想我就是要记住每件事情，要不就是，我不信任明浅。我不认为我的答案在那四个选项里。我要把每件事都带在身上。

房子租出去之前，我找到了一份摄影的工作。大三那年看的摄影集，还有后来脖子上挂着一个单反拍过的那些布列松初学者照片，这时候给我换来了一份工作。虽说只是商业拍摄，但我的工作将会拍摄无数茶杯碗碟。你总是要到搬家的时候才发现，看上去空无一物的房子，其实整理起来，东西也很多。我想到我每天需要的东西其实非常多，我向世界租赁了很多东西，现在它们又都在这些纸箱里。我的新家离一桥远了一些，不过依然在江边，还好钱塘江很长。我在网上预约好第二天搬家的车，明天我会离开之江公寓。

我喜欢之江公寓这间浴室，蓝色的地板，还有这面足够宽大的长方形镜子。镜子上雾气蒙蒙，我对面是一个模糊的影子。

我说"我帮你写完了，既然你非得要写"。

雾气里的影子动了动，我想他也许是在笑，他说"我也帮了忙"。

我说"是的，你帮了忙。你提醒我真相，还有那些关键时刻"。

"你把我写死了。"他说。我脖子上挂着相机，我把影子拍下来。

他说"你别拍了，又是一张布列松照片"。于是我把相机放下来。他又说："算了你拍吧，也许我不应该阻止你拍。我们不该老吵架。"

我说："对，对。不该吵架。"

"你怎么把我写死了？"他再次质问我，原来他是在抱怨。

我说"我这段时间已经够难过了，我不想老跟你待在一起。而且有时候我的确恨你"。

"我是不太好。"影子叹口气。

"你也不是都不好。"我安慰他。

"要是我不是你的话，你就会过得轻松一些。"影子说。

我说也不一定。

"你怎么选？"他问我。

"我不选。"我说。答案一定是没写下来的那个。"虽说我也不知道答案是什么。不过我同意你写在《西蒙小传》上的那句话：'一往无前和畅通无阻不一样。'七寒没那么坚强，我也担心她。"我说我很想念她，就是这些想念让我觉得那些都不是答案。

"我也想念她。"影子说。

我说"当然了，你当然想念她"。

他说"我也想念妈妈，你让她在楼梯上和你告别"。

我说"是的，我让她在楼梯上和我告别"。

"近来你有见到家明吗？"他突然问我。

我说我见过，我说家明成熟了不少，但他还是一个乐天派。

他沉默了几秒，也许这让他有些惊讶。

"家明并没有比我好。"他开始抗议。

我说"是的，家明并没有比你好"。

"你应该做自己。"

我对着他笑，我说"行吧行吧"。

影子又动了动，他说"合作愉快"。

我点点头，我说"合作愉快"。我把雾气擦去。

附录：

# 关系是创造，是无中生有

——《萌芽》×不日远游

　　好的小说有时候会具备一种迷人的社交属性——我们在讨论小说的时候，有意无意地完成了对彼此的试探或确认。几句对话或是琐碎的细节，这些微小的印记都像是一个个聪明而尖锐的钩子，牵引出彼此心中缠绕的丝线，不论参与者是否愿意以之示人。

　　很长一段时间，不日远游的作品在我们编辑部就承担了这样一个"钩子"的功能。她所讲述的故事，成为我们测试一个人是否关心爱情、懂得爱情的样本。我们对这个游戏乐此不疲，也从不担心耗竭，因为她一直在写。故事中的年轻人在爱情的创造中接近生活的真相，她本人的作品也越发成熟，接近了当代小说的内核。

——《萌芽》

　　**《萌芽》**：《西环路猜想》是你的第一部长篇小说，你在写作的时候遇到的最大困难是什么？是怎么应对的呢？

　　**不日远游**：在写这个长篇之前，我设想了很多写作过程中可能会碰到的困难，比如说怎么安排作息，卡壳怎么办，进行不下去了怎么办。因为做好了心理建设，这些问题出现的时候，倒也没有非常恐慌，我把处理文本过程中会碰到的问题当成是必然的问题，于是也就自然地去解决问题。我现在说起来好像挺轻松，因为毕竟它已经完成了。余华曾经吐槽过海明威的写作方法，海明威说写长篇时，要为第二天留有余地，一天的工作结束时要想好第二天要写什么。余华就说，显然啊，海明威一定是在写完了一个长篇后才得出这个方法。余华的意思是说，写作的过程中一定会碰到很多困难，也不都是你用海明威这个方法就能够解决的。这个长篇的写作过程中我也碰到了很多困难，但现在竟然不大记得起了。我可能会在写下一个小说的时候，再次回想起那些困难。我碰到最麻烦的地方是在小说结束之后，因为写作的时候非常投入，小说完成之后，巨大的空白很噬人。

《萌芽》：在写法上，这部长篇和我们通常所说的长篇有许多不同，保留融合了短篇的某些写法。你怎么看长篇和短篇之间的区别？

**不日远游**：作为写作者来说，我好像还不太能讲长篇和短篇的区别，因为目前就写了这一个长篇，只有这一次长篇写作的经验。就目前的经验和理解来看，我写短篇的时候，经常是先出现一个命题，然后整个故事是服务于这个命题的。但是对长篇来说，它会关乎更多的人物、更多的人物之间的关系，以及怎么去推动故事。作为阅读者来说，我现在看长篇比看短篇要多，我越来越着迷于那些给人良好阅读感受的故事，也就是说，你营造一个让人信服的世界，然后让读者去沉迷于那个世界。所以我会希望我的小说也可以往这方面靠近。

《萌芽》：明浅、西环路这些名称不仅仅出现在《西环路猜想》里，也出现在你的一些短篇小说中。这是否意味着有一个你想象中的世界，而你正在用一系列的作品慢慢构建它？

不日远游：这么想让人很激动，我是指"有一个想象中的世界"这个说法。对我来说，我觉得我有一些人物，我经常在思考这些人物，一个小说结束了，并不代表人物的生活结束了。我会想看看他们往后会怎么发展，或者他们之前的生活是什么样子。西环路也在反复出现，我也许在试图建立一些小说的特质。

《萌芽》：对《萌芽》而言，连载《西环路猜想》也是一次全新的尝试。在此之前，我们的连载大多都是情节性强的类型小说。《西环路猜想》则不同，情节并不复杂，背景也不宏大，重点放在了具体的人物上，西蒙、明浅、七寒、陈渔、李开等人就像是我们身边的年轻人。这种一月一更的连载形式对你的创作有什么影响吗？

不日远游：我开始写这个小说时，是把它当成一个正常的长篇来写的。后来因为连载，就需要对章节做出一些改动，比如注意每个章节略微有一些独立性，比如埋一些悬念等，因为读者可能遗忘上一期的故事，或者不一定每期都看。我从编辑老师那里得到了很多很好的建议，倒不一定是关于连载，以后写小说可能也要对这些方面加以注意。

《萌芽》：在《西环路猜想》的开始处，西蒙的母亲忽然生了

重病。它似乎是一个契约，告诉我们接下去要看到的并不是一个简单的爱情故事（虽然某种程度上它的确也是），而是在那之上的某种规则——当然这是以我作为读者的角度所看到的，那么你在写作的时候是怎么考虑的呢？为何会想到写西蒙母亲的故事？你在写故事开头的时候是否已经知道自己的这个长篇小说要写什么了？

**不日远游**：西蒙母亲的故事，是西蒙的背景。她的事显然影响了西蒙，影响了他的个性、他的行为，也影响了他和七寒的相处，但不好说具体怎么影响了他。把它写在开头的原因，可能是我希望读者在阅读这个故事，尤其是看西蒙这个人物的时候，有这个印象，西蒙经过了这么一件事，甚至，他一直带着这件事。我现在不确定这么写是不是一个好的处理方法，不确定这件事出现在这个位置是不是恰当。在开始写的时候，我知道主要人物有哪些，和他们大致会碰上些什么事情。我原本想写一个爱情故事，但明浅的加入让它不仅是一个爱情故事了。

**《萌芽》**：这部小说中的时间很有趣：先是人物的回忆，在回忆中又有过去事物对那个当下的影响……多重的时间跳转有时候令读者忘记自己身处何时何地。埃科曾在分析《西尔薇娅》时指出这种做法形成了一种"氤氲"效果，来模糊想象与真实世界间的界限。你是否受到这部作品的影响？或者制造这种效果对你的小说来说是否有意为之？

**不日远游**：啊，我没有看过《西尔薇娅》。我的小说时间上的跳跃，主要出现在第一章节，其实是在几次失败的尝试之后，才有了现在这个开头。实际上，这个开头让我可以往下写，主要是为我自己提供了便利，因为我可以往前写，也可以往后写，而且主人公有了一个叙述动机，就是他想去拿回明浅手上的叙述权力，他可以自己来讲这个故事。因为这是一个以第一人称在讲的故事，我好像得给他找个理由来开口。

《萌芽》：《西环路猜想》中，西蒙写的论文是关于短篇小说作家艾丽丝·门罗的。听说你本人也很喜欢门罗的作品，你还记得最初阅读门罗时的感受吗？这段阅读经历对你的创作有什么影响吗？

不日远游：门罗在2013年获得诺贝尔文学奖，此后她的作品被大量引进，那之后一年多的时间，我沉迷于看她的小说。译林出版社好像一下子出版了她一套书，好多本吧，我一本接着一本看，后来就觉得看伤了。

她肯定影响了我，倒不是说在技巧上怎么影响了我，其实在技巧上，我花了点时间去脱离她的影响，因为有一阵，我发现自己事无巨细地在写细节……但她就跟很多你热爱过的作家一样，就像海明威他们那样，成为你的背景了。

《萌芽》：小说中，西蒙的论文主要关注门罗小说的开头。在你看来，门罗小说的开头有什么特点？哪几篇的开头让你印象尤为深刻？《西环路猜想》的开头信息量很大，在这方面你觉得自己有受到门罗的影响吗？

不日远游：门罗小说的开头一般发生在故事中间，甚至发生在一个事件的中间。我刚才打开《亲爱的生活》，比如第一篇《漂流到日本》的开头："彼得把她的行李箱拿上火车后，似乎急于下车。但不是要离开。他对她解释说，他只是担心火车会开。"我会觉得，这两个人有点不大正常，他或者他们要去做件什么事情，然后前情是一片空白。我现在离开她的小说很久了，回想阅读时的感受，感觉每个人物都像是没有喷发的火山，一直也没有喷发，就算喷发了也像没有喷发。一直有股势能在人物内心。有些人就出走了，那种很闷的出走，就好像出走时也是带着那座火山的。我觉得很难学的吧，人物的内心势能很难学，很难写，要是学门罗，说不定很容易只剩下了"闷闷的"……

《萌芽》：明浅留下了一百多个一两千字的小说开头，但没有留下一篇完整的作品。你有遇到过写好了开头但不知如何写下去的情况吗？如果有，是遇到了什么困难呢？

**不日远游**：我碰到过一些写了开头但无法把故事写下去的情况，但是很少，我一般会把故事写完，而且我会急于去完成一个故事。在我看来，一百个开头意味着一百次失败，我觉得我自己好像承受不起一百次失败。这件事我在很年轻的时候，听另一个朋友讲起过，但是在他眼里，也许不把这些开头看成是失败。没有写下去的原因，是我不知道怎么往下写，我对故事没有想清楚。

《萌芽》：《西环路猜想》中，明浅的几篇文字主要关注西蒙的爱情："明浅写到了陈渔、李开，还有七寒。我的朋友明浅，他关注我的爱情，也许是因为我其余的人生实在乏善可陈。是的，我是那种想要一段好爱情的傻×，这件事听起来非常没志气，也的确没志气。我没有明浅有志气，他一心想要写了不起的小说，为此搞出不少事情。"在你看来，为什么对一些人来说，爱情可以作为一生的志愿？相比其他类型的情感，爱情有什么独特的动人之处？

**不日远游：**哈哈，其实前面几天，正好和一个朋友聊起爱情，她觉得她每天都挺开心，并不需要爱情，她说"谈恋爱是为了多巴胺吗？那吃面包也能产生多巴胺，要不你下次想谈恋爱的时候就吃点面包吧"。但是她又会加一句，"还是说谈恋爱产生的快乐真的和其他的快乐有不一样的地方？"就很可爱。

对于爱情的理解一直在变化，我着迷于情感的百转千回，着迷于快乐、快乐的消失、依赖、依赖的消失、承诺、承诺的无法兑现等。人们自身携带的特点，造成了他们之间会吸引，造成了某些地方特别合拍，又造成了某些地方无法融合，这些无法融合的地方可能是在刚开始就出现，可能是在一年之后，五年之后。人们的感受会变化，有时命运的轨迹也会变化。去关注这些事情，就导致我一直在写失败的爱情。

我觉得感情的开头，大概就是你在人群当中，找到了一个给你最多愉悦感的人，他的长相、衣着、思维方式、说话方式，都能让你感觉到愉快。要说独特的动人之处，就是它是"最"。

有一阵，我把关系当成第三个生命体。两个人之间的关系，它的命运，它的个性，它跟他们两个人有关，又不完全受他们控制。

我把关系看成创造，看成无中生有。你遇到一个人，你们产生了某种联系，可能特别美好，或者让你理解了从前无法理解的感受，你们产生了一种历史。

《萌芽》：你在小说中会写到许多恋人的小特征、小习惯，以及恋人之间非常细微的相处细节。比如恋人刚剪过的头发又短又粗糙、像一丛丛麦茬（《派对》），"不悔妹妹可能是不会发'shang'这个音，于是每一次都是介于'桑'与'上'之间，你开心坏了，你又点开第二遍语音，扬起嘴角"（《给家明的信》），走在路上恋人突然递给自己一颗糖果（《预感》），每天早上把苹果和牛奶放进彼此的背包（《研究甲骨文的教授》）。这让人想起电影《爱在日落黄昏时》中赛琳曾对杰西说："我会很怀念一个人很平常的东西，好比那些细节。"为什么这些日常的小细节格外让你怀念呢？对这些打动你的东西，你会记下来吗？

不日远游：因为我觉得，要是一个人喜欢另一个人，他就会关注对方的一举一动是不是？或者说，对方的这些动作本身就会带给他愉悦感。我觉得你在这个人面前，感官应该是很敏锐的，对方的声音、样貌、动作，都会让你很开心。另外的话，某些动作在表达爱意，你会很自觉地把这些动作记录下来。生活中，我一般会对初次见面时人们的特质很有印象，但不会特意去记。

《萌芽》：提到电影，你比较喜欢哪些讲述爱情的电影？

不日远游：今年很喜欢《妖猫传》，还能想起汤姆·福特的《单身男子》。还有《恐怖直播》，里面有一个我很喜欢的场景。

《萌芽》：你的小说中常常会写到恋人们居住的房间，以及他们为打造、装扮这个小家而做出的种种努力。有时这个房间的存在会成为感情本身，比如："他们之间最重要的东西不是你爱我也不是我爱你，而是他们一起填满的这个房间，一起消耗掉的每样东西。现在它们全被毁掉了"（《西环路33号》）；"这个房间的风格是一个普通的家的样子，看上去略显粗糙。甚至是七寒做的晚饭，也并不算多么精致多么美味，但是它们充满安全感，又生机勃勃"（《西环路猜想》）。有时对一栋共同居住的房子的向往承担着对未来的期望，尽管这种期望可能很难实现，比如"我还担心我们是否会相爱到那么久，起码，我们能相爱到住进之江公寓吗？我很想看到她在厨房黄色灯光下切玉米的身影，我很想我们一起坐在那个红色沙发里。我怕我们不够幸运能走到那个步骤"（《西环路猜想》）。为什么会对他们的房子感兴趣呢？

**不日远游**：因为我是巨蟹座的原因嘛，所以我特别关注房子。而且，如果把关系当成一种创造的话，显然房子就是关系的一个载体，是一个实在的证明，房子的装饰、家具的风格等，它会融合两个人的习惯和审美。另外，如果两个人一起生活，房子就是最经常记录他们生活的地方，房子承载记忆，所以不可避免会写到房子。

《萌芽》：你也写了许多居家生活的细节，比如挑选家具、补给日用品、买菜、叠衬衫、晾衣服、下厨、在玻璃门上贴上喜欢的海报和照片、一起坐在地板上看电影等等。在你看来这些日常生活细节有什么动人之处呢？

**不日远游**：如果我仔细去想的话，我不是被日常吸引，我是被两个人的日常吸引，我依然关注两个人的状态。你们要不就是一起在合作做什么事，要不就是一个人在做事，一个人在观看，我会愿意去走进那个观看者的眼睛，去看他看到的对方，那就是一个恋人的视角。小说故事中，重要的时刻总是那些戏剧性的时刻、意外发生的时刻，但是实际上，当你回忆起一段关系，也许最折磨你的就是已经消失了的日常。

《**萌芽**》：生活中，你好像一直在搬家，不仅在城市之间迁移，也会在一个城市内来回打转，听说有一次是从同一栋楼的三楼搬到了六楼？在这些搬家的过程中有怎样的感受？

**不日远游**：……我是从一个小区的一单元搬到了三单元。虽然说起来我一直在搬家，其实我都在钱塘江大桥南边这个地方住了四五年了，甚至在一个小区都住了三年。我觉得我既需要熟悉感又需要新鲜感，所以总在这块地方打转。搬家嘛，有时是迫不得已，有时是自己给自己搞一点意外。有时新的地方挺好，也会让你忘了旧居。

《**萌芽**》：《西环路猜想》中，西蒙、七寒在聊到各自的前任时，对和对方曾经长久相处的伴侣都视而不见，却对那些短暂的罗曼史提高警惕。你怎么看这两种恋爱的区别？

**不日远游**：有句歌词嘛，"短暂的总是浪漫，漫长总会不满"，短期恋爱确实很容易浪漫，你们在某个地方（往往还挺特殊）一起度过了某些时间，然后出于某些原因，你们没有再继续，那一段时间基本一辈子都是美好回忆了。你一般也难以接受你的伴侣心中一直放着一个"白月光"……但我一直都觉得长期的感情更加了不起。

《萌芽》：前任常常是你笔下恋人们感情生活中的一个爆炸点。比如《研究甲骨文的教授》中的陈凯因为没有和前任断交而失去了于远。在你看来，为什么人有时很难真正从与前任的联结中完全脱离呢，即使已经拥有了全新的、美好的感情？

不日远游：我觉得相处时间比较长久的恋人，或者说对你影响比较大的恋人，有时是一种原生家庭一样的存在，就是他会很深地影响到你。至于说为什么在拥有了全新的感情之后还怀念前任，我觉得我写到的人，是因为他们不够成熟，比较脆弱，应该就是因为这个。当他们不能接受现任某些行为的时候，他们就会想一会儿前任……另外，你和前任们，你们身上肯定有共享的地方，你的某些特质在他那里被最好地理解，被最好地照顾到了，你身上的这些特质可能并没有消失，于是当这些特质在某些情况下出现的时候，你会容易想起前任们。这主要是因为你不成熟。

《萌芽》：前任有关过去，也有关记忆，记忆在你的生活中承担着怎样一个角色？这与你的小说创作有没有什么联系呢？

不日远游：当现实不能满足你的时候，或者现实很差劲的时候，你难免会搜寻记忆里的好时光，或者当你在现实里难以有依靠的时候，你甚至会去依靠记忆里的人。它会成为避难所，因为你可以自欺欺人地只记住好时光，它也不需要你回应，比较轻松。记忆是我的素材，而写作小说非常吸引我的地方，让我享受的地方，是我可以非常自由地调度记忆。

《萌芽》：你笔下的感情似乎都是脆弱的，像在《周末台风》里，爱情只能停在那个地方，再往下走一步，就会无可转圜地走向衰落。《西环路猜想》里也写道："我曾以为坚强是文学最不重要的部分，高中时值日生每天在黑板课表旁边写名人语录，有一天上面写了尼采语录。尼采说道：'不能杀死我的，必将使我更坚强。'就和14岁时我不能理解'明辨是非'一样，17岁的我不能理解坚强，我甚至有点厌恶坚强，我认为它抹杀了'动人'。我四处寻找'动人'，显然在漫长的青春岁月里，脆弱比较动人。但是很快，它就不是了。那时我没注意到的是，即使文学不需要坚强，但如果你想要创作文学，你依然需要坚强，而且需要非常坚强。"（《西环路猜想》）在你看来，为什么在文学作品中，坚强有时候会抹杀"动人"呢？

不日远游：脆弱比较动人，这是少年西蒙对于生活的理解、对于文学的理解。17岁是一个不用承担责任的年纪，你天天坐在教室里读书，总希望有点什么不同寻常的事情发生，而在一个少年的眼里，坚强的形象就是你什么都忍住，什么都承担，你一直站着，没什么动作，脆弱其实有各种动作，它比较多彩。然后到了你需要负责的年纪，你发现要保持坚强非常艰难，那才需要你付出各种行动，而脆弱，可能一直趴着就好了，这时脆弱又不再有动作。

我现在不再认为坚强会抹杀动人，现在在我看来，扛住的形象、硬撑的形象，会比趴着的形象、哭的形象，更吸引我。但事情依然关于脆弱，可能是关于被隐藏起来的脆弱。比如那个扛住的形象，他出现脆弱的时刻，或者是他为了什么在扛住事情。我觉得门罗的小说中，就能看到这种隐藏起来的脆弱。

另一方面，有时我把人们的很多缺陷都理解成脆弱，那些走上异途的人，是因为某个方面特别脆弱（有时你也会因为要保护什么而特别脆弱）。脆弱又跟柔软有关，这样去理解，我就会觉得，文学作品中的动人部分，经常跟脆弱有关。

《萌芽》：在你的小说中，"平安"是一个高频词，比如在《西环路猜想》中，西蒙很珍惜和七寒在一起的平安。在你看来，"平安"为什么如此珍贵又这么难以获得？什么是你理解中的"平安"？

不日远游：这跟我自己有关，或者说，对一部分人来说，他们就是难以获得平安。平安包括生活上的平安，精神上的平安。不知怎么回事，我经常不够平安。

我理解中的平安，是不要有意外发生，或者人们能度过意外，不要互相放弃。不要出现断裂式的消失。

《萌芽》：你笔下恋人们的结局似乎都是离散、辜负、背叛，为什么常常会安排这样的结局呢？

不日远游：我觉得可能是这样，我写到的人，他们特别想要完美的关系，他们难以容忍关系中错误的发生，而人生这么长，出现错误、出现意外在所难免，他们就不太能接受。他们不是能处理好关系的人，他们把事情搞砸了。

《萌芽》：这些结局似乎并不取决于人的意志，而关乎机缘和命运，主人公也常常会冒出宿命论的想法。比如"陈凯不由得宿命论地想，也许买伞这个行为本身也预示着分别"（《叹息城》），"家明想是的是的，他并没有真的准备好去找那个他们会住在一起的房子。但是家明想，小咏总会回来，家明预感小咏会回来，到那时他们能住在一个房子里一起吃饭拖地谈恋爱"（《预感》）。你相信宿命吗？或者说，你会很关心人有没有宿命这件事吗？

不日远游：这几年我接触星盘越来越多，而依据星盘去分析人的性格，已经有一点宿命论是吧？我有时觉得我们行为的结果、我们的际遇，在被另外的力量操控。我有时会去想，它是善意的，还是恶意的。要是你既不想怪自己，也不想怪别人，你难免会把矛头指向命运。

《萌芽》：在《研究甲骨文的教授》中，陈凯在和于远这份安定的感情中，有时会自问：这是否是自己的毕生志愿？他后来也劝慰自己，"或许不一定要活出一生志愿，他想也许人生只是一场感受，是种种感受，感受没有好坏之分"。但和于远分手，遇到安德烈之后，他的想法发生了改变，"他发现是否真实，是否致命，是否是使命，其实人是会认得出的"。在你看来，你相信每个人有自己的"the one"存在吗？你怎么看寻找真爱或者说灵魂伴侣这件事？

**不日远游**：陈凯在遇到安德烈之后说的这句话，其实可以理解为，他在一个被致命吸引的状态里，故事往下写未必如此，但是故事在这里结束了。他和这两个人之间，是关系的两种模式。我不知道是否真有灵魂伴侣，有时特别喜欢某个人的时候，你会希望这个人就是。

**《萌芽》**：《西环路猜想》中，明浅写下的关于西蒙的第一个文档《危险时刻》，是在努力梳理西蒙生活中的重要时刻。平时生活中，你相信"顿悟"的存在吗？

**不日远游**：《西环路猜想》中的重要时刻，是做选择的时刻。我觉得不知怎么回事，有些人在这些时刻，永远是做一个错的选择。但是其实西蒙反驳过，他认为你在生活里时时刻刻都要做选择，选错在所难免，我觉得他的意思是，大家宽容一点。但是确实是这样，某些时刻你的选择改变了故事。

生活中我有很多顿悟，哈哈哈，那些一句两句的微博，就经常是顿悟。但是那没什么意思，可能明天就不这样想了。

**《萌芽》**：在写小说时，你是怎么利用这样的重要时刻来推进故事发展的呢，能举例谈谈吗？

**不日远游**：《西环路猜想》中，明浅的几篇文字，都是在交代西蒙生活中的重要时刻。《研究甲骨文的教授》中，重要时刻出现在最后，安德烈听完陈凯的故事，跟他说她有一个相同的故事，她也在等别人回来——我想完成一个揭穿真相的时刻，一个比较讽刺的时刻。《周末台风》的重要时刻也在最后。《似水流年》中，女主人公的男朋友心脏病去世了，她陷入一种几乎走不出来的悲伤，最后她发现了男朋友的日记，原来他背叛过自己。

**《萌芽》**：你的小说中有时会出现一些极端的天气，比如《周末台风》中的台风，《叹息城》中的大暴雨。生活中，雨水和大风会让你产生什么感受？你喜欢什么天气？平时生活中，天气会影响你的心情和感受世界的角度吗？

**不日远游**：我没有特意去写极端天气，但是生活中，你总会对极端天气加以注意，我觉得一个人在极端天气极端环境里，容易暴露他的性格特点。生活中我最喜欢晴天，狂风暴雨肯定会让我觉得挺烦的。天气影响我，环境影响我，所以我这个人就不太靠谱……冬天我一般就不大好。而在心情沮丧的时候，走进一个很符合我审美的环境，我又会立刻开心起来。

**《萌芽》**：你是什么时候开始写小说的呢？还记得最初参加"新概念"时的情景吗？回头看当时的作品，你有怎样的感受？

**不日远游**：我第一次写小说是在大一，写的第一个小说投给了"新概念"。那个小说一部分在电脑上完成，一部分在手机上完成，那时我一有灵感，就在手机上打上几段。我记得它的语言非常密集，有一点氛围感，情节处理很糟糕，我当时也没想到去处理情节。

当时恰好写了这个小说，然后在图书馆撞见了《萌芽》，我就顺势投了"新概念"。回头去看我大学时期写的其他小说，都像是这篇小说的延续。我觉得那段时间写的小说都不太好，可能只是练习了语言。

**《萌芽》**："不日远游"的笔名很好听也很特别，是怎么想到它的？平时生活中，你会常常进行即兴的旅行吗？对你来说，"不日远游"意味着什么呢？

**不日远游**：哈哈，经常会被问到怎么用这个名字，我其实已经不能确定真实情况是怎样的了。大概就是，我看书的时候，看岔行了，可能在上一行看见了"不日"，下一行看见"远游"，于是我看见了"不日远游"，定睛一看就发现不是，但是就留下了这四个字。

我会即兴去旅游，我经常即兴干点什么事。"不日远游"给人一种不太稳定的感觉，我可能没取好名字。

**《萌芽》**：在散文《非常多的柠檬水》和小说《周末台风》中，你写到一家你常去光顾的咖啡馆，那家咖啡馆是什么样子的？在那里你通常做些什么呢？

**不日远游**：那家咖啡馆，我在《周末台风》中大概写过，有一个明亮的一层和一个昏暗的二层。我待在二层写东西，一般待一个下午。2017年、2018年这两年我写的短篇小说，基本都是在那里完成的。其实它没什么特色，没有过分强调的审美风格，我觉得我大概是因此才特别喜欢它。我去过一些很有风格的咖啡馆，比如说摄影咖啡馆，或者放上一些缝纫机啊啥的那种强调"旧时光"的咖啡馆，都给我一种太刻意的感觉，当然，人家就是特意这么做的。总之我很喜欢那家咖啡馆没有风格的风格，其实还是有风格的……那里的店员、歌单，都特别好。

《萌芽》：它最终关门歇业了，现在有没有找到能够替代它的场所？

**不日远游**：唉。其实到现在，某些我状态很差的时候，我都会觉得，要是能在那家咖啡馆坐一坐就好了。它是我人生又一个教训，某些我依赖的习以为常的东西是会消失的。呜，没有一家能和它相比的咖啡馆了。不过我住的小区周围，咖啡馆其实特别多，《西环路猜想》是在我家楼下的一家咖啡馆完成的，那家咖啡馆也不错，主要是我找到了一个很不错的位置，我每天坐在同一个位置上写。现在我再也不想坐那个座位了，我觉得它不会再让我写出别的东西了。

《萌芽》：《周末台风》中，"我"会静静地听陌生人聊天，服务员也主动前来找"我"讲述自己的故事。生活中你有过类似的经历吗？

**不日远游**：基本这种情况很少发生，没有人坐在我对面，然后开始聊一聊他的生活。但在咖啡馆还是能看到很多不同的人，有时你能分辨出对面的两个人是第一次见面。都是一些很小的片段，很零碎的形象。

《萌芽》：你已经写了很多年，这些年来，你觉得自己在写作上最大的变化是什么？

**不日远游**：我大学时期写了一些小说，然后从2017年开始，我又写了一些短篇。我自己不太能确定我是否比当时写得更好了。写作状态上，这几年要比那时好，其实大学时期的写作，有时写得还蛮痛苦的，写作并不是一件享受的事。这几年我感觉自己写得轻松了一些，也更明确我每次想要表达什么。我自己也不知道怎么会变轻松了……我觉得大概是，随着生活阅历的增加，我可以处理的素材增加了，我的命题也增加了，我拿着一些富余的东西，于是可以去想一想技巧，想一想怎么处理会更好。会不会再次变得艰难也不一定……

**《萌芽》**：之前你的一些作品不太容易区分是散文还是小说，现在你的小说在文体上很清晰。这些年来在文体的概念上你有什么新的认识吗？为什么做出了这样的改变呢？

**不日远游**：哈哈哈，其实不是很想听到别人说，你写的东西分不清是散文还是小说，可能因此就去做了一点区分，而区分无非是，胡老师在约稿的时候会说，散文要确保真实，于是我就去写真实的事。

**《萌芽》**：你在《萌芽》发表过的小说比起散文来更多，这两种文体带给你的感受有什么不同吗？

**不日远游**：我不太能写散文，散文的表达对我来说，仍然会比较羞愧，我不大想用散文的方式去呈现我的生活，或者说表达我自己。有时发生了件什么事，或者有了怎么样一个想法，总想拿来写小说。小说更自由，我也喜欢去写人物，我希望是通过人物去表达。我希望通过小说构造一个背景，在这个背景里，人物说某些话、做某些事，可以被理解、被接受。

《萌芽》：在具体的小说写作过程中，你组织文章的起点一般是什么呢？在写之前，你会构思好它的样貌，还是一遍遍地进行修改？

**不日远游**：写短篇的时候，有时我先有主题，有时我先有开头。开头可能是某个声音，某个场景，或者某个人物的状态，我先给自己找一种叙述感。如果我对我要表达的命题非常明确，我就能往下写。目前是这样。我一般检查完语句之后，先放几天，或者放一阵子，然后就给编辑了，不太做大的修改。

《萌芽》：在你的小说中，叙述视角经常是"男性"的，但这个男性与人们日常想象的男性形象框架并不一致。在写小说时，你会考虑性别对人物的影响吗？还是说并不在乎所谓性别的框架？

**不日远游**：这个问题好难回答，会写男性视角，主要是因为，这个人物的观察对象、他的相处对象是女性。他不符合常规的男性形象，但我觉得这是可以的，这个人物就是如此。只不过我会希望我的作者身份、我是女生的这个身份，不要影响读者去看这个人物，去看这个小说。

《萌芽》：你笔下的人物常常会为恋人的语言方式而着迷，在你看来语言可以透露出一个人的哪些深层次的东西？

**不日远游**：很多时候我喜欢一个人的语言，仅仅是因为它们带给我愉悦感。语言是这个人的一种风格，对话框里的语言，也经常透露出风格，在我们依赖微信交流的今天，对话框的风格，就是一个人的语言风格。我会很喜欢一些朋友的对话框语言，着迷于某种节奏感，很欣赏它们。有时互动也会产生一种语言风格，你们两个人的对话框创造了一种语言风格。

《萌芽》：对那种仅仅把语言视作工具的观念，你怎么看？在小说创作中，你心目中好的语言是怎样的？

不日远游：我阅读小说的时候，语言经常被放在首要位置，语言不好，或者这本书被翻译得不好，都会让我产生阅读障碍。我经常认为这是因为我不够成熟，对于一部小说来说，显然有比语言更重要的地方。我心目中好的语言有很多，作家都有自己的语言特色。可能在我看来，好的语言就是让人阅读愉快。

《萌芽》：现在很多年轻的写作者是在网络平台上发表文章的，觉得那里的反馈更加及时，受众也和自己的口味相近。你有没有在网上发过文章呢？你觉得它和传统的纸质媒体发表有何不同？你会主动去读这类文字吗？

不日远游：我在"一个"发过短篇小说，但后来觉得，那里的读者阅读你的小说时，他更像一个围观者，像一个审判者。我不知道在其他网络平台发表小说是什么感受。不过，纸质媒体发表确实有一定的延迟，小说发表的时候，我在情感上经常已经从这个小说中抽离出来了，那时再面对一些反馈，有时不知道怎么回应。某种程度上，我觉得作者交出一个作品以后，他就跟它没什么关系了。但同时我又挺期待交流的。

《萌芽》：今年你参加两岸文学营去了台北，在那里有什么令你印象特别深刻的事情吗？台北这座城市给你怎样的感受？

**不日远游**：很喜欢台北，在那里发生的很多事都很好，现在想起来，只能想到一些酒和一些气氛。我对于城市的印象，经常只是关于我当时和哪些人在一起。我觉得这次的台北之行，可能就像李雨荃写的那样，好多年后再经过台大的时候，可以对身边的人说，十年前我来这里参加过一个文学营，然后我会再想起一些当时的事情。台北是一个很完整的回忆，可以打包放起来的那种。

《萌芽》：《西环路猜想》中，明浅的人生紧紧围绕着写作，他因为想成为作家而非常痛苦，所有生活都是在为写作做准备，但也一直是准备而已，写作好像没有给他充足的回报。对你而言，你会有意识地把文学和生活分开吗？

**不日远游**：我尝试把文学和生活分开，但一直分得很失败，看起来还是那种，把文学和生活都打在一个包里的人。明浅这个形象，一部分来源是，因为"新概念"的关系，也结识了一些有志于文学的朋友。然后你就会觉得，这么多人爱文学，但是有时你能看到，这个人的天赋和他的追求是不匹配的。这就会把这个人搞得很痛苦。可能不只是文学，很多行业，特别是和艺术有关的，就会出现这样一些人。

《萌芽》：小说中写到，从13岁明浅告诉西蒙他要做一个作家开始，西蒙就分外担心自己会变成他的素材，不过这件事最后还是发生了，明浅在离开之前留下了六个关于西蒙的文档。生活中，你身边的朋友们知道你的作者身份吗？他们会有所顾忌吗？或者说，你在写作时，如果写到有真实原型的人物，会担心给原型带来困扰吗？你怎么处理这件事？

**不日远游**：我的朋友们知道我写小说，但他们很少会看。关于人物原型我也会有顾虑，但最后会比较自私也比较自欺欺人地说，我要把文本完成，完成这个文本比较重要，最后它是一个跟现实没什么关系的东西。我面对这件事情的方式主要就是逃避。

《**萌芽**》：小说家常常面临生活经验逐渐耗尽的问题，你有过这种困惑吗？后来是怎么应对的？

**不日远游**：有时会刻意要求自己去观察一些人，观察一些场景。或者说，我做某些事情，在更理智的层面上，是不应该做的，但就会对自己说，去看一下吧，去参与一下吧，可能可以成为写作素材，或者可能有什么灵感。所以说我还没有分清楚文学和生活。但我发现，一般这样得来的"素材"，它最后无法成为你的小说中比较核心的东西。所以我会想要尽可能地、比较正确地去生活，到那时面临的问题，才会成为我的写作经验。

《**萌芽**》：一些作者比较喜欢设定一个假定身份，掩藏原本的自我，比如作家小白；一些作者则文如其人，作品中的感情观等各种观念大致和本人一致。你觉得你更偏向哪一种呢？

**不日远游**：我应该是后者，主人公身上大部分观念会是我的观念，但是他各方面应该都会比我更夸张一点。目前是这样。

《**萌芽**》：明浅曾和西蒙讨论过"仁慈"的问题："明浅认

为仁慈不是写作的优点，但西蒙认为，仁慈绝对是写作的优点。"
（《西环路猜想》）怎么理解这里的"仁慈"？在你看来哪些作家
可能比较"仁慈"？

**不日远游**：我觉得"仁慈"事关作者本人的人格特点，"仁
慈"可能是小说里的某种气氛，可能是某个地方心软的一笔，可能
是他最后留了点希望。有时候"仁慈"会让你的写作显得不那么文
学，比方说欧文的作品，有时显得偏"治愈"，但我觉得读者应该
认得出来，某个地方他的处理是因为心软，是因为要留点希望，他
当然也可以深挖下去，但这就是个选择。我觉得在欧文的小说里能
看到"仁慈"，路内老师对他的人物也是"仁慈"的。

《**萌芽**》：西蒙认为，对于想要成为作家的明浅来说，他如此
自我的性格，让他失去了很多素材。你在平时生活和创作中会有意
识地避免过于自我吗？怎么平衡保持自我和关注外在真实的世界、
关注他人之间的关系呢？

**不日远游**：我自己也做不好，我可能就是把"自我"的一面给
了明浅。平衡措施可能是尽量去找到吸引自己的人和事情，和别人
保持联结。这样起码你会拥有另外一个人，或者另外几个人。

《**萌芽**》：在《西环路猜想》中，明浅是一个追逐偶像的人，
他把海明威等文学大师的照片打印成四寸大小放在一个小铁盒里，
像护身符一样随身携带，而西蒙一向对偶像不屑一顾。在生活中，
你更偏向于哪一种？为什么呢？

**不日远游**：我不太能理解偶像，我会喜欢某个作家的书，喜

欢某个歌手，但一般我觉得我是在享受他们的观念，有时是分享的感觉。

**《萌芽》：** 除了门罗，最近几年你主要关注了哪些作家的作品？他们对你的写作有没有什么启发呢？

**不日远游：** 这几年我的阅读量很少，啥事也不想干的时候，我一般去看尤·奈斯博的悬疑小说，因为很好进入，跟着情节走就是了，而且悬疑小说处理人物动机，特别是比较极致的人物动机，很吸引我。另外看了一些约翰·欧文，一些朱利安·巴恩斯。我很喜欢欧文的地方是，你看他的小说，会很明显地感受到，他非常享受写作，你就会觉得，这个人一定在写作中获得了很多快乐，对于一个写小说的人来说，这就很让人羡慕。他的小说很好读，阅读体验非常好。巴恩斯的话，他又聪明又了解情感是怎么回事，始终在很聪明地去写情感，我没有很了解巴恩斯。但是很早我就觉得，我喜欢的这些作家们，他们理解的东西是一样的，只不过最吸引他们的命题不同，写作手法也不同。

**《萌芽》：** 对你而言，从创作视角出发的阅读和身为读者进行的阅读有没有什么区别？

**不日远游：** 不大会真的去做区分。无论是从读者角度，还是从创作者角度去阅读，现在阅读的时候，对于让我耳目一新的处理方法，会比较注意，或者在阅读特别顺畅的时候，会回头留心一下作者是怎么做到的。但一般真正进入小说的时候，我就只是一个阅读者，会沉浸在故事里。

《萌芽》：《西环路猜想》中，西蒙这样评价明浅的阅读体系：
"我的阅读和明浅重合，但他应该能从七寒的阅读视野里吸收到一些
别的东西，要是他愿意看一看别人的阅读的话。"平时你会有意识地
扩大自己的阅读面吗，还是像明浅一样只读自己喜欢的作品？

不日远游：我只看自己喜欢的作品，我比较信任自己，哈哈
哈。不过我也经常会看朋友推荐的作品，也会关注一些豆瓣推荐什
么的。要是我对一个人好奇，会想去看看他都看什么书，也许在这
个层面上我会扩大我的阅读面。

《萌芽》：之前你曾在散文中提及邱妙津，《萌芽》近期也
采访了台湾内向世代的代表作家童伟格，你怎么看他们的"心理
书写"？

不日远游：这两位作家中间，我比较熟悉邱妙津，她对自我的
分析，对极致情感的需求，都很深地影响过我。她始终是一个很独
特的、仅此一个的作家。看她二十五六岁时的作品，一眼就能认出
她满满的天赋。但是现在越过了她的年纪，再去看她当时的作品，
我会觉得，她在意的那些点，真要去死磕，就实在是没有出路的。

《萌芽》：你小说中的人物大多是年轻人，早期的作品比如
《豌豆街往事》《离开南陌镇》中，主人公是十几岁的中学生，近
几年主要写二十多岁的年轻人，而且有时候会分得很细，把二十岁
出头和二十七八岁分开来讲："那时我们都是二十三岁，这个年纪
很奇妙，我们还能对彼此的人生产生巨大的影响、巨大的渗透。但

是在二十三岁，也有很多事情已经发生。"（《西环路猜想》）"在那辆开往泉州的动车上，我一直觉得苍明有点太过于颓废了，等我后来接近苍明当时的年纪，我才知道，一个人到了二十七八岁，也的确是可以破罐子破摔了。"（《派对》）从你个人经历和身边朋友来看的话，你觉得十几岁的少年、二十岁出头的年轻人、二十七八岁以后的年轻人各自可能有怎样的特点呢？

**不日远游**：十几岁时，那时大家的环境是中学，我觉得这在一定程度上提供了一个比较平安的、没有差别的环境。那时感情也好，理想也好，都会比较纯真无畏。二十出头的时候，你在大学里，你有比较多的自由，你可能已经经历了一些恋爱，你差不多可以去想自己需要追求什么，你可能依然迷茫，但那时还是一种"事情还来得及"的感觉。二十七八岁嘛，你的生活经验，你对自己的了解程度，你积累的挫折，都挺多了。从我身边的人来看，这个年纪的好多人，都已经比较明确地投入到某件事情中去了。

**《萌芽》**：《西环路猜想》中，西蒙本人很重视高中时和陈渔相处的经历，但七寒对这段经历不以为意，觉得高中时的情愫算不上什么感情经历。你对此怎么看？在你心中，少年时期的恋爱有什么特点呢？

**不日远游**：因为我经常觉得，你能从恋爱中了解你自己，那么少年恋爱，是你第一次了解到你是一个怎么处理感情的人。我心目中的少年恋爱嘛，快乐而隐秘。

**《萌芽》**：在你的小说中，主人公在上大学时一般整天窝在图书馆，不太去上课，这是你真实的大学经历吗？现在回头看大学的生活，有什么感受呢？

**不日远游**：我可能没有那么夸张，但也没有在好好上课。我不太喜欢我的大学生活，可能主要因为那时我没有方向，我不太确定什么值得一学，我又觉得我要是想写小说的话，好像没有人能教我……回头去看，大学还是荒废了不少时间。

**《萌芽》**：杭州常常出现在你的作品里，也是你生活中实际居住的城市。你是从什么时候开始决定要在杭州定居的呢？这座城市给你怎样的感受？

**不日远游**：有时我希望可以用这些真实的街道、电影院、咖啡馆，给小说一些落地的东西，一些可以依靠的东西。我大概是在离开杭州的那段时间里，喜欢上了杭州，在那之前我觉得杭州是一个特别平常的城市。有一段时间，大概大半年，我不在杭州，我好像在《非常多的柠檬水》中写过，回到杭州之后，有一种重生的感觉。这几年我住在杭州，我和它的相处也很好，我现在也依然觉得它是一个不特别的城市，这说明它整体很好。就像我觉得，你要全方位地不厌恶一个人，这比喜欢一个人要难。整体来说它是一个很好看的城市，有一些很美的路，除了冬天太多雨。

**《萌芽》**：除了咖啡馆、酒吧，便利店也不时在你的小说中出现，例如和恋人一起在便利店货架的最底层挑选一个装满糖的皮卡丘（《预感》）。你觉得便利店是日常生活中一个怎样的存在？

**不日远游**：我依赖便利店，在我眼里它是城市的象征。我经常大晚上跑去便利店买东西，买创可贴，买充电器，买酒。我是一个不严谨又经常给自己搞出意外的人，我觉得便利店纵容了我。我在家里不储存东西，因为我觉得我可以随时下楼去便利店买。

《萌芽》：常常看见你在微博上晒你养的猫，一直是一坨软绵绵的样子。是从什么时候产生了养猫的念头呢？为什么给它取名叫破破？在和它相处的过程中，发生过什么故事呢？

不日远游：怎么能用"一坨软绵绵"来形容我的猫呢……我的猫，它最主要的特点，就是它非常可爱，它真的是一只很可爱的猫。破破已经四岁了，从当时产生想养猫的念头，到去抱回破破，基本上也没有几天。它其实是比较突然地来到了我的生活中。为什么叫破破，可能当时在经历比较残破的事情，而且这是一个很好念的名字，一个念起来很不费力的名字。我们有时相处得比较厌倦，过上一阵子，我又会觉得，怎么回事，我怎么有一只这么可爱的猫？破破有猫的骄傲，加上它是一只风向星座猫，大部分时间它不怎么搭理我，碰上我两三天不回家，它又会变得黏人一会儿。它至今跟小猫一样爱玩，眼神也很天真，总之它特别好。

《萌芽》：许多人在每天的通勤、工作之外就几乎没有心力去干任何事了。你是怎样在上班之余还坚持写作的呢？有没有什么自己的写作习惯？

不日远游：这可能是因为，我没怎么在认真上班，哈哈哈。我一般在周末写短篇，一个月或者两个月写一个短篇，倒也不很占据精力，产出也不多嘛。其实过去两年，工作和短篇，形成了一个比较稳定的节奏。但我比较清楚,我把最好的状态都给了小说。可能很多写作者都会需要考虑怎么去平衡工作和写作,我记得哪个南美作家说过,如果你要写好小说,你就要用全部精力去写。不过大家也都会说,你总要挣你的房租。但对我来说,经济需求之外,我其实也喜欢保持一个通勤的状态,我喜欢和人群待在一起,哪怕并没有特别享受。

《萌芽》:你的小说中的主人公好像都比较感性,而他们其实也知道这有时并不利于生活:"他想,一个人根据审美来作为标准的话,实在是无法活得果断而清晰。"(《研究甲骨文的教授》)"如果是别的夜晚。我知道他是要告诉我,那天晚上我会挂断电话,是出于一种感受上的选择,而不是出于理智。理智可以让你永远选对,就跟一道程序题一样,经过一个个步骤之后,出现一个唯一的答案。感受就不是了,一道灯光,差不多就能改变感受。许多年后我认识到,要是一个人一直依靠感受来行动,那么毫无疑问,一头栽倒是一件早晚的事。"(《西环路猜想》)但他们好像也没有真的想要改变。你在生活中是一个偏重感受和审美而不是理智和实用的人吗?这种性格对你的写作有什么影响吗?

不日远游:我是一个注重感受的人。对于写作来说,这导致我在写现在这些小说,而不是别的。我写到的人也会偏重于感受,但就跟你说的一样,他们也没有真的想要改变,哈哈哈。这可能是因为我其实并不拒绝自己身上这些偏重感受的部分,注重感受带来了危险甚至灾难,但它有美好的部分,我觉得他们和我一样,他们知道这一点。不过嘛，人们都会夸张灾难。我会去强调坚强和脆弱，可能是因为我自己并不坚强，但我其实很想写传统叙事小说，我不想让感受占据小说中太多的部分。

《萌芽》：你会经常情绪崩溃吗？你怎么在敏感的同时，维持好生活、工作和写作呢？

不日远游：经常情绪崩溃，也觉得自己不够坚强，动不动心态就是"披头散发坐在地上哭"。一直也没有找到一个平衡的状态，一直都没有。没有能分清楚生活和写作。所以就继续崩溃，再自己好起来，有时也求救，但不怎么求救。我的状态，怎么说呢，我的状态有时能自己好起来，我会被很多事情打动。

《萌芽》：有时情感过分充沛、过分消耗后，人会走向另一个极端。你有过那种在一段时间里好像变得麻木了，对一切情感都无法真实地感受到的时刻吗？就好像大脑中处理情绪的杏仁体出问题了（我们的另一位作者卢也森曾写过一篇相关的小说《杏仁体故障》）。如果有过的话，是怎么从麻木中走出来的？

不日远游：我不会麻木，我没有麻木过。

《萌芽》：之前在《惊奇乱讲》中曾和你讨论了音乐，这里也想再继续聊一聊。你最近在听些什么歌？写作时你会听歌吗？如果听的话，会根据创作内容选择不同的背景歌曲吗？

不日远游：写作时我不听歌，听歌会干扰我，不过如果在咖啡馆，他们的背景音乐就可以接受。

《萌芽》：你有时会引用一些歌词，而且小说中的一些句子如果单独抽出的话，几乎可以成为一首情歌的歌词。之前你提到过喜欢听粤语歌，在你看来粤语歌的歌词有怎样的特点呢？你比较喜欢哪些词作者？这种对歌词的喜欢对你的语言韵律感有没有什么影响？

**不日远游**：粤语歌的歌词很细腻，而且他们会深入地去挖掘很小的情感，就情歌来说，他们的立意一般不高，一个具体的情境，一个具体的情感状态，一般以这样的背景，去写一首歌。另一方面，他们也有一些立意很高的作品，去讲生存状态，去讲家国，去讲志愿，等等。有一些歌，在我看来，它们已经是文学作品了。在某一些表达上，歌词的韵律影响了我，但是最后在小说里，我觉得不能用歌词的这种语言节奏。黄伟文、周耀辉我都很喜欢，再年轻一点就是林若宁和陈咏谦。陈咏谦很好。最近在关注麦浚龙的作品，我发现我真的在等待他的歌，在等他要讲的完整的一个故事。

《**萌芽**》：你平时有看演唱会、话剧、音乐剧、歌剧等现场类演出的习惯吗？你觉得它们和非在场的体验有何不同？

**不日远游**：我会去看演唱会，一些live house的小现场，我很容易受环境影响，在一个现场看演出，演唱者的状态和底下听众的状态都会很鼓舞我。

《**萌芽**》：听说你平时会看一些体育比赛的视频，你比较喜欢看哪些种类的运动呢？它们吸引你的是什么？

**不日远游**：我中学时很喜欢看乒乓球，最近几年看勇士队的篮球。我想体育比赛总是关于力量、健康、美、汗水，关于去追求胜利。